JULIEN HERVIEUX

UN JOUR NOUS AVONS ÉTÉ VIVANTS

roman

Robert Laffont

ISBN : 978-2-221-26694-6
Dépôt légal : octobre 2023
Éditions Robert Laffont – 92, avenue de France 75013 Paris

Prologue

La gigantesque tragédie que fut la Grande Guerre a impliqué des millions d'acteurs.

C'étaient des hommes et des femmes. Des militaires et des civils. Certains ont vu la fin du conflit. D'autres, non.

Tous sont montés sur cette scène infernale pour y jouer leur rôle. Et tous en ont rapporté une histoire. De celles que l'on n'enseigne pas à l'école. Ils l'ont racontée à un parent, à un ami ou à un inconnu. Pendant le conflit, ou bien après. Et parfois même, ce furent leurs derniers mots, sans oreille pour les entendre, avant de glisser dans le néant.

Mais pas dans l'oubli.

Car j'ai recueilli ces histoires, collecté ces instants de vie. Comme autant de minuscules pièces de verre formant l'immense vitrail de la guerre. Je les ai assemblées, triées, datées, en une mosaïque de récits qui, liés les uns aux autres, racontent ces années de feu au travers des yeux qui les ont vues.

Je ne vous demande pas de comprendre ou de disséquer les moyens qui furent les miens. Cela n'aurait que bien peu de sens. Je vous demande simplement de prêter attention à ces voix. Et de vous souvenir qu'elles ont appartenu à ces acteurs qui sont passés sur la grande scène avant nous, et qui ont depuis disparu dans les coulisses de l'histoire.

À l'heure où je m'apprête à les retrouver, eux, mes vieux compagnons, je couche ici ce qui fut notre histoire, et celle de millions d'autres.

Que l'on se souvienne que nous avons aimé et été aimés. Que nous avons eu froid et que nous avons eu peur. Et que la mémoire n'est pas tant de se souvenir des morts que de se rappeler qu'un jour nous avons été vivants.

Et que nos vies ont basculé un jour d'été de 1914.

Je laisse la parole à mes fantômes.

1914

Joseph Martin, 2 août 1914

Le 2 août 1914, c'est à moi que monsieur le maire confia la mission de sonner le tocsin au clocher de Tahure. Je vois les portes vermoulues de notre petite église, j'entends le grincement des gonds, mes pas résonner sous les voûtes, je sens la moiteur de la nef m'entourer comme un cocon. Le soleil jette ses rayons au travers des vitraux : à mes pieds, la dalle funéraire d'un abbé au nom effacé depuis bien longtemps.

Cinquante ans que je venais tous les dimanches communier ici, et pourtant, ce jour-là, l'église m'apparut plus grande, comme si elle s'était gonflée de la solennité du moment.

Au fond du chœur, je vis une ombre se déplier, semblable à celle d'un gros chat tiré de sa sieste. C'était le père Boniface, que je venais d'interrompre en plein ménage de la chapelle. J'étais toujours un peu mal à l'aise face à ce prêtre à peine sorti du séminaire, que j'appelais « mon père », quand bien même il avait la moitié de mon âge. Sa jeunesse était sa force, disaient la plupart des paroissiens. Mais que l'on me pardonne : pour le salut de mon âme, j'ai toujours préféré m'adresser à un vieux sage qu'à un freluquet. Pour autant, je vis face à moi le jeune homme à qui j'allais annoncer la guerre bien plus que le prêtre qui me donnait l'hostie.

— Alors ? demanda le père Boniface, plein d'espoir.

— Sonnez le tocsin.

La résignation dans ma voix lui fit comprendre que j'étais aussi désolé que lui de ce qu'il se passait. Il secoua la tête, retroussa ses manches, se dirigea vers les cordes et s'y accrocha de tout son poids. La voix d'airain se mit à chanter, et chaque couplet se fit plus rapide que le précédent, jusqu'à ce que s'élève un cri :

— La guerre !

Le tocsin l'avait annoncée comme la foudre, la rumeur enfla comme un grondement dans toute la campagne.

Les mains piquées par la corde, le père Boniface me proposa de monter au clocher. À l'ombre des gros panneaux de bois, nous vîmes, dans toutes les directions, les gens qui commençaient à se rassembler. Au milieu d'un champ, autour d'une charrue, ou de la mairie. Chacun venait aux nouvelles. Et au loin, comme un écho à notre appel, les cloches voisines battaient à tout rompre. J'ai alors eu le sentiment coupable de ressentir une étrange excitation : celle de vivre un grand événement.

Si ma mine était grave, celle du père Boniface était défaite. Les yeux posés sur les taches noires des groupes de paysans marchant vers le village, il poussa un long soupir qui me fendit le cœur.

Inutile de lui demander de quoi il s'agissait. Si j'étais trop âgé pour partir à la guerre, le père Boniface, lui, allait bientôt suivre ses ouailles sur les routes poussiéreuses qui l'emmèneraient jusqu'à la gare, jusqu'à la caserne, jusqu'au front. La France avait séparé l'Église et l'État, et les religieux n'étaient plus que des citoyens comme les autres.

Nous sommes restés silencieux, nos rôles se sont inversés. J'étais le père qui restait au foyer, il était le fils qui partait prendre les armes pour le défendre.

Voilà qu'on ajoutait à la charge de ce prêtre trop jeune pour le salut de mon âme le salut de ma patrie.

Pauvre garçon. Je n'ai même pas osé l'accompagner au train.

Raphaël Ferrand, 3 août 1914

Ce matin-là sur le quai, le seul à mes côtés, c'était Roland.

Toute la commune s'était donné rendez-vous dans notre minuscule station, qui débordait tant et si bien qu'à perte de vue, ce n'était qu'une mer de chapeaux qui s'écrasaient par vagues contre les voitures du convoi à l'arrêt. Accroché au flanc de la locomotive, un employé du rail jouait du drapeau et du sifflet pour tenter d'écarter la foule, mais c'était peine perdue. Ce Moïse d'opérette ne parvenait pas à ouvrir les flots pour libérer son train du ressac humain qui l'enserrait.

Ce jour-là, personne n'était venu seul. Des familles entières accompagnaient pères, frères et fils jusqu'aux marchepieds, pour donner la dernière étreinte, le dernier baiser. Même les orphelins et les solitaires avaient auprès d'eux des accompagnants inattendus. Notre vieil instituteur, minuscule face à deux grands gaillards qui n'avaient aucun parent, saisissait aux épaules ces géants avec la tendresse d'un père. C'était un grand marché des sentiments et des expressions humaines. Des chuchotis d'une fiancée à l'oreille de son compagnon aux grands éclats de rire des jeunes gens aux fenêtres des voitures, en passant par les larmes d'une mère dont les mains gantées cachaient la bouche tordue par la tristesse, toute l'humanité se trouvait là, rassemblée.

— Poussez-vous ! gesticulait un grand rouquin à la fenêtre d'une voiture. Laissez le train partir ! Paris, puis Berlin !

Et on riait. Oui, nous riions parce que c'était un moment joyeux. Sincère pour les uns, par patriotisme ou goût de l'aventure, nécessaire pour d'autres, que ce soit pour profiter au mieux d'un dernier moment auprès des siens, ou chasser les mauvais présages. Le spectacle d'un appelé aux yeux cernés et à la démarche hésitante revenant d'une nuit de fête, incapable de monter seul à bord du convoi, provoquait des éclats d'hilarité bienvenus, tout autant que deux amoureux qui, enlacés, ne parvenaient plus à se détacher malgré les réprimandes de leurs parents gênés par un tel manque de pudeur.

Quant à moi, j'étais venu avec Roland.

J'avais ouvert mon affaire sur la côte, loin de ma famille et de mes amis, et à peine inaugurée, voilà que je la fermais pour aller à la guerre. En chemin, j'avais croisé Roland, un de ces adolescents à l'âge indéterminé, dont le visage rond se couvre de poils noirs et épars, source de fierté pour qui les a et de ridicule pour qui les voit. Il avait proposé de porter ma valise, voyant bien là l'occasion de se faire quelques sous, et je l'avais engagé. Après tout, je m'apprêtais à aller porter tout un barda, alors pourquoi pas ?

— Quelle ambiance ! répétait Roland avec un sourire qui transformait ses fossettes en puits sans fond. Ah, ça ! Quelle ambiance ! Vous allez leur mettre la pâtée, aux Boches, hein, m'sieur Ferrand ? Dites, m'sieur Ferrand, vous me rapporterez une baïonnette ? Allez ! S'il vous plaît, m'sieur Ferrand ! Parce que c'est pas juste, moi, j'peux pas y aller, à la guerre !

Je me souviens bien de Roland parce que je l'ai revu. En 1918.

Après un assaut, on nous avait envoyés nettoyer les macchabées. Fauché dans la bataille, un soldat français était tombé dans une ligne de barbelés, la capote grande ouverte formant une énorme fleur bleue tachée de rouge qui s'accrochait aux pointes de métal ornées de bouts de chair. Je m'acharnais à tenter de le décrocher quand un gamin flottant dans son uniforme s'approcha de moi pour me tendre une pince coupante flambant neuve.

Je l'ai regardé, et au moment de me remettre à l'ouvrage, je me suis souvenu. C'était Roland.

Là. Accroché dans le barbelé. Tout le haut de son visage n'était plus qu'une mousse rosâtre, mais au milieu de sa barbe de gosse, j'ai reconnu ses deux fossettes, creusées par la mort.

J'ai repensé au quai de gare.

Puis je l'ai décroché. Et entre ses doigts froids, j'ai glissé ma baïonnette.

Matthieu Désolier, 5 août 1914

Le grand départ, les adieux sur les quais de gare, pouah ! C'est toujours ça dont les gens veulent causer. Et j'ai vu untel, et j'ai chialé avec unetelle… Qu'est-ce qu'on s'en fout ! Faut croire que juste après avoir lu l'affiche de la mobilisation, paf ! soudain, on était là, à dire adieu à ses vieux.

Nan, moi, je vais vous dire comment ça s'est passé.

Déjà, tu lis l'affiche. Parce que t'as beau avoir entendu les rumeurs, tiens ! Faut encore le voir pour le croire. Alors tu jures beaucoup, tu causes un peu, et pis tu te grouilles de te rentrer pour retrouver ton foutu livret militaire. Ce truc que t'as balancé au fond d'une malle à la fin de ton service, et là, vlan ! faut le ressortir. Pis évidemment, tu l'as égaré.

Alors tu jures encore un peu, pis tu mets la main dessus. Miracle ! T'as pu' qu'à lire le fascicule de mobilisation, un simple papier qui te dit où aller, quand, et ce que tu dois emporter.

Enfin, ça, c'est la théorie. Parce que, pendant que tu cherches ton papelard, t'as ta bourgeoise qui pleurniche ! Et que tu vas partir, et que comment qu'elle va faire, et pis si tu meurs ça va être affreux… Ah, bonjour le soutien ! C'est sûr, t'as pas un artiste qu'a eu envie de te peindre ça : *Paysan français cherchant ses papiers dans son grenier pendant que sa bonne femme chiale.*

Bon, t'as tes papiers. Qu'est-ce que tu fais ensuite ?

Déjà, faut gérer la patronne, parce qu'elle est à deux doigts de s'évanouir sur le plancher. Et ça prend pas deux minutes, surtout qu'elle pèse, cette mule ! Bon, pis quoi ? Ben, tu sais tout ce bazar que tu dois gérer avant de partir quelques jours ? Imagine le même, sauf que t'avais pas prévu de partir, et que tu reviens peut-être dans un mois, trois, voire jamais. Voilà !

Alors faut tout régler, là, tout de suite ! Et les factures, et les notes pour que madame sache comment faire tourner les affaires, et les courriers aux messieurs de l'administration… Tu parles d'une corvée ! Comme si aller culbuter des Boches suffisait pas, d'abord, on te demande de faire tes devoirs comme jamais ! Là-dessus, forcément, t'as les gamins qui rentrent, qui ont entendu que les papas allaient à la guerre, alors ça chigne encore plus...

Oh ! Ceux qui avaient encore leurs vieux, bienheureux qu'y z'étaient ! T'avais bien le pater ou la mater pour débarquer et te filer un coup de main ! Voire te dire qu'ils aideraient ta petite dame à gérer les gosses comme la ferme. Mais moi ? Moi, rien ! Et j'étais pas le seul ! Alors j'ai écrit, écrit, écrit. Pis j'ai dit que j'écrirais encore. Moi qu'aime pas écrire, tiens !

Ça finit à écrire ton testament à la bougie pendant que bobonne te pose mille questions sur comment ça va se passer, là-haut, à la guerre. Mais qu'est-ce que t'en sais ? Ben rien ! Alors tu lui racontes des craques. Que ça va bien aller, que les Boches auront foutu le camp le temps qu'on arrive, que de toute façon, tu vas faire attention... Ben tiens ! Comme si ça allait changer quequ'chose !

Bon, t'as fini tout ça, y fait nuit, et demain, tu dois te présenter à la caserne. Qu'est-ce que tu fais ?

Mais tu te bourres la gueule, pardi !

L'armée, c'est pas là qu'ils vont gentiment t'arroser. Alors tu sors tes meilleures bouteilles, tu te les enfiles, et quand t'es tellement rond que les papiers, la guerre et toutes ces conneries, c'est loin, tu te permets une dernière nuit. Après avoir honoré maman, hein.

Le lendemain, j'avais pas loin pour aller à la caserne. En charrette que j'ai débarqué, avec d'autres gars. Mais le plus fort, c'est qu'avec ma tête de déterré, y s'est trouvé un connard devant la grille, avec un beau veston et un chapeau tout neuf, qui m'a demandé :

— Alors, on a fait la bringue avant le grand départ ?

La bringue, mon cul ! J'ai réglé toute ma vie, et pis p'têt' même ma mort sur le papier durant les douze dernières heures ! Tu parles d'une fête ! J'ai hoché la tête, juste parce que j'étais trop malade pour pas lui coller mon poing dans la gueule.

Et pis j'ai pris ma valise et je suis rentré.

Je t'en foutrais, de la bringue.

Gustave André, 5 août 1914

Venez ! Venez dans les rues devant nos casernes ! Il n'y a pas de plus grand, de plus extraordinaire, de plus émouvant spectacle à Paris en ce moment que celui de nos pavés foulés par de futurs héros qui viennent de toutes les communes de France pour défendre le pays !

Partout, ce n'est que bonne humeur et cris de joie ! Il suffit de crier « À Berlin ! » pour que la foule enthousiasmée des appelés forme un chœur gigantesque et réponde dans un formidable écho : « À Berlin ! »

Pour ceux qui, comme votre serviteur, sont trop âgés pour partir, c'est un véritable déchirement de ne pas pouvoir se joindre à nos compatriotes. Bientôt, ils seront sous les drapeaux de leurs régiments, dont les couleurs claqueront au vent d'une gloire nouvelle ! La principale question de ces appelés est : quels nouveaux noms de bataille viendront auréoler de gloire les étendards de nos armées ?

Tous partent le sourire aux lèvres, conscients de l'importance de leur mission pour achever, en un éclair, les barbares qui menacent l'Europe.

J'ai bien croisé, aux portes d'une caserne, un gaillard qui ne souriait pas. J'osai deviner que la seule chose qui le retenait de s'époumoner de joie était un restant de fête : à la question « Avez-vous fait la "bringue" ? », il me répondit d'un hochement de tête complice.

La guerre est proche, le front, loin, mais la victoire, elle, est déjà dans les cœurs de nos soldats, et demain, le sera sur tous les champs de bataille !

Gustave André pour L'Impertinent[1]

Adjudant Émile Bertin, 6 août 1914

Les journaux ? Nan, fallait pas lire ces torchons. La vérité, c'est nous qui la connaissons. La mobilisation, moi, je m'en souviens comme si c'était hier !

Avec lui, là… François Boniface.

Je l'ai tout de suite vu venir, avec sa gueule de cureton sorti de sa cambrousse. Ah, ça, j'allais pas lui faire de cadeaux !

Pourquoi ? Parce que c'était bien mon tour, pardi ! Quand j'étais gamin, ils m'ont fait chier, les curés, avec leur catéchisme ! Ah, ça, pour te parler de respect et d'amour de son prochain, il y avait du monde, mais pour te défoncer les doigts à coups de règle parce que t'avais fait du bruit à table, là, tu pouvais chanter Jésus tant que tu voulais, ils s'arrêtaient pas ! J'en ai passé, des journées, à chialer en silence, les doigts rouges des punitions des bons amis du petit Jésus ! Et je m'suis juré qu'un jour, ça changerait. Et voilà qu'on m'envoie ce gars tout frais sorti du séminaire ! Eh ben, j'l'ai pas raté !

Boniface, j'ai bien vu qu'il voulait un traitement de faveur. Comme tous ces types-là, qui, à force de prier le bon Dieu, se prennent pour saint Pierre. Tiens, mon con ! Tu vas voir !

---

1. Le présent article, bien que fictif, est écrit dans le style de la presse de l'époque.

— Qu'esses-tu fous, habillé comme ça ? que j'lui ai dit en le voyant arriver en grande tenue.

— Je viens toucher mon uniforme, qu'y m'a dit. Mais je souhaitais savoir, n'y aurait-il pas une place libre de chapelain au régiment ? qu'y m'a rajouté avec sa bouche en cœur.

— Un chapelain, y en a déjà un, alors me casse pas les couilles, que j'lui ai répondu. Tu laisses tomber ta robe et tu vas m'enfiler un pantalon comme tout le monde !

Oh, il a bien essayé de minauder, de demander à voir le lieut'nant, tiens. Mais le lieut'nant du dépôt, il est comme moi. Lui, il était chez les bonnes sœurs, et y peut plus les saquer. Alors t'inquiète pas que François Boniface, on l'a envoyé se faire foutre.

J'lui ai donné un beau pantalon rouge, comme tout l'monde, et pis ça lui fera faire du sport, à cette grenouille de bénitier.

J'dis pas qu'j'en suis fier. Mais j'm'en moque, de ce qu'on en pense : faire chier ce cureton, ça m'a fait du bien. Merde à lui, merde à l'Église, et merde aux dimanches à la messe !

Marguerite Berger, 9 août 1914

C'était le premier dimanche après le départ des hommes. Et dans l'église du village, ils brillaient par leur absence.

Par habitude, ou peut-être inconsciemment pour souligner le tribut payé par chaque famille à la mobilisation, tout le monde s'était assis à sa place habituelle en laissant un vide là où une semaine avant s'asseyait un père, un mari ou un fils. Alors qu'importent les cantiques et les homélies, les têtes se tournaient pour chercher qui avait donné le plus à cette guerre qui venait d'éclater. La triste victoire revint à une meunière de ma connaissance, dont le mari et les quatre fils étaient tous partis. Et comme pour la première fois de sa vie, elle était le centre de l'attention, des larmes lui coulaient sur les joues alors que ses lèvres se contractaient dans un grossier sourire empli de fierté.

Le prêtre, lui, ne remarqua rien. Comme le père Boniface était parti sur la frontière avec ses paroissiens, était venu pour le remplacer un vieillard aux mains tremblantes, mais la foi chevillée au corps. Il était sorti de sa retraite pour donner la messe aux paroisses amputées de leur berger des âmes.

Tournés vers ce Dieu invisible, nous priions pour les absents.

Mais même quand la messe s'achevait, ils parvenaient encore à nous écraser sous le vide qu'ils nous laissaient. Le silence résonnait dans tout le village, et personne n'osait parler autrement qu'en chuchotant. Seuls les enfants, emportés par l'enthousiasme de leurs jeux, criaient et s'amusaient comme si de rien n'était. Une paysanne aux bras robustes attrapa l'un d'entre eux par la main, et s'apprêtait à le rabrouer, j'imagine pour lui signifier de faire silence. Mais au moment d'ouvrir la bouche, elle ne sut rien dire. Que pouvait-elle lui reprocher, finalement ? Il faisait du bruit, et nous trouvions cela dérangeant, parce que nous écoutions ce silence tout en espérant, au fond de notre cœur, qu'il soit brisé par le cri soudain d'une voix familière.

À la maison, ce fut similaire : le silence devint un nouveau membre du foyer.

Il était là, dans chaque pièce, à étouffer les petits bruits d'autrefois. Celui d'Henri faisant du café chaque matin, d'Henri passant la porte à midi, d'Henri écrivant sur la table de la cuisine le soir. Ce n'était que le début, car bientôt, il deviendrait le compagnon de mes nuits, remplaçant par le vide l'endroit d'où autrefois émanaient la chaleur et la respiration bruyante, désormais manquante, d'Henri.

Je commençais cette nouvelle vie de femme d'un fantôme vivant, d'une âme errant loin de moi.

Soldat Henri Berger, 12 août 1914

Le problème de ma femme ? C'est qu'elle aime lire. Et même écrire.

Attention, me faites pas dire ce que j'ai pas dit, hein. Mais quand je suis parti à la guerre, j'ai tout de suite supposé qu'elle allait commencer à jouer les poétesses sur l'homme absent, tout ça. Et ça n'a pas manqué : ses premiers courriers, c'étaient des pages ! Des pages entières de « Mon Henri, sans toi, la maison est vide », tout ça. Et on n'était que début août 14 ! Parce que plus le temps a passé, pire ça a été.

Tout le monde me disait : « Ben mon Riton, t'as de la chance d'avoir une femme comme ça ! Toute gentille, et puis, tu vas en avoir, de la lecture ! »

Sauf que la guerre, c'est beaucoup de marche. On t'envoie à droite, puis à gauche. On te dit que ce soir tu cantonnes ici, et puis non, tu vas plutôt aller dormir là-bas. Alors à la fin de la journée, quand tu t'es trimballé avec ton foutu sac sur le dos et tes godillots d'un kilo aux pieds, tout ce dont tu rêves, c'est de retirer tes godasses, de manger la popote et d'aller ronfler.

Mais non ! Parce que d'abord, tu dois répondre à madame. Et madame, comme elle aime les beaux livres, tu ne peux pas lui répondre : « Tu me manques, on marche beaucoup, mais sinon ça va. » Non, si elle t'a écrit trois pages, et que tu lui en renvoies une demie, elle trouve que tu te fous un peu d'elle. Alors elle t'en renvoie cinq pour te dire combien tout cela la perturbe, et comme tu ne lui en renvoies que trois, ça ne fait qu'empirer les choses.

Le matin, tout le monde était bien content d'avoir du courrier, mais moi, je priais afin qu'elle me laisse tranquille une journée, au lieu de m'envoyer une énième lettre pleine de jolis mots pour me parler de son « rapport à l'absence ». Mais bon Dieu, je ne suis pas là, qu'est-ce que tu veux que je te dise ?

Désolier, il se foutait bien de ma gueule le soir, quand je veillais avec ma bougie, à écrire alors que tout le monde dormait.

— Le lieutenant a ordonné d'éteindre ! Dis-lui merde, à bobonne, et pis c'est marre.

Et c'est vrai que le lieutenant est venu m'engueuler. M'expliquer qu'un avion allemand verrait ma bougie comme le nez au milieu de la figure s'il nous survolait, et que ce serait ma faute si on perdait la guerre ensuite.

Désolier, lui, il se marrait comme un bossu, à voir que je me faisais disputer par tout le monde, tout ça parce que ma femme m'envoyait des lettres toujours plus longues.

— Dis-lui que si on perd la guerre, ce sera sa faute ! s'est-il marré.

Aussi, j'ai tout essayé. Rédiger des bouts de lettre pendant les pauses, me planquer le soir pour écrire un peu plus longtemps, mais c'était peine perdue. Alors finalement, j'ai décidé de tout lui raconter : que c'était agréable de savoir qu'elle pensait à moi, mais que je n'avais pas le temps de faire d'aussi beaux courriers que les siens, parce que les marches, les corvées, les Allemands, le lieutenant,

Désolier, tout. J'ai fini par lui envoyer un machin énorme après quelques semaines de guerre.

Vous savez pas ce qu'elle m'a répondu ?

« Tu vois que tu peux écrire des longs courriers quand tu veux. »

Je te jure.

Soldat Gaspard Cussac, 16 août 1914

Je me souviens de son nom parce que, plusieurs fois, je lui ai apporté son courrier. C'était Boniface. François Boniface. Mais je l'avais connu plus tôt !

C'était la veille d'entrer en Belgique. On venait de s'arrêter pour manger, et tout le monde avait donc descendu les gamelles, les casseroles et le nécessaire des havresacs. Des gars partaient remplir les gourdes à un petit ruisseau, pendant que ça se plaignait chez les officiers qu'on ne préparait pas le repas assez vite.

Et quand enfin, j'ai eu ma gamelle pleine, il a fallu que je trébuche dans le fossé sur le bord de la route et que je m'étale la tête la première, les moustaches dans ce qui restait de mon manger. Évidemment, je les ai entendus s'esclaffer.

— Eh ben, Cussac ! J'espère que t'es meilleur avec un fusil qu'avec la popote ! Sinon, reste bien loin de moi !

Je suis allé voir s'il y avait du rab, mais déjà, tout était parti ! Et les officiers ont dit qu'on n'avait pas le temps de refaire chauffer un truc. Un type m'a gueulé de brouter là où j'avais laissé tomber la mangeaille. Je serais bien allé lui mettre mon poing sur la gueule, mais une main s'est posée sur mon épaule. Un gars au sourire un peu triste me tendait sa pitance.

— Si vous voulez, on partage, a-t-il proposé.

Alors je me suis assis avec ce brave soldat, en lui disant que ce n'était pas dans l'armée que je pensais tomber sur de bons Samaritains. Et voilà qu'il m'explique qu'il est curé ! J'avais entendu dire que le clergé avait été mobilisé, mais de ce que j'avais entendu, la plupart des gars du bon Dieu s'étaient trouvé des places de chapelain. Pas tous, visiblement.

— Mais mon père, qu'est-ce que vous allez faire à la guerre ? lui ai-je demandé. Tuer des gens ? Vous ?

— J'espère ne pas en arriver là, m'a dit Boniface avec son sourire triste. Je préférerais sauver les miens que damner les autres.

En temps normal, je me serais moqué. Mais un type qui partage sa gamelle alors que c'est déjà pas royal, faut saluer. Je l'ai remercié, et je lui ai dit que, de toute façon, il paraissait que les Allemands, on ne les verrait peut-être jamais. Que si ça se trouvait, les régiments devant nous les auraient déjà poussés le temps qu'on arrive. Boniface s'est contenté de touiller le peu de ce qui restait de notre repas, et m'a dit :

— Dans ce cas, je passerai derrière pour tenir la main des blessés.

Pas très joyeux. Mais bon, il m'a laissé la dernière cuillerée.

Un peu triste, mais bien.

Soldat Jean Terrieux, 20 août 1914

Triste ? Non ! Parce que, que vous le vouliez ou non, je ne regrette rien ! Et si c'était à refaire, je le referais !

On n'était plus qu'à une journée de Charleroi quand on a entendu les canons au loin. J'ai pas eu peur ! C'est pas vrai que j'ai eu peur ! Ceux qui disent ça, c'est rien que des menteurs et des enfoirés ! Moi, de toute façon, je l'avais dit : j'irai pas. J'irai pas, j'irai pas, j'irai pas !

C'était clair quand même, non ?

En plus, un peu avant, j'avais entendu le curé qu'on avait dans le régiment discuter avec un autre soldat. Il lui avait dit que, oh non ! il ne voulait pas tuer : c'était un bon petit père catholique, très peu pour lui !

Quand on est dans les petits papiers du pape, on a le droit de dire ça, mais quand on est juste un travailleur, on est prié d'aller tuer du prolétaire, et en fermant sa gueule s'il vous plaît !

La guerre, c'est rien que des bourgeois qui font du lard pendant qu'on va se faire trouer le nôtre. Eux, ils restent à Paris, à regarder les chiffres de leurs usines de munitions qui grimpent en flèche pendant que nous, on court la campagne, habillés en guignols, et qu'on se ramasse des pruneaux. Mais attention ! Du pruneau comme le bourgeois l'aime. Celui qui tue bien, et qui ne coûte pas trop cher ! Faudrait pas rogner sur ses bénéfices quand même ! C'est fabriqué par les prolos pour tuer du prolo.

Ça reste entre nous, en somme. Pas vrai ?

Moi, de toute façon, je l'avais dit avant même la mobilisation, que j'irais pas flinguer l'ouvrier d'en face pour les beaux yeux d'un type bien gras agitant un drapeau.

Évidemment, ça n'a pas manqué. Les gendarmes ont déboulé chez moi avant même qu'on ne puisse me signaler comme absent à la caserne. À la main, ils avaient un petit carnet avec mon nom écrit en belles lettres. On pouvait y lire *Jean Terrieux – Anarchiste*.

Bande d'enfoirés ! Faut croire que, dans ce pays, vouloir être libre est un crime. Et je devrais faire confiance à ce gouvernement qui tient des listes des gens ne pensant pas droit ? Aller crever pour une République de profiteurs qui me signalent à la gendarmerie comme on pointe du doigt un chien enragé ?

Les gendarmes ont dû me traîner hors de chez moi, mais ça, ils l'ont entendu, que j'irais pas !

Ces braves serviteurs de l'État n'en ont rien eu à cirer. Ils m'ont mis les menottes et m'ont amené eux-mêmes à la caserne. Où un pauvre con, probablement pas plus riche que moi, a été chargé de s'assurer que j'étais docile. Que je mettrais bien mon petit uniforme pour aller me faire trouer plus loin.

Tout le long du chemin, j'ai commencé à me dire qu'il fallait que j'arrête de dire que j'irais pas. Déjà, parce que j'y allais quand même ; ensuite, parce que je savais bien qu'on me surveillait. Les gars comme moi, on ne les laisse jamais tranquilles. Oh que non : c'est qu'on veut bien qu'on fasse cracher le fusil, mais pas qu'on ouvre sa gueule. Un prolétaire mort, c'est bien. Un prolétaire qui pense, c'est dangereux.

Alors c'est vrai, je me suis demandé quand j'allais foutre le camp. C'était pas facile, parce que je savais que les routes grouillaient de gendarmes qui connaissaient jusqu'au moindre chemin. Alors que moi, loin de la maison et au milieu des bidasses, comment savoir dans quel bosquet me planquer ? Dans quelle ferme échanger mon uniforme contre des vêtements ? Où me faufiler et garder la tête basse en attendant que ça se tasse ?

J'ai pas trouvé.

Mais quand j'ai entendu les canons tonner, j'ai su qu'il fallait que je fasse vite. Parce que je ne voulais pas participer à leur grande farce ! Sauter dans cette machine à broyer du travailleur ! À la nuit tombée j'ai foutu le camp, car j'ai une conscience, moi ! Je ne tue pour personne !

Vous savez bien que j'ai raison !

Si tout le monde avait fait comme moi ! Si les gendarmes étaient moins idiots ! On serait tous encore vivants, chez nous, à discuter de comment régler cette histoire autour d'une bonne bouteille.

Allez dire aux macchabées qu'on a laissés devant Charleroi que j'ai tort ! qu'ils ont accompli de grandes choses, étalés la gueule ouverte dans les bois et les collines !

Votre guerre, vous pouvez vous la foutre au cul ! Et votre parodie de justice avec ! Gardez-moi au trou tant que vous voulez, mais dites pas que j'ai eu peur ! C'est pas vrai ! Ça demande du courage, de dire non à des salopards comme vous ! d'accepter que tout le monde pense que vous êtes un salaud, alors que vous avez juste refusé de baisser la tête !

Et je vous emmerde !

Soldat Aymerich Petit, 23 août 1914

J'aurais dû suivre Terrieux quand je l'ai vu déserter la nuit d'avant. C'est lui qui avait raison.

Dans les journaux, sur les tableaux, à la caserne, tout le monde nous avait dit que la guerre, c'était glorieux. Qu'on allait charger à la baïonnette les salauds d'en face. Mais c'était pas vrai. La guerre, c'est pas comme ça. Et c'est pas juste. On n'avait aucune chance.

J'étais installé avec des copains à l'orée d'un petit bois près de Charleroi. Le lieutenant nous avait dit que les Allemands allaient venir du bois d'en face. On devait le tenir à l'œil, et sitôt qu'on verrait un casque à pointe, tirer.

Tu parles ! On a entendu siffler, et d'un coup, bang ! Les obus se sont mis à exploser au-dessus de nous. Des saloperies de fusants qui envoient des balles dans toutes les directions en explosant. Ça a découpé les arbres comme du papier, et nous avec. On se prenait de l'acier et des copeaux de bois dans la gueule sans pouvoir rien faire. Et ça, c'est pas juste !

On avait l'ordre de rester là, à regarder les copains tomber, à attendre l'obus qui serait le nôtre. C'est pas ça, la guerre ! C'est pas supposé être comme ça ! On doit pouvoir voir l'ennemi au moins, pas attendre qu'il nous massacre sans même nous jeter un regard ! L'artilleur boche qui enfournait ses obus dans son canon, il n'avait sûrement aucune idée de ce à quoi on ressemblait, mais coup sur coup, il nous tuait ! Un lieutenant qui courait dans le bois pour nous intimer de ne pas reculer a été fauché d'un coup au beau milieu d'une phrase. Et une grosse branche feuillue est tombée sur son corps dans la foulée : c'était comme s'il n'avait jamais été là.

Et moi, j'ai jamais autant eu la trouille de ma vie.

Des années plus tard, dans une brocante, je suis tombé sur un journal affirmant que les blessés revenaient du front en rigolant tant les balles allemandes ne faisaient quasiment rien. Quel est l'enfant de salaud qui a pu écrire ça ? Il aurait dû venir à Charleroi. Et là, debout, avec nous, tenir un bois pour lequel l'ennemi ne daignait même pas se déplacer, et qu'il découpait, avec nous dedans. Qu'est-ce qu'on pouvait faire avec nos fusils contre ça, hein ?

On pouvait juste coller la face contre le sol. Pour se planquer ou pour mourir. Et sentir cette terre de Belgique en se demandant si elle serait notre tombeau.

C'est pas juste. On n'avait pas une chance.

Lieutenant Aimable Dubreuil, 25 août 1914

La terre elle-même avait l'odeur de la défaite.

Gorgée de sang, de poudre et de fer, elle tremblait encore lorsque les obus qu'envoyaient les Allemands à notre poursuite labouraient les paysages que nous venions à peine de quitter. Au loin, de noires colonnes de fumée montaient dans le ciel ; on disait que les Allemands brûlaient la Belgique. D'autres, que c'étaient au contraire les Belges qui envoyaient des locomotives folles percuter les convois de renforts prussiens. On disait tout, mais on ne savait rien.

Depuis le toit pentu aux tuiles usées de l'antique maison d'un bourgmestre sur laquelle on m'avait fait monter pour guetter l'ennemi au loin, je ne voyais, hélas, que les nôtres. Les chemins creux se transformaient en veines bleues et rouges au fur et à mesure qu'ils se remplissaient de soldats français qui, la tête basse, défilaient devant les maisons des paysans belges les ayant accueillis en héros quelques jours plus tôt.

De temps à autre, quelqu'un criait : « Uhlans ! Uhlans ! », et une de ces grosses veines d'hommes se mettait à couler plus vite que jamais, les soldats se bousculant les uns les autres, dans une confusion que les officiers à cheval au bord des routes peinaient à contenir. Le calme à peine revenu, l'adrénaline d'un instant laissait la place à une amertume impossible à contenir : dans ces régiments qui se repliaient, combien manquaient à l'appel ? Quand on ne parlait pas de l'ennemi invisible, on parlait des amis disparus. Aucun des deux sujets n'était bon : notre armée marchait avec des fantômes, ceux des nôtres tombés à Charleroi, comme ceux de la guerre de 1870, dont la défaite que nous devions venger semblait venir nous rejouer sa funeste pièce.

Le moral de nos armées, magnifique quelques jours auparavant, était au plus bas. Nous en étions réduits à compter nos morts. Et à chaque nouveau rapport, les chiffres gonflaient. Et gonflaient encore. Nous n'avions pas seulement été vaincus : nous avions été écrasés.

— Il paraît qu'on a laissé dix mille gars là-bas ! grognait un oiseau de mauvais augure au bas de mon poste d'observation.

Je lui enjoignais de se taire, persuadé que, par ce seul nombre, il tournait un peu plus le couteau dans la plaie de nos âmes.

Plus tard, j'apprendrais que l'homme que j'avais sévèrement repris était finalement un grand optimiste : ce jour-là, devant Charleroi, nous avions laissé plus de vingt mille des nôtres.

Nous ouvrions cette guerre avec la défaite la plus terrible de toute notre histoire.

Ce que nous vivions n'était pas une retraite ; c'était une *déroute*.

Gustave André, 28 août 1914

Que celui qui parle de « déroute » se taise, car il ignore tout de la guerre !

Nos armées ont attaqué l'ennemi sur toute la ligne. Et en tous points, on n'a pu que se féliciter du courage et de l'audace du soldat français ! Est-ce cela, une déroute ? La gloire des armes ? L'acceptation du combat ? Le choc face à l'ennemi ?

Nous ignorons encore quel est le nombre exact de nos pertes, et ceux qui circulent doivent être pris avec les précautions qui s'imposent : n'oublions pas que Berlin emploie des agents pour faire circuler toutes sortes de rumeurs ! Les croire, c'est laisser l'ennemi gagner. Les colporter, c'est travailler pour lui !

Par ailleurs, la chose militaire est bien plus complexe qu'une série de chiffres. Mais puisque nos lecteurs s'inquiètent de concret, donnons-leur les faits.

Guillaume II espérait une victoire rapide. Et si nos armées reculent en Belgique, c'est qu'en allant à sa rencontre, elles l'ont coupé dans son élan. Et dans leur recul, elles ralentissent les Prussiens. Elles les enlisent. Peut-on appeler défaite un mouvement qui a privé l'ennemi de sa victoire ?

Nos troupes s'en retournent à la frontière. Bien ! Nous voici donc dans la même situation qu'au début de la guerre. Sauf que nous avons forcé l'ennemi à étirer ses armées et son ravitaillement. Chaque pas qui nous rapproche du pays renforce nos soldats. Chaque pas qui éloigne les Allemands du leur complique leur tâche. N'est-ce pas concret, cela aussi ?

Enfin, pendant que nos troupes obligent l'ennemi à manœuvrer, à l'est, les Russes avancent et, d'ores et déjà, ont remporté plusieurs victoires. Cette guerre, c'est aussi celle de nos alliés ! Pendant que nous tenons le choc, nos amis de Moscou, eux, avancent et nous remercient pour chaque régiment allemand envoyé en Belgique, loin de leur front.

Car le soldat français, dont le moral reste excellent puisqu'il a gardé la tête haute sous le feu, sait ce qu'il en est : il est supérieur à l'ennemi en qualité comme en équipement. Si l'ennemi l'a emporté à Charleroi, c'est uniquement parce qu'il a concentré en nombre quantité d'hommes.

Très bien ! Qu'ils viennent ! L'ennemi est attaqué sur deux fronts ; chaque soldat envoyé à l'un manque à l'autre. Le drapeau allemand pense qu'il s'étend sur la carte de l'Europe, mais c'est faux : il s'étire, s'étiole, et bientôt se déchirera. Nous n'aurons plus dès lors, comme le disait Napoléon, qu'à marcher pour vaincre. Car devant nous ne seront plus que des barbares éparpillés, dégarnissant une capitale ouverte où nous irons cueillir les lauriers de la victoire.

Les mauvaises langues commentent la bataille ; les vrais stratèges parlent de la guerre.

Gustave André pour L'Impertinent

Caporal Gontran Boisleau, 1er septembre 1914

Les stratèges, ils voient tout de haut. Avec des pions sur des cartes. Mais le bordel sur les routes durant la retraite, c'est nous qui l'avons vu.

On avait passé la frontière depuis un moment quand on m'a désigné un carrefour au beau milieu des champs, en me disant :

— Boisleau, vous et votre section, vous restez ici et vous orientez les traînards. Vous nous rejoindrez ce soir au cantonnement.

Alors on s'est plantés là et on a attendu. J'ai envoyé Petit chercher une source pour remplir les gourdes. Le pauvre, depuis la Belgique, il était dans un drôle d'état. À vrai dire, j'étais presque surpris de le voir revenir : il aurait déserté que je n'aurais pas été plus étonné que ça.

Au départ, on a surtout vu d'autres gus comme nous qui remontaient la route en traînant la patte. Alors on leur indiquait : « Tout droit, et au prochain croisement, à gauche jusqu'à ce que vous aperceviez un village », et les gars partaient en trottant, non sans avoir tiré un coup sur nos gourdes. Tous nous demandaient si on n'avait pas de la gnôle, mais je pense qu'ils rêvaient un peu.

Et puis on a vu arriver une espèce de caravane. De loin, ça ressemblait à un cirque, mais plus ça se rapprochait, plus on pensait à des marchands de meubles ambulants. Ce n'est que quand on a aperçu les femmes et les enfants juchés sur les armoires que l'on a compris que c'étaient des civils qui fuyaient les Allemands. Un gros bonhomme à la moustache frisée, avec un accent belge à couper au couteau, est descendu d'un chariot pour venir se planter devant nous.

— Vous ne sauriez pas comment aller à Paris, par hasard ? a-t-il demandé.

— C'est pas le chemin ! qu'on lui a répondu. Là, vous êtes en train de repiquer vers l'est. Paris, c'est plutôt vers l'ouest : suivez le soleil, et vous devriez retomber sur les routes principales.

— Ah, mais les grandes routes, on s'y fait bousculer ! s'est exclamé le Belge. C'est à peine si on ne nous pousse pas dans le fossé !

— Faut dire que vous faites chier, est intervenu Désolier à qui personne n'avait rien demandé. Nous, on a des canons à faire passer, et vous, vous bloquez la route avec votre grosse bobonne et votre marmaille.

Il a pointé du doigt la petite famille sur le chariot, et le Belge est devenu rouge de colère.

— Ah, en voilà des manières ! Dites voir, si vous étiez restés à vous battre en Belgique, on ne serait pas ici, hein !

— Elle était où, votre armée ? Et les Anglais ? Parce que nous, on était là, et on ne les a pas vus.

Quand le Belge a retroussé ses manches, j'ai dû m'interposer avant qu'il ne s'explique avec Désolier. Mais le Wallon ne s'est pas calmé pour autant.

— Qu'est-ce que vous croyez ? Qu'on a envie de se faire occuper ? Vous savez ce qu'ils ont fait par chez moi ?

Ils ont fusillé des gamins ! Oui, monsieur ! Des gamins ! Ils ont tué mon neveu ! Qu'est-ce que vous croyez ? Que j'allais attendre qu'ils tuent mes petites filles ?

Cette fois, c'est Boniface qui s'en est mêlé. Son petit cœur de cureton venait de se réveiller.

— Comment s'appelait votre neveu ? a-t-il demandé. Je prierai pour lui.

S'il pensait calmer le Belge, c'était raté : l'autre a manqué de lui sauter à la gorge, et c'est finalement Désolier et moi qui avons dû le retenir.

— Mais qu'est-ce qu'on en a à faire, de vos prières ? Il est mort ! Maintenant, vous pouvez prier pour lui ou arrêter le salaud qui a fait ça avec votre fusil, ah, dites !

J'ai expliqué au Belge que Boniface ne pensait pas à mal, que c'était un chic type qui était plus habitué à soutenir avec des prières qu'avec des balles. L'autre a grogné quelque chose au sujet du pape qui ne servait pas à grand-chose, et puis il a repris la route, avec toute sa caravane qui avait suivi la scène, les yeux ronds.

— N'empêche, a approuvé Désolier, moi aussi, j'ai toujours détesté les gens qui, quand tu es dans la merde, te disent : « Je prierai pour vous. »

J'ai bien senti que Boniface était vexé, mais il allait devoir s'y faire. Prier pour les soldats, c'est facile. En être un… c'est une autre paire de manches.

Caporal Ferdinand Rethel, 4 septembre 1914

T'inquiète pas, c'est facile !

C'est comme ça qu'il me l'avait expliqué, le caporal Boisleau. Il m'a raconté que faire l'arrière-garde, c'était rien qu'orienter les traînards et s'engueuler avec des

Belges en vadrouille, même si j'ai pas bien compris de quoi il parlait. J'ai demandé à un de ces gars, Boniface, là. Il a juste haussé les épaules et soupiré qu'il fallait apprendre à pardonner. J'étais bien avancé.

Alors que s'ils m'avaient dit, j'en serais pas là.

C'était dans un bois, pas loin du gros de la troupe. On pouvait apercevoir le village où le colonel avait fait installer une forge qui était en train de lever le camp. Tôt le matin, il faisait encore un peu brumeux, avec toute l'humidité qu'il y avait eu la nuit d'avant. C'était joli d'ailleurs, mais je sais, c'est pas le sujet.

Bon.

La première heure, personne. La deuxième, personne. La troisième, on ne va pas se mentir, on commençait un peu à se faire chier. Quand enfin, voilà qu'on entend des chevaux qui avancent doucement. Pile quand je m'allumais une cigarette, évidemment.

Robert, qui s'était posé sur un tas de bois, s'est levé pour voir ce que c'était.

— C'est pas des gars à nous, qu'il nous a annoncé.

— Tire pas trop vite, c'est peut-être des Belges ! que j'ai répondu. C'est Boisleau qui m'a dit qu'il en traînait dans le coin.

J'avais pas fini ma phrase qu'un coup claquait dans l'air. Robert a poussé un grognement, et puis il est tombé par terre en se tenant le bide.

— Uhlans ! a gueulé Malo. C'est des Uhlans !

Après, je ne suis pas bien sûr. Ces salauds devaient suivre le régiment de loin, et ne pas nous avoir vus dans le bois pour s'être approchés si près. Connard de Boisleau avec son histoire de Belge ! Connard de Boniface qui n'a rien voulu expliquer ! On s'est retrouvés dispersés, avec des chevaux qui tournaient autour de nous et qui nous envoyaient des coups de pistolet. Je me suis enfoncé dans les bois parce que les cavaliers, ça n'aime pas trop les branches. Je jure que j'en ai touché un, qui a gueulé un truc en boche avant de repartir, penché sur le col de son canasson. Et moi, j'ai couru en arrière prévenir les gars de la forge de foutre le camp fissa !

Je jure que c'est ce qu'il s'est passé, mon capitaine. J'ai eu peur, c'est vrai, mais c'est pas pour ça que j'ai reculé. J'ai pas déserté. Je vous assure que je voulais juste prévenir les gars de la forge au village pour pas que le matériel tombe aux mains des Prussiens. Vous comprenez mon capitaine, hein ? C'est pas ma faute.

M'enfermez pas avec Terrieux. C'est un sale con d'anarchiste. Je veux pas attendre un conseil de guerre avec lui !

Capitaine Thomas Jacquard, 8 septembre 1914

En application du décret du 6 septembre 1914 qui autorise la création de conseils de guerre spéciaux, s'est tenue ce jour l'étude du cas du soldat Jean Terrieux et du caporal Ferdinand Rethel, tous deux en attente de jugement[1].

Les faits reprochés sont les suivants :

– le soldat Jean Terrieux est accusé de désertion, ayant abandonné sa compagnie devant Charleroi le 20 août 1914 ;

1. Les premiers conseils se tiennent en effet dès 1914, avec des cas de fusillés pour l'exemple se déroulant bien avant les cas plus connus de 1917.

– le caporal Ferdinand Rethel est accusé d'abandon de poste, ayant quitté sa position malgré les ordres le 4 septembre 1914.

En raison de la situation du régiment (cf. copie du journal de marche joint au présent rapport), les audiences n'ont pu être tenues plus tôt et ont été regroupées en une seule et unique séance afin de ne pas retenir plus que de raison les personnels nécessaires à la bonne conduite des opérations.

Le soldat Jean Terrieux a désiré assurer lui-même sa défense. Le caporal Ferdinand Rethel a été représenté par le lieutenant Dubreuil.

Le soldat Jean Terrieux n'a pas souhaité produire de témoins. À cause de son attitude face au conseil, plusieurs rappels à l'ordre ont été nécessaires (cf. documents joints). L'absence de justification factuelle du soldat Terrieux pour expliquer sa désertion, autre qu'un discours antimilitariste faisant le jeu de l'ennemi, a conduit le conseil à la décision de sa condamnation à mort.

Le caporal Ferdinand Rethel a demandé à produire des témoins, ce qui lui a été refusé à cause de la situation du régiment, dont la proximité avec l'ennemi ne permettait ni de prendre le temps d'aller chercher lesdits témoins, ni de risquer de dégarnir la ligne. Le conseil a entendu les arguments de l'accusé, qui a expliqué avoir souhaité rapporter la présence de cavaliers allemands aux forces plus en arrière dont il devait assurer la couverture. La couverture face auxdits cavaliers étant plus importante que l'information de la présence desdits cavaliers, et puisque le moral de la troupe ainsi que sa situation ne permettent en aucun cas de tolérer des abandons de poste, le caporal Ferdinand Rethel a été condamné à mort par le conseil.

Conformément aux décrets des 17 août 1914 et 1er septembre 1914, les recours en conseil de révision et auprès du président de la République ont été supprimés. L'exécution a été programmée pour le 9 septembre 1914, à 6 heures du matin.

Soldat Hector Desmoulins, 9 septembre 1914

Le seul type que j'ai tué à la guerre, c'était un Français, un matin, à 6 heures exactement.

J'avais fait la marche jusqu'en Belgique, mais devant Charleroi, on m'a affecté à la couverture d'une batterie de canons de 75. Ils ont tiré quelques coups, ça a grondé plus loin, mais ça a été tout. Après, remise en mouvement, hop, retour vers la France, merci, bonsoir. J'avais pas vu un Boche ! Je dis pas que j'aurais spécialement voulu me retrouver à dix centimètres d'un de ces bouffeurs de saucisses, mais bon, j'étais venu là-haut pour rien.

Ensuite, on est redescendus en courant vers la Marne pour arrêter les gars du Kaiser avant qu'ils ne marchent sur Paris. Je m'attendais à la grande bataille, et puis non, on a été mis en réserve, à refaire le plein de bidasses parce qu'on avait des trous dans les rangs depuis Charleroi.

Les officiers se sont dit qu'ils allaient en profiter pour juger une paire de prisonniers qu'on trimballait de cantonnement en cantonnement. Me demandez pas s'ils les ont condamnés à mort parce qu'on se débarrassait de tout ce qui nous ralentissait ou s'ils ont pensé que ça allait vraiment nous remonter le moral de fusiller deux pauvres bougres, mais en tout cas, le 9 septembre 14, à 6 heures du matin, j'étais en ligne avec d'autres péquins, à cibler deux Français qu'on avait alignés contre un mur après leur avoir énoncé qu'on les exécutait au nom de l'honneur et du respect de la discipline, bla-bla-bla...

Terrieux braillait comme un mulet que c'était un assassinat. Rethel, lui, chialait comme une madeleine. J'ai bien visé Rethel, droit vers le cœur, pour que ça se finisse vite. J'en aurais chialé aussi, mais c'était pas le moment de flancher devant les officiers.

On a tiré, et je suis à peu près sûr que j'ai couché Rethel. Terrieux, lui, il a dû être mal touché parce qu'il grognait en gesticulant sur le sol, jusqu'à ce que le sergent en charge des coups de grâce vienne lui mettre la décharge de revolver réglementaire.

Le lendemain, on partait à la bagarre quand un obus a explosé au-dessus de nous. J'ai jamais su d'où il sortait, parce qu'il n'y en a pas eu d'autre, mais vlan ! J'ai reçu un gros éclat dans le pied, et ça y est, pour moi, la guerre était finie.

Oui, j'ai eu une médaille comme quoi j'avais fait la guerre et j'avais été blessé, avec un beau diplôme saluant mon sens du devoir.

Mais franchement ? J'aime pas trop le regarder.

Sergent Jules Bayeux, 9 septembre 1914

Où on était quand j'ai eu ma médaille ?

En Champagne, ça, c'est sûr. Mais pour le reste, tout ce dont je me souviens, c'est d'avoir croisé un panneau « Montmirail ». Ça vous avance, hein ?

On avait marché dans un sens, dans l'autre, tourné, retourné, impossible de savoir où on allait. Les officiers passaient leur temps à gueuler qu'on changeait de direction. J'imagine qu'on réagissait aux mouvements des Boches. On les cherchait. Ils étaient quelque part, là, en face.

À un moment, le lieutenant Dubreuil m'a demandé d'aller voir dans le bosquet de l'autre côté du champ de blé qui nous couvrait sur un bord de la route, des fois que les Fritz s'y seraient cachés. Il a été bien inspiré, parce qu'on n'était pas à la moitié que ça tirait.

— Couchez-vous !

Pour se coucher, ils se sont couchés. La plupart étaient de pauvres types mobilisés qui avaient la pétoche au moindre coup de fusil. Mais quand je leur ai dit de se relever, là, en revanche, ça manquait plus d'enthousiasme.

— Debout les branquignols ! On va aller les chercher !

— Mais sergent, on est bien planqués dans le blé ! Le régiment est juste derrière, on ne devrait pas l'attendre ?

— Berger, sale con ! Je t'ai dit de te lever, pas de l'ouvrir !

Je lui ai donné un bon coup de pied et ça l'a remis sur les siens.

Vous entendrez plein de blagues sur les sous-offs, mais notre boulot, c'est pas de causer comme des officiers ou de geindre comme des soldats. Notre boulot, c'est de régler les problèmes. Et là, on avait des Fritz qui tiraient au hasard au fusil en espérant nous toucher. Ils savaient à peu près où nous étions, nous savions à peu près où ils étaient : là, c'était autre chose que Charleroi. Il fallait donc s'en occuper avant qu'ils ne commencent à appeler leur artillerie.

— Baïonnette au canon ! que j'ai dit.

Je prétends pas que c'était la meilleure stratégie, mais quand tes gars sont par terre et paniquent, cet ordre, ça les réveille directement. Ça leur secoue les tripes et les remet d'aplomb. C'est du concret : on y va.

J'ai dû aller en relever un ou deux à coups de godillot, et on y est allés. Quand on a surgi du champ, les Allemands étaient juste de l'autre côté d'un petit chemin. À peine un bond à découvert, et on était sur eux. Ils avaient dû parier que leur petite mousqueterie nous garderait tête baissée encore un moment, parce qu'ils ont eu l'air sacrément surpris. Le premier que j'ai planté, c'était un gamin. Il a ouvert la bouche en grand quand je lui ai enfoncé ma fourchette, bien dans le ventre. Et puis j'ai tourné : un coup sec. Nos baïonnettes étaient cruciformes : tu plantes, tu tournes, tu retires ; le Fritz, c'est terminé pour lui, même plus besoin d'appeler le médecin. À côté, deux de mes gars avaient aussi fait leur boulot. Et s'avançaient vers les suivants.

Ça a suffi à faire paniquer les autres, qui n'avaient pas envie de tâter de nos lames.

On en a eu deux de plus en tirant dans le dos des fuyards. Ensuite, on a tenu le coin le temps que le reste du régiment vienne aux nouvelles. Quand ils ont appris qu'on avait repris le bois aux Boches, j'ai eu le droit à des félicitations. Le lieutenant Dubreuil m'a même dit que j'étais en bonne voie pour une médaille.

Ensuite, je suis allé engueuler Boniface, qui insistait pour célébrer une petite cérémonie pour les Boches morts. Est-ce que les Fritz avaient donné une messe pour nos gars tombés en Belgique ? Est-ce que les civils qui fuyaient ne disaient pas qu'ils tuaient les enfants ?

La seule chose que ces gars méritaient, c'était du bon acier français dans le bide. Et ça, ce jour-là, on s'en était occupés. Alors oui, ma médaille, je l'ai bien méritée. Et je l'emporterai dans ma tombe.

Émile Demiras, 13 septembre 1914

Vous savez, je trouve que l'on juge les pilleurs de tombes un peu vite.

Est-ce que j'ai déterré ces Allemands dans le bois ? Oui, c'est vrai, je l'avoue. C'était moi. Mais pouvait-on parler de tombes ? Tout au mieux s'agissait-il de trous. De l'un dépassait un bras, de l'autre, une jambe… Non, vraiment, « tombe », c'est un grand mot pour quelque chose de si petit.

Attendez, ne nous énervons pas.

Il vous manque les raisons.

J'étais marchand ambulant. Je vendais de tout dans les villages, des outils aux bouteilles de vin en passant par la laine. Avec la guerre, j'ai eu tôt fait de m'éloigner du front, mais voilà qu'un matin d'août, je me retrouve nez à nez avec une petite troupe de soldats français. L'affaire semblait bonne : les soldats, ça a besoin de tout. Le problème, c'est que ça n'a pas grand-chose pour payer. Alors je négocie, leur sergent trouve que ça traîne, le ton monte, et voilà qu'ils commencent à piller mon chariot en arguant qu'ils régleront plus tard ! Mais je ne suis pas dupe, je demande qu'ils le fassent *illico*…

Et puis des Uhlans approchent. Et moi, Émile Demiras, honnête marchand et pacifiste, je suis pris entre les feux des deux armées ! Que vouliez-vous que je fasse ? J'ai laissé ça aux professionnels et je suis parti !

À mon retour, mon chariot achevait de se consumer. Et mes marchandises avaient disparu. C'est donc à pied que j'ai repris la route, après avoir perdu tout ce que j'avais. Que diable vouliez-vous que je fasse ? Que je demande l'aumône ? Les routes étaient déjà pleines de réfugiés !

La moindre ferme n'avait plus rien à offrir, et ce qui lui restait, elle le vendait à prix d'or !

Alors ? M'en prendre aux vivants ? Ou aux morts ?

Vous savez le prix auquel part un ceinturon allemand ? une montre ? un casque ? Je me contente de récupérer ce qui ne sert plus. J'ai eu le choix entre être voleur et récupérateur. J'ai opté pour le second. Pouvez-vous m'en faire le reproche, messieurs les gendarmes ?

Si vous fouillez ma besace, vous trouverez d'ailleurs un très beau pistolet que j'ai récupéré… au bord d'une route. Et des francs. Un certain nombre. Trouvés sur un Allemand, il avait dû piquer ça quelque part, mais ça revient à des Français, non ?

Si je vous laisse le tout, que diriez-vous de prétendre que nous ne nous sommes jamais vus ?

Adjudant Laurent Dumez, 16 septembre 1914

Au front, les gens racontent avoir vu toutes sortes de choses.

Tenez, par exemple. À la fin de la bataille de la Marne, nous ne savions pas encore que nous venions d'arrêter les Allemands. Pour nous, ils étaient toujours là, en face, minuscules taches grises que l'on apercevait parfois furtivement dans les villages et les collines où nous supposions que nous devrions bientôt aller les chercher. Mais aucun ordre ne venait, et ça ne bougeait pas plus en face. C'est là qu'on a compris qu'il s'était passé quelque chose.

— Il paraît que les Boches laissent tomber ! s'exclamait Désolier tout en préparant le café à ses camarades. Je le sais parce que c'est un cycliste qui m'a dit que…

— Pour des perdants, ils sont bien accrochés à la bonne terre de chez nous ! a rétorqué un de ses camarades. S'ils laissaient vraiment tomber, ils seraient sur le départ. Et si on avait vraiment gagné, on serait en train de les courser.

— Il paraît qu'un autre corps d'armée s'en charge, a aussitôt expliqué Désolier. Que ce qu'on a en face, c'est juste leur arrière-garde, et que bientôt, ils foutront le camp.

— Il paraît, mais t'en sais rien ! a râlé quelqu'un. Parce que moi, j'ai entendu des gars dire que les Allemands avaient été arrêtés par la Sainte Vierge !

— Et moi, a ricané un autre, j'ai entendu dire que c'était Jeanne d'Arc.

J'ai voulu m'en mêler et leur ordonner d'arrêter de raconter des sornettes, mais ils m'ont pris de court en se lançant dans un débat improbable qui m'a arraché un sourire.

— La Sainte Vierge ou Jeanne d'Arc... c'est pareil ! disait l'un.

— Ah, certainement pas ! a repris l'autre.

— C'est quand même deux vierges, est intervenu un troisième. Ça revient au même.

— Pas du tout ! s'est exclamé un gros soldat en agitant ses mains sales. Faut retourner faire votre catéchisme ! Qu'est-ce qu'on s'en moque, que ce soient des vierges ! L'important, c'est que ce sont des apparitions. Une bonne femme qui apparaît devant une armée et l'arrête, c'est un miracle et voilà tout. Qu'elle s'appelle Jeanne ou Marie, les Allemands se sont sûrement pas arrêtés pour demander.

— Mais ils ont vu une vierge. Tu penses qu'ils ont vérifié comment ?

La conversation devenait tellement grotesque qu'évidemment, ça a attiré le père Boniface comme la bière attire les guêpes.

— Allons ! a-t-il tenté d'une voix qu'il voulait apaisante. Vous blasphémez ! Si le Seigneur a jugé bon de faire connaître ses intentions en envoyant un signe, vous devriez prier pour le remercier.

— Oui, a repris l'un des philosophes du jour, mais mon père, quand même. Comment les Allemands ont-ils su que c'était une vierge ? On veut savoir !

J'ai longtemps ri de cette conversation, que je n'ai pas prise au sérieux.

Et puis, après la guerre, j'ai appris qu'un monument avait été bâti pour commémorer l'apparition divine.

Si j'avais su.

Vétérinaire Jean Garnier, 21 septembre 1914

Les soldats parlaient de beaucoup de choses : de la vie, de la mort, du bon Dieu, et même de la Sainte Vierge. Mais moi, ce qui m'intéressait, c'étaient les chevaux.

J'ai toujours aimé les chevaux.

Depuis ma plus tendre enfance, ils provoquaient en moi une incroyable fascination. J'avais acheté à l'école, à l'un de mes camarades, un vieil exemplaire corné d'une intrigue enfantine où un cheval parcourait des kilomètres pour retrouver son cavalier. Je m'imaginais, moi-même, avec un compagnon aussi fidèle, et cette seule idée étirait sur mes lèvres un sourire comme seul un enfant peut en produire. Aussitôt que je l'ai pu, j'ai menti sur mon âge et je me suis fait recruter en tant que palefrenier dans une petite écurie de Vincennes. Dès que j'avais du temps libre, j'allais aider, et tant pis s'il fallait nettoyer le crottin : j'étais auprès de chevaux que je brossais, caressais, et qu'on me laissait mener. Je finis par racheter de vieilles bottes à un élève devenu trop grand pour elles, et parce que je travaillais bien, on accepta de me laisser monter.

Enfin, lorsque je dus choisir ma carrière d'homme, je décidai de me faire vétérinaire. Aucun choix ne me paraissait plus logique, ne me rendait plus heureux.

La guerre éclata presque aussitôt après l'obtention de mon diplôme. Et je regrettai aussitôt ma vocation. Car la guerre était gourmande en chevaux. Rien que pour tirer un canon de 75, il en fallait six. On en réquisitionnait partout.

Et chaque fois que j'entendais l'artillerie, je savais. Je guettais la fin de la pluie d'acier puis le retour du calme qui, presque invariablement, finissait par être brisé par un cri : « Monsieur le vétérinaire ! Venez vite ! »

C'était le prélude d'un spectacle invariable. D'abord, on aperçoit des hommes aux têtes penchées et au cou disparu entre leurs épaules serrées, formant un cercle. Au centre de celui-ci, un cheval est couché. La blessure est parfois horrible, parfois invisible, mais toujours mortelle. Si l'on a fait venir monsieur le vétérinaire, c'est que la bête ne peut plus faire un pas. Et je sais très bien ce que cela veut dire. D'abord, il faut écarter le maître de l'animal, qui, inévitablement, caresse sa monture et l'accompagne dans ce que sont ses derniers instants. La bête souffle. Ses naseaux, souvent, saignent. Et ses yeux se posent sur moi, car elle voit bien qu'on s'écarte pour me laisser approcher. Alors j'examine, avec le maigre espoir de pouvoir faire un miracle. Et puis, il faut l'annoncer au maître : l'animal est condamné.

Ils le savaient. Tous. Mais on ne tue pas son cheval. On s'y est attaché. On l'a nommé. On l'aime sans le dire trop fort, malgré les moqueries des camarades.

Alors quand vient le moment de lui mettre une balle dans la tête, on laisse à monsieur le rôle du bourreau qui mettra fin aux souffrances. Mais moi, quand je braque le canon sur un cheval, je sais qu'il comprend. Je le vois dans son œil. C'est un cheval de guerre, il n'ignore pas ce que font les armes que nous manions. Comme il s'agite, dans une odeur de poudre et un éclair de feu, je tue la douleur et je laisse le calme s'emparer de ce corps lourd qui retombe dans un dernier souffle, bruyant. On peut entendre l'âme de l'animal qui le quitte. Je n'ai plus qu'à ranger mon arme, et attendre le prochain bombardement, le prochain cri, la prochaine monture cisaillée par les balles et l'acier.

Oui, j'ai toujours aimé les chevaux.

Soldat Georges Ably, 30 septembre 1914

Un beau matin, un officier à cheval s'est pointé, et superbe, nous a demandé de creuser des tranchées.

— C'est juste pour pas se laisser surprendre si les Boches attaquent.

Moi, j'y ai cru. C'est vrai que c'était pas idiot. Alors on a pris les pelles, les pioches, et on s'est mis au travail. En face, ils n'étaient pas plus bêtes. Alors ils ont fait pareil. De loin et de nuit au début, et puis petit à petit, tout le monde s'est mis à creuser vers l'avant. En peu de temps, nous avions nous-mêmes établi le piège immobilisant nos deux armées.

L'idée géniale s'est transformée en bourbier.

Et l'Allemand, ennemi lointain et furtif, en voix familière que nous pouvions entendre dans la tranchée d'en face. Des années à étudier la meilleure manière de manœuvrer en guerre, pour finir par une bataille entre terrassiers !

Les officiers étaient aussi perdus que nous. On avait ordonné ces mesures, mais ensuite ? Personne n'en savait rien. On disait que ça bougeait encore plus au Nord, en Belgique. Que l'avenir de la guerre s'y jouait. « On » était surtout en train de se demander que faire. Les Boches comme nous.

Faut bien le dire, on était paumés.

Avant le conflit, j'avais lu un journal qui disait que l'Allemand était un soldat, et le Français, un guerrier. Le type qui avait écrit ça racontait que le Boche, c'était un dur tant qu'il y avait un officier pour lui dire quoi faire. Alors que le Français, c'était un débrouillard, qui devenait redoutable sitôt qu'il fallait improviser parce que le plan était tombé à plat.

Je me suis dit : « Mon vieux, ça, c'est une guerre pour nous ! On va bricoler des trucs redoutables avant même que les Allemands ne remuent une oreille ! »

Ben tiens. Merci, les journaux ! Les Allemands avaient des canons capables de faire sauter une tranchée quand nos 75 étaient faits pour tirer sur des petits pères à découvert en pleine campagne. Ils avaient des barbelés en nombre là où nous, on devait gueuler rien que pour enfiler un pantalon de la bonne couleur. Et puis, eux, ils coulaient du béton pour ne pas lâcher un pouce de terrain, quand de notre côté, on bricolait un truc en bois, persuadés qu'on allait repartir à l'assaut.

Ça, pour improviser, le Français improvise. Mais parce qu'il n'a pas les moyens de faire autrement.

Maréchal des logis Alain Waechter, 9 octobre 1914

C'est à cause du manque de moyens que les pillages ont commencé près de la ligne.

Un matin d'octobre, comme sur toute la longueur du front où les armées se faisaient face, tout le monde s'enterrait, les habitants des villages voisins n'arrêtaient pas de nous appeler, nous autres, gendarmes, à l'aide.

Au début, les soldats s'attaquaient aux maisons abandonnées devant l'avancée allemande pour se servir en outils et creuser les tranchées, tant il n'y en avait jamais assez. Évidemment, ce qui se mangeait et se buvait disparaissait aussi. Et finalement, tout s'est mis à se volatiliser : objets précieux revendus sous le manteau, meubles transformés en bois ou traînés jusqu'à un abri, et quand il n'y a plus rien eu à prendre, ils ont commencé à récupérer le bois des parquets et des charpentes.

Forcément, il n'a pas fallu longtemps pour que les civils restés dans le coin se plaignent de soldats qui s'aventuraient sur leur propriété à la recherche d'une cave à vin encore pleine ou de meubles à piller. Notre grande crainte était qu'un paysan sorte son fusil, qu'un troufion en fasse autant, et que nous nous retrouvions avec des fusillades sur les arrières. Alors on patrouillait, on coursait les bidasses suspects, on tentait de maintenir l'ordre, ce qui faisait d'autant plus hurler dans les régiments. Déjà que nous autres, gendarmes, étions vus comme des planqués, voilà que nous étions accusés d'aller chercher querelle à des types qui risquaient leur vie quotidiennement au front et qui avaient pour seul tort d'avoir voulu récupérer un matelas dans un village à proximité.

Un matin, donc, j'ai aperçu à l'entrée d'un village la silhouette d'un soldat, occupé à se soulager dans un buisson. Ce n'est que lorsqu'il a entendu le bruit de nos chevaux qu'il s'est retourné, aussi apeuré que défroqué, et s'est mis à glapir.

On a vite joué de l'éperon pour fondre sur le village, puisque quand guetteur il y a, c'est qu'il y a grabuge en cours. Ça n'a pas manqué : le type a disparu dans la trappe d'une cave, et j'ai sauté à sa poursuite, revolver à la main.

Je suis tombé sur une jeune paysanne aux traits grossiers, vêtue d'un chemisier sale, couchée sur une table, seulement dissimulée aux yeux des soldats qui formaient une file indienne par un rideau crasseux.

— Qu'est-ce qu'il se passe ici ? ai-je demandé en pointant mon arme sur un gars qui me regardait avec des yeux ronds, les mains sur les cuisses de la gamine.

Évidemment, eux m'ont dit que c'était une prostituée et qu'ils attendaient leur tour. La fille, elle, s'est enroulée dans le rideau, et s'est mise à hurler que ces monstres pillaient sa maison et la violaient au moment où j'étais arrivé. Le porte-monnaie garni près de l'endroit où sa jupe traînait au sol donnait toutefois un peu de crédit à la version des fantassins.

Dans le doute, j'ai embarqué tout le monde pour éclaircir l'affaire, et mon supérieur a pris la suite.

Les semaines qui ont suivi, le régiment d'à côté a été décimé, ça oui.

Mais par une épidémie de chaude-pisse.

Suzanne Leferrand, 15 octobre 1914

C'est pas moi qu'ai donné la maladie.

C'est que des racontars des filles du village, parce qu'elles m'ont jamais aimée. Comme mon père, qui disait toujours que c'était malheureux que ma mère soit morte pour accoucher d'une bête bonne ni à manger ni à traire.

Mais quand j'ai eu mes premières formes de femme, les garçons, eux, ils ont commencé à m'aimer. Ils disaient : « Suzanne, elle a pas de tête, mais elle a des hanches ! » Et pis, ils ont commencé à m'aimer si fort qu'il fallait pas que le bon Dieu nous regarde. Oh, ça non. Mais même ce que le Seigneur voit pas, le village, y finit toujours par le savoir.

À la maison, le père, il était encore plus dur avec moi, à me dire qu'à ce rythme, j'allais accoucher d'une ribambelle de gamins plus bâtards que le chien du Barnabé. C'est pas bien gentil, parce que le chien du Barnabé, il est moche, ça oui. Tandis que les garçons, ils disent que je suis belle. Alors mes enfants, ils seraient beaux.

Quand la guerre a fait partir les garçons, le père, il était tout content au début. Il disait que c'était le bon Dieu qui avait pris tous les hommes pour les éloigner de mes cuisses. Mais quand il n'a plus eu personne aux champs pour l'aider sauf moi, il s'est mis à la détester, la guerre.

Et puis, les soldats sont venus s'installer près de la maison.

Ils regardaient tout le temps mon chemisier. Mais moi, je savais bien ce qu'ils voulaient. Au début, je voulais pas, parce que je les connaissais pas, c'était pas comme ceux du village. Et puis, il y en a un qui m'a proposé de l'argent.

Le père, tout seul, il ne pouvait plus faire tenir la ferme. On manquait de tout. Alors, j'ai dit oui.

Le soldat, il a dû le raconter, parce que d'autres sont venus avec de l'argent. Ils ont proposé de payer pareil. Et pourquoi pas ?

À la maison, le père, il savait plus rien dire. Parce que je rapportais plus d'argent que lui. Et pis c'est après que je suis tombée malade.

Mais c'est pas ma faute. C'est un des soldats qui a dû me la donner, la maladie. C'est lui qu'il faut trouver. Moi, j'ai rien fait de mal.

Je dirais même que j'ai fait du bien. Ça oui.

Caporal Auguste Deveze, 30 octobre 1914

Le bien, c'est une question de point de vue.

J'étais devenu un grouillot de l'intendance. Ce n'était pas un poste officiel, ça non, mais il fallait quelqu'un pour faire le tour des compagnies et remonter les petits soucis matériels : des chaussures aux boutons de capote en passant par les bouts de ficelle, tout le monde avait besoin de quelque chose.

Pour faciliter la tâche, j'avais acheté auprès d'un camelot du nom d'Émile une machine à écrire de cavalerie. Un vrai bijou : ça s'attache à la cuisse, vous faites tourner un cadran et, lettre par lettre, vous tapez vos messages. Le truc bizarre, c'est qu'elle était pleine de terre. Mais une fois nettoyée, elle m'a fidèlement servi.

J'étais fier comme un paon de ma trouvaille, et quand on me demandait où j'avais déniché ça, je faisais un clin d'œil et lançais :

— C'est mon boulot de trouver ce que vous cherchez !

Un sous-lieutenant m'a pris au mot. Il m'a dit qu'il voulait une chaise pour l'abri qu'on venait de lui creuser. Je suis allé voir les gars de corvée de bois, j'ai dégoté un menuisier dans la deuxième compagnie, et des outils dans une grange abandonnée. Et il a eu sa chaise. Tout content, il m'a demandé une table. Allez ! Je la lui ai livrée. Et puis, ça a été une patère, puis une table de chevet. Jusque-là, c'était facile, mais j'étais bien fier de moi, et mon sous-lieutenant, ravi de voir un caporal se démener autant pour lui faciliter la vie. Il en a parlé à d'autres, j'ai pris des commandes...

Et un adjudant a voulu une lampe pour son abri.

Je lui ai trouvé une lampe magnifique dans une ferme du coin. Je l'ai échangée contre des casques boches, et tout le monde était satisfait.

Sauf que la lampe était tellement bonne, le paysan qui me l'avait vendue, tellement sûr que j'en serais ravi, qu'il avait oublié de me dire qu'elle faisait une lumière du feu de Dieu.

À peine l'adjudant l'a-t-il allumée que la multitude de bouts de verre sur l'abat-jour a amplifié son feu au point de faire d'un bout de tranchée un petit Versailles.

L'artillerie allemande n'a pas hésité une seconde et s'est mise à déverser un tombereau d'obus sur cette lumière.

Deux blessés graves et un adjudant mort.

Si j'avais été moins serviable, ou si je lui avais refilé la première lanterne venue, le pauvre aurait survécu.

Mais j'avais voulu bien faire et je l'avais envoyé droit au ciel.

Lieutenant Jean-Marie Tellier, 11 novembre 1914

Vue du ciel, la guerre se présentait comme une immense cicatrice.

On décollait d'un aérodrome bien à l'arrière de la ligne, puis on mettait le cap vers l'est. À perte de vue, on ne voyait que les champs des plaines de Champagne, puis ici, le clocher d'un village qui nous servait de repère, là, un canal qui nous indiquait la voie à suivre.

La guerre prenait d'abord la forme de petits amas bruns, là où quelques cratères avaient retourné le sol durant les combats de la fin de l'été. Puis ces trous parsemaient de plus en plus la campagne, s'accompagnant peu à peu de destructions visibles depuis mon avion : arbres renversés, fermes aux toits éventrés, voitures dans les fossés… et par endroits, des petits carrés de croix de bois qui en disaient plus que n'importe quel récit.

Alors, la ligne de front apparaissait.

Une énorme cicatrice brune, longue de plusieurs centaines de kilomètres, nouvelle frontière autour de laquelle se concentraient les destructions. C'était le signal pour que l'observateur installé à bord avec moi sorte son appareil photo. Je faisais doucement basculer l'avion, et nous entamions la remontée de cette plaie béante qui ouvrait le monde en deux.

Du côté français, la cicatrice était striée d'artères où coulait un sang bleu, constitué des képis de tous les soldats qui y circulaient. Les képis et pantalons rouges avaient été remisés ou recouverts, donnant aux fantassins, vus d'altitude, l'apparence de globules bleus.

En face, de petits vaisseaux nécrosés et verts comme du pus se mettaient en branle à notre vue, et tiraient vers nous des coups de feu qu'on n'entendait même pas. Penché au-dessus de la carlingue de l'appareil, mon observateur prenait cliché après cliché de cette curieuse maladie qui rongeait la France.

Devant moi, un oiseau blanc remontait la ligne en sens inverse. Un Taube allemand, lui aussi en mission de reconnaissance, prenait des photographies de nos lignes.

Dans les premiers temps de la guerre, nos avions désarmés se saluaient, faute de mieux. Depuis qu'un appareil français avait eu l'idée d'emporter une mitrailleuse pour abattre un ennemi, la donne avait changé.

À peine nous étions-nous aperçus que, dans un accord silencieux, nous fîmes tous deux demi-tour. À bord, nous n'avions qu'un revolver et une vieille carabine. Qui sait ce qu'ils avaient en face ? Mais, comme nous, peu confiants en leurs armes, ils préféraient éviter un affrontement à l'issue incertaine.

Nos avions se détournèrent, et chacun rentra se poser pour raconter ce qu'il avait vu. Pour notre part, l'un de nos clichés présentait, dans un coin, une singulière concentration de petites taches sombres tentant de s'abriter de notre objectif non loin d'un hameau.

Pour nous autres, vu du ciel, c'était du pointillisme. Mais bientôt, pour d'autres sur terre, ce serait probablement plus concret.

Adjudant-chef Raymond Guesde, 21 novembre 1914

Ah ça, pour être concret, c'était du concret !

Ce qui m'a réveillé, c'est la fusillade du côté des maisons. Ni nous ni les Boches n'avions réussi à nous emparer du petit bouquet de baraques entre nos lignes. Mais visiblement, ils avaient décidé que ça suffisait comme ça, et les Allemands venaient de tomber sur nos premiers postes. Probablement déjà débordés, mais tant pis.

— Allez les gars, debout ! ai-je gueulé en tirant les couvertures de mes soldats serrés pour la nuit dans le trou pourri qui nous servait d'abri. Les Boches sont là !

Il n'en fallait pas plus pour que même le plus gros dormeur saute sur ses pieds, attrape son fusil et sorte. Quand notre vie en dépend, on est tout de suite plus motivé à se lever ! Il avait gelé dans la nuit, et de petits bouts de glace tombaient du creux des capotes par endroits, alors qu'on s'extirpait de nos abris en criant que ça y est, ça pétait !

Tous les jours, il se passait des choses : quelques bombes qui tombaient ici, un peu de mousqueterie dans un coin ou des coups de fusil pour s'emparer d'un poste de surveillance, mais là, c'était l'attaque !

Les Allemands étaient en partie cachés par l'obscurité, et c'était bien le diable de deviner par où ça allait débouler.

— Tirez pas n'importe comment ! a dit le capitaine qui venait de nous rejoindre. Si vous voyez quelqu'un, c'est peut-être un des hommes de nos postes avancés qui se replie !

On n'y voyait pas grand-chose, alors distinguer un Allemand d'un Français en train de courir, la belle affaire ! Lorsqu'on a entendu des types arriver à toute vitesse au milieu des murets éboulés qui s'étendaient devant nous, on a hésité.

Quand j'ai vu des grenades tomber près de ma tête, tout de suite, ça a été une autre histoire. J'ai juste eu le temps de me baisser que la nuit était illuminée par trois explosions. Bartoldi a reçu un éclat en plein dans la joue. Ça a traversé et c'est sorti par l'autre en lui entaillant la langue. Il s'est mis à cracher du sang et à baragouiner, complètement paniqué, mais on n'avait pas le temps de s'occuper de lui.

J'ai levé mon Lebel, et quand j'ai vu un enfoiré avec un casque à pointe, je lui en ai collé une. Je ne sais pas où, mais il est tombé en arrière. Et pendant que je faisais claquer la culasse, ses copains rappliquaient en courant.

Ensuite… ensuite, je ne suis pas sûr.

Parce que le combat, ça rend ivre. Ivre de poudre, de fumée et de bruit. Ça vient de toutes les directions, on entend tellement de choses qu'on ne sait plus où donner de la tête, et les tripes prennent le relais. On tire, on recharge, on se cache.

Je me vois en train de boire à la gourde de Bartoldi, planqué derrière un coin de la tranchée, attendant de voir ce qui arrive en face. J'ai failli foutre une balle dans ce con de Boniface qui courait, tête baissée, pour aller se mettre à l'abri. Il n'avait pas dû oser tirer et cherchait une planque.

Mais il n'avait pas tort, parce que ce qui a arrêté le combat, c'est le réveil de notre artillerie qui a commencé à laminer les vagues boches continuant à déferler vers nous. Ça a sifflé au-dessus de nos têtes, et ensuite, un mur de feu et de boue s'est dressé entre les Allemands et nous. Un mur tellement costaud que le hameau que les Fritz voulaient prendre a été réduit à un mélange de murs troués et de poutres fumantes.

Sans les artilleurs, on était foutus, j'en suis sûr.

Mais je me suis toujours demandé pourquoi, alors que nous, on était face aux Boches en quelques instants, eux mettaient toujours un temps infini à faire gueuler leurs canons.

Faut croire que les obus vont à la guerre plus tranquillement que les soldats.

Lieutenant Désiré Herblain, 1er décembre 1914

Si les troupiers tiraient autant qu'ils se plaignaient, nous aurions pris Berlin en un mois.

Depuis qu'une petite source avait été repérée derrière le renfoncement où nous cachions nos batteries de 75, c'était toujours la même affaire : un fantassin couvert de gourdes, qu'il venait remplir pour ses camarades, tintinnabulait en nous regardant de loin. Il hésitait, ralentissait, rassemblait son courage, et finalement, se permettait de nous expliquer son point de vue sur la manière dont nos canons n'intervenaient jamais comme eux l'attendaient. Et avec un ton plein de certitudes, nous disait quand et comment tirer.

Quand ça a été le septième à estimer que sa science innée de l'artillerie l'autorisait à ignorer mes galons, j'ai décidé de l'emmener vers les canons pour lui expliquer.

— Voyez-vous, mon ami, lui ai-je dit, pour commencer à tirer, encore faut-il savoir où. Et pour cela, il nous faut des informations. Cela peut être grâce aux téléphonistes, si les câbles ne sont pas coupés, ou à une estafette. Mais si vous parvenez, à deux kilomètres de distance, à estimer le départ d'un coup de feu au mètre près, tout en sachant où se trouvent les deux camps, je suis preneur.

Le soldat a bredouillé quelque chose, mais j'ai poursuivi.

— Ensuite, il faut préparer le tir. Cela veut dire que, selon nos informations, nous estimons la hausse et l'angle, qui va varier, bien sûr, selon le type d'obus que nous estimons le plus approprié pour vous soutenir. Et pour éviter de vous mettre des obus par accident sur la tête, nous faisons d'abord tirer une pièce. Puis nous attendons de savoir où elle est tombée. Est-ce que vous comprenez, ou préférez-vous que je tire à l'aveuglette ?

La bouche ouverte de mon interlocuteur n'a pas eu le temps de produire le moindre son.

— Cela fait, je dois reporter le résultat de l'affaire sur le carnet de tir. Précision que je consigne, figurez-vous, tout en ordonnant à mes autres pièces de tirer, afin d'accélérer la procédure. C'est essentiel, car voyez-vous, ces petits chiffres dans le carnet que vous apercevez ici même permettent d'accélérer les calculs pour d'éventuels ajustements.

L'air idiot du soldat m'a donné envie de lui mettre un coup dudit carnet sur le haut du képi. Et je dois bien avouer l'avoir fait.

— Enfin, et selon l'angle, les obus vont mettre plus ou moins de temps à arriver, ce qui signifie que même après que j'ai tiré, mes munitions ne sont pas instantanément à votre service. Et ensuite, voulez-vous savoir, mon ami ? Hein ? Le voulez-vous ?

L'autre a commencé à reculer, mais j'avais demandé à deux canonniers de le tenir le temps que je finisse.

— Ensuite, les Boches vont se mettre à glousser, trop contents d'avoir l'occasion de repérer nos canons, et tenter de concentrer leur feu sur nous. Chaque fois que nous tirons, nous leur donnons une excellente opportunité de nous massacrer. Et ça, c'est sans oublier les obus qui n'explosent pas et restent coincés dans le canon, qu'il faut retirer à la main, au risque de sauter avec, les canons surchauffés qui…

Je n'ai jamais eu le temps de finir. Mon bonhomme couvert de gourdes est parvenu à se défaire de mes subordonnés et s'est enfui vers la ligne en hurlant que j'avais un problème. J'ai longtemps cru que j'allais être sanctionné pour m'être ainsi comporté avec un simple soldat. Et en effet, j'ai reçu une visite du colonel peu de temps après.

Qui m'informait qu'ayant entendu dire que je savais expliquer l'art de l'artillerie de campagne de manière fort claire, il m'invitait à venir donner de petites conférences à ses hommes.

Vous parlez d'un cadeau.

Soldat Albert Dorigny, 25 décembre 1914

C'est Désolier qui nous avait dit qu'on aurait des cadeaux.

Il avait entendu, par une de ses histoires où un gars connaissait un type qui avait causé à un fourrier qui... bref. Je disais : il avait entendu dire que, la veille, les Allemands avaient échangé des cadeaux et joué au ballon avec des Anglais le temps d'une trêve. Même que ça faisait sérieusement chier les officiers qui n'avaient pas trop envie qu'on aille serrer la main des bonshommes qu'on était supposés allonger à vue.

C'est monté à la tête de Prunelle, qui dormait à côté de moi. Toute la nuit, il n'a pas arrêté de me réveiller pour me décrire ce qu'il voyait déjà au petit matin.

— Et si les Allemands viennent nous offrir du chocolat, qu'est-ce qu'on pourra leur filer en échange ? Et si c'est de la bière ? Non, attends, j'ai entendu dire par un gars de la troisième compagnie qu'ils avaient des espèces de chopines décorées pour ça. Tu penses qu'un Boche nous filerait la sienne ? Pour sûr que ça ferait bien !

Je ne répondais pas. De toute façon, il écoutait à peine. Prunelle avait grandi dans un orphelinat, et puisqu'il n'avait pas de famille, pour lui, il n'était pas plus bête de recevoir un cadeau d'un Allemand que d'un fonctionnaire ne l'aimant guère plus, mais faisant un geste en période de Noël. Moi, je pensais à mes deux petits à la maison, qui m'avaient envoyé une belle lettre en retour de la carte postale que je leur avais écrite.

— Et du tabac ? Ça, du tabac, ça leur plairait bien, j'en suis sûr ! Mais attends, il faut d'abord voir ce qu'ils offrent, a repris Prunelle. Non, parce que si on leur donne bien plus qu'eux… mais cela dit, comment faire pour découvrir leur cadeau en premier ?

Toute la nuit, il a caqueté. Au matin, quand on est sortis prendre notre garde, il continuait à dérouler des plans et des théories sur ce qui pouvait bien nous attendre. On n'avait pas parcouru deux mètres hors de la casemate qu'un bruit de moteur nous a fait lever les yeux : dans le petit matin, un magnifique Taube allemand fendait l'air de ses ailes reproduisant celles d'une colombe. Il volait si bas et si lentement que personne n'osait y croire. Une tête est apparue par-dessus bord, et deux mains gantées ont suspendu en l'air une sorte de petite caisse.

Prunelle, émerveillé, levait la tête, la bouche grande ouverte, imaginant déjà le présent tant attendu.

Tchac !

Il y a eu un drôle de bruit. Autour de moi, j'ai entendu des trucs se planter dans la terre encore gelée. Prunelle a produit un gargouillis avant de basculer en arrière très lentement, et de tomber raide mort.

Ce salopard de Boche nous avait largué des *Fliegerpfeil*, fléchettes métalliques qui, en prenant de la vitesse, deviennent des projectiles peu précis, mais diablement efficaces. Prunelle, le pauvre, en avait reçu un en plein dans la bouche, qui l'avait traversé de part en part.

Alors vos histoires de trêve du réveillon, vous pouvez vous les garder.

1915

Caporal Daniel Aubry, 1er janvier 1915

Le réveillon du 1er janvier 1915 fut probablement le plus triste de ma vie.

L'année précédente, je l'avais célébré avec ma femme et ses parents dans notre petit appartement parisien. Mon beau-père avait insisté pour me faire goûter un vin de Bordeaux dont il venait d'acheter quelques bouteilles, et qui avait délicieusement accompagné la volaille cuisinée par ma belle-mère. Et c'est au-dessus du plat que nous nous étions souhaité les plus belles choses pour 1914, avant d'aller écouter à la fenêtre une fanfare qui remontait joyeusement la rue sous les applaudissements.

Un an plus tard, à la même heure, j'étais assis au fond d'une tranchée à même le sol, un fusil près de moi, à contempler le contenu de ma gamelle de fer que je cherchais encore à identifier.

Autour, tout me rappelait que 1914 n'avait été qu'une année de mensonges. La bonne année ? Nous avions eu la guerre ! La bonne santé ? La mort avait eu la main lourde dans nos rangs. Le départ en belle tenue au son des fanfares ? Nos uniformes étaient crasseux et faits de bric et de broc pour remplacer nos képis et pantalons rouges ; je portais désormais une culotte de facteur, envoyée par l'armée faute de mieux. Enfin, la victoire rapide ? Nous étions encore en France, bon Dieu ! Les Allemands réveillonnaient chez nous !

— Champagne ?

Désolier arpentait la tranchée avec une bouteille fauchée on ne sait où, qu'il faisait passer de bouche en bouche : une gorgée chacun. Et quand il n'y en avait plus, véritable magicien, il venait une demi-heure plus tard avec de quoi étancher la soif de ceux qui n'y avaient pas eu droit.

Nous avions eu une rapide messe dans un abri. L'aumônier du régiment s'étant blessé en faisant un faux pas dans une tranchée, c'était Boniface qui avait officieusement repris la fonction. Un fond de vin rouge dans son quart fit office de vin de messe, et on osa même allumer un cierge avec mille précautions. Boniface pria pour la paix, évidemment, et acheva la cérémonie en donnant à qui en avait besoin deux écharpes qu'il avait reçues de ses ouailles.

Nos tenues étaient en effet trop chaudes pour l'été et trop légères pour l'hiver. Le moindre bonnet, aussi hideux soit-il, était perçu comme un présent merveilleux, et si ce n'était la capote obligatoire, certains auraient ressemblé à de parfaits civils égarés parmi nous. Les officiers ne pipaient mot à ce sujet : eux-mêmes portaient des cagoules tricotées par leur famille, et dont le ridicule n'amenait aucun commentaire puisque nous les jalousions un peu.

Le sergent Bayeux était le premier à nous dire, dans son vocabulaire fleuri, que l'uniforme, il n'en avait « rien à foutre, tant que vous tombez pas malade ». Il est vrai qu'entre les pertes dues à la chaude-pisse et les grippés qui partaient à l'arrière le temps de se remettre, les Allemands étaient devenus moins dangereux que les saloperies qui traînaient.

Je crois que c'est ainsi que je résumerais mon réveillon 1915 : nous étions dépareillés mais unis dans la laideur, frigorifiés mais réconfortés par la bouteille de champagne, malheureux mais ravis d'avoir dans la même galère le copain d'à côté.

J'étais content de ma formule, alors je l'ai écrite à mes parents.

Mais ils ne m'ont jamais répondu.

Tant pis pour la poésie.

Soldat Benjamin Gramelin, 12 janvier 1915

C'est pas des conneries de poète ou de lettré ! Je vous jure que c'est vrai !

J'étais chez le dentiste quand c'est arrivé. Il m'avait laissé tout harnaché sur sa chaise de bourreau pendant qu'il partait chercher du désinfectant. J'avais la gueule ouverte et je bavais partout, mais je faisais pas un bruit ! Personne pouvait savoir que j'étais sous cette tente, à crever de froid. J'aurais bien claqué des dents, mais je pouvais même pas, eh !

Et voilà que j'entends le Boniface.

Le père était en pleine conversation avec un drôle de capitaine du nom de Martin qui rôdait à l'arrière de nos lignes. Un envoyé de l'état-major. Ou du ministère. Ou un espion. Tout le monde avait sa théorie, mais moi, j'ai tout entendu. Il venait causer au Boniface, rapport qu'il jouait les aumôniers en attendant que le nôtre revienne.

— Que diriez-vous du moral des hommes ? a demandé le capitaine.

— Il est plutôt bon, demandez aux officiers, a rétorqué le curé.

— Je leur ai déjà demandé. Ce que je veux savoir, ce n'est pas ce qui se dit ouvertement. C'est ce qui se raconte en confession. Alors, mon père, où en sont nos hommes ?

Si j'avais pas été attaché, je vous jure que je serais sorti en coller une à cette enflure de capitaine ! Et tant pis s'ils me fusillaient moi aussi, parce que s'il n'y a plus rien de sacré, pourquoi qu'on se bat, hein ?

— Le secret de la confession m'empêche de vous parler, a timidement répondu Boniface.

— Et l'écrire, mon père ? a lancé le capitaine d'une voix malicieuse. Que dit la Bible, humm ?

— Ne jouez pas sur les mots, capitaine. Je ne peux rien vous confier.

Je l'aimais pas trop, le Boniface, et je l'avais toujours trouvé un peu pétochard, mais là, il montrait qu'il avait des grelots. Ça n'a pas plu au capitaine. Qui a arrêté de lui donner du « mon père ».

— Boniface, je m'adressais à vous en tant qu'homme de Dieu. Mais si vous m'êtes inutile en tant que tel, alors à quoi bon ? Je ferai de vous un soldat. Allons, soyez raisonnable et dites-moi ce que je veux savoir. Pas besoin de noms ou de récits précis. Je veux juste savoir ce qu'il se dit à voix basse. Pour le bien de nos unités.

— Et pour le bien de leurs âmes, je ne peux rien vous révéler.

Après, ils ont arrêté de causer. Mais j'entendais le capitaine tirer sur un petit cigare. Je suis certain qu'il prenait de haut notre cureton, parce qu'après, il lui a dit :

— C'est votre choix, deuxième classe. J'envisageais de vous trouver un poste plus approprié à l'arrière. Vous êtes sûr de votre réponse ?

— Certain, mon capitaine.

— Parfait. Vous entendrez parler de moi.

Le lendemain, on apprenait que Boniface s'était fait doubler ses corvées. Allez savoir s'il se prenait pour le petit Jésus sur son chemin de croix, il a tout enduré sans dire un mot.

Mais moi, j'allais pas fermer ma gueule. Alors je suis allé raconter à Désolier que Boniface avait tenu tête à un sale con de capitaine parisien.

De là, tout le régiment a su. Et on a commencé à le respecter, le curé. Bien plus que l'autre planqué de la capitale qui se terrait dans une ferme à l'arrière au chaud.

Aspirant Christian Gimel, 30 janvier 1915

La ferme où s'était installé le capitaine Martin était une masure compacte, tassée à l'abri de deux collines comme une vieille paysanne qui rentrerait le cou entre ses épaules. Ses murs de pierres moussues n'étaient entaillés que par d'étroites fenêtres dont presque aucune lumière ne filtrait. La lune elle-même touchait d'une lueur prudente ce toit pentu au sommet duquel une girouette en forme de coq décapité suivait le vent.

C'est en ces lieux que le capitaine Martin avait établi ses quartiers, dont l'étonnant confort contrastait avec l'extérieur de la bâtisse qui lui servait de repaire. J'ignorais où il avait déniché des fauteuils, mais il nous proposa de nous y installer pendant qu'il ouvrait une boîte à cigares ouvragée. Son aide apporta des verres, du vin, et je me trouvai bientôt face à cet homme au nez bossu et à la bouche semblable à un coup de scalpel, net et précis. Deux yeux clairs et emplis d'une intelligence déplaisante se posaient sur moi et sur mon compagnon d'un soir, l'aspirant Lavandier.

— J'imagine que vous avez entendu cette vilaine rumeur ? commença le capitaine Martin. Qu'un prêtre aurait refusé d'obéir à un ordre direct.

Bien sûr que nous l'avions entendue. Comme un fleuve en crue, elle avait grossi, encore et encore, jusqu'à déborder du lit de la vérité pour inonder des plaines de mensonges, qu'elle charriait désormais sans que plus personne ne sache ce qui était vrai ou faux. Tout ce que nous savions, c'est que le soldat Boniface avait refusé quelque chose au capitaine. Les versions plus ou moins colorées allaient de la charge à la baïonnette jusqu'à la faveur sexuelle. J'imaginais la vérité dans un entre-deux bien plus raisonnable.

— Vous n'êtes pas idiots : vous savez, nous expliqua le capitaine. Tout comme vous avez deviné la raison de ma présence ici. Paris ne se contente plus de rapports et de carnets. On veut s'assurer que le moral de la troupe est à la hauteur de la mission qui lui est réservée. Et ce petit entretien avec votre prêtre prouve qu'il y a bien des choses à faire. Car qu'arrivera-t-il si, demain, les soldats décident que les serviteurs de Dieu passent avant ceux de la patrie ? Où sombrerons-nous si les enrôlés tombent sous le joug d'agitateurs privilégiant les intérêts de leur parti avant ceux de la France ? Je pense que nous nous comprenons.

Certes, je comprenais. Comme la mouche comprend qu'elle a été invitée à dîner chez l'araignée. J'ignore quel conflit avait éclaté entre le soldat Boniface et le capitaine Martin, mais le ton de ce dernier me laissait envisager que la rumeur dont le prêtre était le principal protagoniste n'était peut-être pas née d'un accident. Le capitaine venait pour s'assurer que le moral était bon ? Fort bien. Mais avec ce genre d'incident, il avait désormais une excellente raison pour justifier de nouvelles mesures.

Comme je m'y attendais, il fit glisser vers nous un papier tapé à la machine. On pouvait y lire : « Dépareillés mais unis dans la laideur, frigorifiés mais réconfortés par la même bouteille de champagne, malheureux mais ravis d'avoir dans la même galère le copain d'à côté. »

— Qu'est-ce que c'est ? demanda Lavandier en approchant le papier de la lampe.

— Un extrait d'une lettre interceptée provenant de votre régiment, nous expliqua le capitaine. « Laideur », « frigorifiés », « malheureux », « galère »... autant de termes qui n'ont rien à faire dans les écrits de soldats prêts à gagner la guerre.

Nous savions que la censure ouvrait les courriers pour mener des enquêtes quant au moral et s'assurer qu'aucune information cruciale pouvant servir aux Allemands ne circulait par les services postaux. Visiblement, elle avait décidé de nous envoyer quelqu'un.

— Un problème qui peut être réglé grâce à des couvertures, des uniformes neufs et de bonnes nouvelles, dis-je alors.

Le capitaine me considéra avec le mépris de celui qui, depuis son bureau, voit dans un officier de tranchée un soldat boueux sur lequel on a accroché des galons.

— Chaque chose en son temps. Mais, en attendant de bonnes nouvelles, il faut éviter que les mauvaises ne s'étendent comme la gangrène. Voyez l'incident avec ce membre du clergé enrôlé dans vos rangs... En un rien de temps, le feu peut atteindre la poudre. C'est pourquoi nous devons redoubler d'attention.

— Et comment donc ? interrogea Lavandier.

La question était attendue. Elle n'était que l'introduction obligatoire à l'exposé que le capitaine Martin souhaitait nous faire : il voulait que nous intégrions à nos fonctions la surveillance morale de nos hommes, au-delà de ce que nos grades imposaient. Autrement, il serait « obligé » de prendre des mesures.

C'était l'attitude d'un envoyé d'un quelconque bureau, qui voit dans les hommes un troupeau que les officiers doivent guider comme autant de bergers. Et s'il faut crier au loup pour convaincre lesdits bergers d'accroître la surveillance, alors il se ferait un plaisir de s'en charger.

J'étais un soldat, non un censeur. Et je n'allais certainement pas devenir la cheville ouvrière d'une tentative de rétrécir la seule soupape par laquelle pouvaient s'échapper l'ennui et la colère d'hommes bloqués dans une guerre qui n'en finissait pas.

Je remerciai poliment le capitaine Martin pour ses conseils et sa veille quant aux dérives de nos hommes dans leurs courriers.

Et par la suite, je n'écrivis plus les miens qu'en code.

Sous-lieutenant Loïc Lavandier, 5 février 1915

J'ai bien compris que Gimel ne disait pas tout au capitaine Martin.

Son air guindé à la fin de l'entretien, sa manière de se lisser la moustache, le genre de détails qu'on ne peut pas dissimuler à un copain avec qui on a fait ses classes et qui dort dans le même abri que nous depuis des semaines.

En sortant, Gimel m'a expliqué qu'il trouvait que le capitaine était un salaud. Un de ces petits dictateurs venant exiger le respect qu'ils n'ont pas mérité à grand renfort de sanctions et de discipline. Ce n'était pas fondamentalement faux. Sauf qu'en débarquant de Paris, que devait-il faire, ce pauvre capitaine ? Passer des semaines dans les tranchées, à montrer que lui aussi pouvait manger froid, assis sur un banc de boue gelée ? Attendre la prochaine offensive pour s'illustrer au combat, ce qui n'était visiblement pas son métier ?

Gimel voyait l'art de commander comme une forme de paternalisme à képi. Et s'enorgueillissait de gagner le respect de ses hommes d'un bon mot sous le feu ou d'une sanction imposée avec une justice imposant le respect.

Alors que le capitaine n'avait pas de temps à perdre, et un problème sur les bras. Personnellement, j'ai trouvé ce Martin plutôt efficace dans son approche. D'habitude, en haut lieu, ça discutait beaucoup mais ça prenait peu de décisions. Au moins, là, je n'allais pas me plaindre.

Au début, j'ai cru que c'était juste une tension qui montait entre Martin et Gimel. L'un qui voulait tenir les rênes, et l'autre qui défendait son troupeau.

Mais un soir, le capitaine Martin m'a convoqué.

Il avait fait ouvrir le courrier de Gimel, ce qui m'a d'abord fait penser que l'affaire allait trop loin. Sauf que lorsqu'il m'a montré le pli, celui-ci était sans queue ni tête. Gimel écrivait des messages codés. En temps de guerre, ça veut tout dire. J'ai eu un sacré pincement au cœur en découvrant que celui envers qui je n'avais aucun doute était en fait un espion. Je ne sais pas par quels chemins tortueux il en était arrivé là, mais il avait trahi. Et communiquait probablement avec une officine boche. Je comprenais mieux l'hostilité de Gimel à son sujet.

Le capitaine l'a fait appeler, j'ai croisé Gimel en remontant en ligne. C'est la dernière fois que je l'ai vu. Le lendemain, il avait disparu sans un bruit.

En attendant qu'il soit remplacé, le capitaine Martin m'a obtenu mes galons de sous-lieutenant.

À peine arrivé, il avait donc débusqué un traître et m'avait décroché une promotion.

Un chic type, ce capitaine.

Adjudant Pierre Marchand, 21 février 1915

Je suis le dernier à avoir vu Gimel.

Je jouais les estafettes quand j'ai découvert l'aspirant emmené entre quatre gendarmes, l'air sévère. Ça devait être sérieux parce que quand j'ai fait mine d'approcher, les gendarmes ont mis la main sur leurs revolvers. Gimel a secoué la tête lentement pour me faire comprendre que je ferais mieux de foutre le camp, et en vitesse.

Il a continué à marcher, faisant une gueule de six pieds de long malgré ses efforts pour rester digne, et il a disparu derrière un renfoncement du terrain avec son escorte.

J'ai appris ensuite qu'il était accusé d'espionnage. S'il n'a pas eu droit à ses douze balles dans la peau, c'est qu'il a été envoyé casser des cailloux au bagne. On ne rigole pas avec ça.

Mais la rumeur d'un officier dans nos rangs bossant pour les Fritz s'était installée. Et ça commençait à grogner sur la ligne, avec d'un côté ceux qui disaient qu'ils avaient vu Gimel au feu, et que ce n'était pas un salopard de planqué, et ceux qui estimaient que c'était vrai que les Boches tiraient sacrément juste, et qu'un vendu devait bien leur avoir filé les plans de nos tranchées.

À mon avis, c'est simplement que ces enfoirés étaient meilleurs à ce petit jeu. Mais le dire à voix haute, c'était déjà être soupçonné de faire le jeu de l'empereur Guillaume. Alors j'ai fermé ma gueule.

J'ai bien essayé de calmer la rumeur en distribuant des coups de pied au cul. Mais évidemment, les gars se plaignaient d'autant plus qu'on les traitait mal, ce qui donnait davantage de raisons de soupçonner que le moral était plombé par des agitateurs, si bien que ça commençait déjà à parler de « prendre des mesures » du côté des officiers.

Les mesures, à la guerre, c'est souvent des types alignés contre un poteau pour l'exemple.

Mais fallait voir comme ça gueulait. Et plus ça râlait dans les courriers, plus les courriers étaient ouverts. Un cercle infernal.

Faut dire que c'était impressionnant, ce qu'on trouvait.

Soldat Eugène Bonduard, 27 février 1915

Marguerite,

Je vais pas y aller par quatre chemins : il y en a marre !

La guerre, je veux bien la faire, mais là, justement, on ne la fait pas. On reste gentiment alignés en face des Prussiens à les écouter causer, et de temps à autre, on se tire tous dessus sans trop se toucher. Ça fait de l'animation, mais pas grand-chose de plus. Même leur artillerie, la seule qui nous cause vraiment du mal, ne se fait plus beaucoup entendre.

Déjà qu'on nous avait promis qu'on serait rentrés à Noël ! Voir que, deux mois plus tard, ça ne se presse toujours pas pour dégager les casques à pointe de nos champs, c'est décourageant.

J'ai pas envie de mourir dans une charge idiote, attention Marguerite, je tiens à toi et je veux te revoir. Mais j'ai pas non plus envie de crever d'une grippe au fond d'une tranchée. Ah, ça ferait bien sur ma pierre tombale ! Quitte à mourir, autant le faire bien.

Les Boches sont visiblement pas beaucoup mieux logés que nous. À part un ou deux gros coups le mois dernier, ils se tiennent tranquilles. Et il y a même une tranchée par chez nous tellement proche de la leur que si on jette des cigarettes de leur côté, ils renvoient un paquet de tabac allemand chez nous. Tu le crois, ça, Marguerite ?

Et pourtant, c'est comme je te dis, on s'ennuie tous ferme.

Des copains du régiment disent qu'on ne bouge pas tant qu'on n'aura pas trouvé tous les espions dans nos lignes. Un officier de chez nous bossait pour Guillaume II, figure-toi. Il a disparu. Je pensais que c'était un bon gars, mais apparemment, pas tant que ça.

Quant à ce que tu me demandais dans mon dernier courrier, toujours aucune nouvelle des permissions. On est bloqués au front jusqu'à ce que la guerre soit terminée. À condition que quelqu'un veuille bien la terminer !

Tu me manques énormément.

Je t'aime.

P.-S. : J'essaierai de t'envoyer un de ces drôles de paquets de tabac allemand. Ça te fera un souvenir.

Sergent Raymond Seclin, 4 mars 1915

On avait appris que des soldats échangeaient des cigarettes avec les Allemands.

C'était bien le moment ! Déjà que le capitaine Martin nous soufflait dans le cou à la recherche de la moindre incartade, persuadé qu'on avait du Saxon plein les rangs…

Le sergent Bayeux et moi, on s'est planqués dans un abri pas loin de la tranchée où les échanges avaient lieu, histoire de voir si c'était du baratin ou non. Bayeux était pas vraiment le genre à faire ami-ami avec ceux d'en face ; avec lui, le moindre soldat qui avait osé jouer le copain des Schleus risquait la soufflante de sa vie.

Toute la nuit, on a attendu, mais rien. À part quelques coups de fusil le long de la ligne, il ne s'est rien passé. Bayeux s'est même mis à ronfler une paire de fois.

À l'aube, on a vu Bonduard avancer tranquillement dans la tranchée, le fusil à l'épaule et une boîte de sardines à la main. Il s'est approché du parapet, et d'un geste parfaitement tranquille, a envoyé sa poiscaille sur ceux d'en face.

— Ah, le salopard ! a grogné Bayeux. Je vais lui faire sauter les molaires à coups de crosse ! Il nourrit les Boches ! Faut pas les nourrir, ces bêtes-là, à part au gros plomb !

Je l'ai retenu, histoire de voir si les rumeurs étaient vraies. Et quelques minutes plus tard, on a entendu une exclamation en allemand, puis un paquet mou est tombé au sol. Bonduard l'a ramassé : c'était du tabac.

Je m'attendais à ce que Bayeux, bouillonnant de rage, lui saute à la gorge. Mais il n'en a rien fait. Il a noté le nom de Bonduard sur un carnet, l'a rangé dans sa poche en marmonnant des injures, et a attendu qu'il parte.

Ensuite, il est allé se placer au même endroit, et a appelé :

— *Zigaretten ? Zigaretten ?*

Un Allemand a répondu d'une voix pleine d'entrain. Bayeux a souri en entendant les Boches prêts à faire leur marché, mais au lieu de leur envoyer de la nourriture ou du tabac, il a dégoupillé une grenade et l'a balancée par-dessus le parapet.

De l'autre côté, ils n'ont pas compris tout de suite. Après deux à trois secondes de stupéfaction, il y a eu un hurlement horrifié, une explosion, et les cris déchirants de deux types qui appelaient à l'aide.

Pour faire bonne mesure, Bayeux a lancé un second projectile, puis est parti en courant. Cinq minutes plus tard, un chapelet d'explosifs prussiens pétait là où il s'était tenu.

De ce jour-là, ce que les gars appelaient en douce « le marché au tabac » est devenu « la foire aux grenades ».

Soldat Norbert Nivenne, 8 mars 1915

Le capitaine Martin faisait son marché aux fusillés.

Dans le civil, je travaillais dans une préfecture et je reconnaissais le regard du petit chef passant dans les services à la recherche de celui qui servirait de défouloir. L'affaire des échanges de tabac était à ses yeux le summum de la traîtrise : certains soldats marchandaient avec l'ennemi au lieu d'essayer de le tuer. Les histoires de trêve entendues à Noël revenaient aux oreilles des officiers, et avec les rumeurs d'espions infiltrés partout, la tension était désormais presque intenable.

Dans ma section, on craignait autant de finir au bout du fusil d'Allemands que de Français. Bonduard s'était fait mettre au trou par Bayeux, mais Martin voulait le passer par les armes pour l'exemple, pour avoir troqué des sardines contre des cigares durant la trêve.

— De toute façon, quoi qu'on fasse, ça finit par des emmerdes ! se plaignait Désolier. Le capitaine Martin fouine partout à la recherche d'une erreur à sanctionner. S'il veut fusiller des types, qu'il ne se gêne pas : les Allemands sont à cent mètres ! Et encore, bien moins dans la tranchée du marché aux grenades. Mais rien que de dire ça, c'est dangereux.

Les journées de la nouvelle guerre que nous faisions depuis quelques mois se répétaient avec la même recette infernale : l'ennui, d'abord, qui aidait à propager les rumeurs pour tuer le temps. Rumeurs mettant en danger ceux qui les colportaient au vu de l'ambiance qui régnait. Et puis d'un coup, tout culminait avec un soudain bombardement des Allemands, ou une brève fusillade, qui nous rappelait où nous étions.

Le calme retombé, l'ennui reprenait ses droits et tout recommençait. Quand Désolier a été mis au trou sur ordre du capitaine Martin, on s'est dit qu'il fallait que ça se règle, cette histoire.

Risquer sa peau, d'accord.

Mais pas pour des types qui vous visent dans le dos comme des criminels.

Caporal Antonin Lesvignes, 17 mars 1915

Dans les livres et les journaux qui racontaient les soldats partis au front, on parlait toujours de braves gars, avec de grands idéaux. Il fallait être sacrément idiot pour y croire.

Parce que des criminels, il y en avait.

Vous croyez sérieusement qu'on les mettait de côté ? Qu'on leur disait : « Ah non, toi, vu ton casier, tu peux rester à la maison » ? On trouvait des salauds, des joueurs de couteau et des voleurs parmi nous. Pour les gars qui ne pouvaient pas se retenir de nous vider les poches, ça ne durait pas longtemps car, dans une tranchée, tout se sait et se retrouve vite. Et quand on n'a déjà pas grand-chose, se faire tirer les colis de sa fiancée, c'est une bonne raison de tout retourner, y compris la gueule du coupable.

Les bagarreurs, les rois du petit larcin, en revanche, faisaient de bons soldats. Ils se portaient souvent volontaires pour les coups de main parce que le danger et le fait de se salir les mains ne leur faisaient pas peur. Ils formaient une sorte de bande d'enfoirés qu'on savait aller trouver quand il y avait besoin. Mais si jamais l'un d'entre eux se sentait pousser des ailes et dépouillait un gars de chez nous, tous, on leur tombait dessus.

Les honnêtes gens sont moins timides pour se défendre quand ils sont nombreux, armés, et qu'ils ont des fusils. Curieux, non ?

Les criminels s'étaient réunis sous la houlette d'une espèce de roi de la cour des Miracles, un trafiquant de petite envergure qui arrivait à dégoter ce que nous voulions. Il était donc devenu un incontournable du régiment, sorte d'officier sans grade capable de nous faire livrer ce que l'armée nous refusait. Il s'appelait Marcel Tiers mais nous l'appelions le « roi de Thunes » ou plus simplement M. de Thunes. Comme dans *Notre-Dame de Paris*.

Et puisqu'il réglait l'essentiel des problèmes, nous sommes un jour allés le trouver pour parler du capitaine Martin.

Thunes s'était installé, grâce à diverses faveurs, dans un abri souterrain, où un fauteuil à la provenance douteuse lui servait à écouter les doléances des soldats.

— Le capitaine Martin… que voulez-vous que je fasse ? Que j'appelle le ministère pour le faire muter ? Je dois pouvoir trouver un téléphone si vous payez bien. Mais c'est tout.

— Allons, Thunes. Tout le monde sait que tu fais mieux, ai-je dit.

Il m'a fixé en clignant lentement des yeux, comme un chat considère à peine l'humain qui se contorsionne devant lui.

— La question est : pourquoi ferais-je un effort ? a développé l'autre. Qu'avez-vous à m'offrir ?

— Fais pas le con, Thunes. Tu sais très bien que, pour l'instant, le capitaine Martin est plus intéressé par les espions que par les contrebandiers. Mais il finira inévitablement par fouiner de ton côté. Tu as donc autant intérêt que nous à le voir dégager fissa.

Thunes a étudié la question en se lissant distraitement un sourcil.

— Seriez-vous en train de tirer mes prix vers le bas ? Car n'oubliez pas que j'ai peut-être plus à gagner à vous dénoncer à Martin. Il me récompensera et me laissera sûrement tranquille.

— Sauf qu'on a aussi tout intérêt à te dénoncer, monsieur le Renard. Alors si j'étais toi, j'arrêterais les conneries. Je ne suis peut-être que simple caporal, mais je reste ton supérieur et je peux cesser de fermer les yeux.

Pendant un bon moment, Thunes nous a observés avec attention. Avant de hausser les épaules.

— Je peux m'en charger. Mais derrière, je veux la totale : plus aucune corvée, plus aucun chantage de ce genre, et surtout, nous serons tous complices. Si je tombe, tout le monde tombe. C'est bien compris ?

Nous avons hoché la tête.

— Bien ! Mais pour autant, ce ne sera pas gratuit. Parlons donc de mon prix.

Soldat Marcel « le roi de Thunes » Tiers, 18 mars 1915

Dans la vie comme dans les affaires, tout a un prix.

J'avais bâti mon existence autour de ce principe fort simple. Et durant mes années passées dans les bas-fonds de Paris à accomplir nombre de tristes besognes, j'avais appris que l'important était de toujours s'assurer que l'addition aille à quelqu'un d'autre.

Pourquoi payer un crime de plusieurs années de prison quand on peut s'arranger pour que quelqu'un s'en charge à votre place ? Mieux : pourquoi payer cette personne lorsqu'on arrive à la pousser au crime ?

D'une certaine manière, c'est le principe de l'armée : payer un type pour en tuer un autre coûte cher, mais si vous lui expliquez que tuer celui d'en face est un devoir et qu'il sera récompensé en honneur, des centaines de milliers de gars se mettent à tuer sans poser de question.

Mais, bien sûr, on vous dira que c'est moi le criminel.

Enfin. Vous voulez savoir pour le capitaine Martin, pas vrai ?

Les autres avaient raison. La fièvre du front, du contrôle, et la paranoïa avaient fait de ce gratte-papier un danger pour nous tous. On me jugera sûrement, beaucoup de gens ont essayé en tout cas, mais il en allait, qu'on le veuille ou non, du bien du régiment. Et peut-être même au-delà.

Je ne suis pas un bon Samaritain, j'en suis conscient. Mais parfois, un peu de mal fait beaucoup de bien. N'est-ce pas le principe même de la médecine ?

Quant à la manière d'opérer, j'avais des choix assez limités. Obtenir sa mutation ? Je n'avais pas les relations pour. Le pousser à la faute afin qu'il soit sanctionné ? Une option intéressante, mais par ici, il semblait plus à même d'être l'accusateur que l'accusé. Restait une solution aussi simple qu'efficace : nous avions, face à nous, plusieurs milliers d'hommes dont le métier était d'abattre des gens comme ce brave capitaine.

Allons, ne me regardez pas comme ça ! Le capitaine était responsable, je l'ai appris, d'un certain nombre d'exécutions. Mon devoir n'était-il pas de nous débarrasser d'un personnage qui avait tué plusieurs Français ?

Voyez comme tout n'est jamais aussi blanc ou noir qu'on veut le raconter.

Le capitaine, cependant, était prudent. Il s'approchait rarement des tranchées, et veillait à ce que nous ne puissions rien communiquer à l'ennemi.

Il fallait donc indiquer aux Allemands où le brave homme se terrait, sans communiquer directement.

Pour la suite, je comptais sur eux.

Capitaine François Martin, 20 mars 1915

Je savais ne pouvoir compter sur quiconque !

J'avais pourtant donné des ordres clairs. Personne ne devait approcher de ma ferme sans autorisation. Civil ou militaire, tout un chacun par ici pouvait être au service des Allemands. Les dernières semaines l'avaient montré. Seuls les gens expressément invités par mes soins étaient reçus dans mon bureau, et pour réceptionner les demandes du régiment, j'avais installé l'adjudant Boiseau à un poste près de la ligne. À charge pour lui de servir de tampon. Une fois par jour, il devait me faire remonter sur papier le rapport quotidien, à partir duquel je décidais qui méritait d'être reçu ou non. De toute manière, j'étais déjà bien occupé par les courriers d'un défaitisme alarmant dont je recevais copie.

C'est ainsi qu'un jour Boiseau me fit part d'une dénonciation : à en croire un certain Rondier, des soldats se rencontraient chaque soir pour critiquer ouvertement les décisions de la hiérarchie militaire. On y lisait des discours préparés, des lettres enflammées émanant de syndicalistes restés à l'arrière, appelant à la fraternité entre les peuples, et autres propos dangereux risquant de répéter les dérives survenues pendant la trêve de Noël, qui avaient atténué la combativité de certains régiments. Ces soldats pensaient sûrement bien faire, mais en affaiblissant nos armées, ils nous faisaient courir le risque de perdre la guerre. Et l'empire de Guillaume II serait bien moins ouvert à leurs demandes d'égalité que ne l'était la République. Ils jouaient en somme contre eux-mêmes à plus d'un titre.

Boiseau m'a décrit un Rondier paniqué à l'idée que l'on sache qu'il avait dénoncé ces petites réunions. Et incapable de révéler où elles se tenaient exactement. Mais Boiseau ayant lourdement insisté, il avait fini par avouer qu'elles se déroulaient en arrière de la ligne, près d'un canon de 75 démoli dont personne n'avait récupéré les restes.

À l'heure du rendez-vous, c'est donc aussi furieux qu'armé que je me suis rendu sur place, comptant entendre moi-même si l'information était bonne. Et si c'était le cas, les gendarmes, se tenant à distance, interviendraient.

Lorsque je suis arrivé, il n'y avait personne. Je me suis avancé près du canon et ai trouvé, à ma grande satisfaction, un indice qui m'a fait sourire : posé sur l'affût du canon, un mégot qui brûlait encore.

Je l'ai ramassé et l'ai porté à mon visage quand quelque chose s'est approché dans un bourdonnement métallique.

Feldwebel Hans Weber, 20 mars 1915

Clac-clac. Jamais je ne pourrai oublier le bruit de la culasse de mon fusil à lunette après un tir réussi. L'odeur de la poudre, le soulagement de la respiration que l'on relâche, et la satisfaction d'avoir touché sa cible après des heures d'attente.

Avant la guerre, j'enseignais les mathématiques. Il y a, dans l'art du tir au fusil à lunette, une précision, une patience, un aspect méticuleux qui ne sont pas sans rappeler la résolution d'une équation. Il faut savoir lire le paysage, y déchiffrer des variables, et en déduire la solution de tir parfaite.

Appuyer sur la détente n'est que la vérification des calculs. Si la balle passait à côté, c'est qu'il y avait une erreur, et il fallait tout recommencer.

J'avais repéré dans les lignes françaises un canon de 75 détruit qui offrait un formidable repère. Sa taille étant connue au millimètre près, il suffisait de le mesurer dans la lunette pour connaître sa distance exacte. Régler son fusil pour abattre un fantassin près de celui-ci était donc si aisé que j'avais un jour abattu trois soldats venus y récupérer des pièces dans la même journée. Depuis, ils évitaient soigneusement les lieux.

Jusqu'au soir où j'ai aperçu, brillant dans l'obscurité, le point incandescent d'une cigarette. J'ai ajusté soigneusement mon arme pour tirer sur celle-ci, et attendu que l'imprudent fumeur la porte à ses lèvres. Pendant un bon moment, elle est restée là, immobile. Pourquoi ? Je l'ignore.

Mais quand elle s'est mise en mouvement et s'est soulevée d'un bon mètre, portée par une main invisible, j'ai appuyé sur la détente. Et la cigarette est retombée aussitôt au sol.

Clac-clac.

La culasse de mon arme a claqué entre mes mains, me procurant ce fameux plaisir unique. Sans avoir vu mon adversaire, je savais au plus profond de moi que j'avais mis au but.

Je me suis tout de même demandé qui était assez imprudent pour aller fumer près du vieux canon de 75. Je ne comprendrai jamais ces Français.

Soldat Gustave Rondier, 21 mars 1915

Moi, j'ai rien compris.

Le roi de Thunes m'a mis un billet entre les mains et m'a dit : « Va dire à l'adjudant Boiseau qu'il y a des gars qui se réunissent la nuit pour parler de ceci et de cela. Et quand il te demandera où, dis-lui bien que tu as peur de tout révéler, mais n'oublie pas de finir par lui lâcher quand même que ça se passe la nuit près du vieux canon de 75, à telle heure. Ensuite, tu attendras la nuit suivante, tu allumeras une cigarette et tu la poseras sur le canon de 75 à l'heure dite avant de déguerpir. »

Ça n'avait aucun sens. D'autant que tout le monde dans le régiment savait qu'il ne fallait jamais traîner près du canon de 75. Aucun sens, je vous dis.

Mais je l'ai fait. Et le lendemain, je m'inquiétais un peu quand j'ai appris qu'on avait retrouvé le capitaine Martin avec une balle en pleine tête.

Je m'attendais à ce que ça me retombe dessus, mais rien. À ce qu'il paraît, un Allemand avec un fusil de précision l'avait eu. En pleine nuit ? Sacrément équipés, ces gars-là.

Lieutenant Hubert Vandenberg, 1er avril 1915

L'équipement allemand dépassait de loin le nôtre.

Maintenant que le capitaine Martin avait été victime d'une regrettable imprudence, nous pouvions de nouveau tenir ce genre de propos. Car le matériel boche était sans cesse un problème pour nous.

Nos canons de 75 étaient parfaits pour des combats en campagne. En revanche, pour bombarder des tranchées à quelques mètres seulement par endroits, nous n'avions rien, là où l'ennemi disposait, lui, de lance-mines. Des engins redoutables qui, à toute heure du jour ou de la nuit, pouvaient envoyer *via* une magnifique trajectoire en cloche un cadeau explosif droit dans une tranchée. Nous avions perdu plus d'un soldat de cette manière.

La rumeur disait que certains des nôtres avaient riposté en sortant des musées de vieux mortiers à poudre noire de Napoléon. Pour notre part, des gars du génie avaient improvisé une arme prise à d'autres régiments : une douille d'obus servant de tube à toutes sortes de projectiles, du petit explosif en passant par les vieux boulons. Tout était bon pour répondre aux Allemands et leur montrer que nous ne laisserions aucun tir impuni.

L'arrière nous envoyait sans cesse de nouveaux accessoires censés nous permettre de nous adapter à cette nouvelle guerre : des sortes d'arbalètes pour tirer nos grenades jusqu'aux abris d'en face sans sortir des nôtres, des petits couvercles de fer que l'on portait sous le képi en guise de casques afin de se protéger des shrapnels, et quantité d'autres armes plus ou moins absurdes dont on nous demandait l'essai.

Notre système D faisait peine à voir comparé au matériel des Allemands et à leurs belles armes, sorties de leurs usines bien avant la guerre et conçues exactement pour un affrontement comme celui-ci.

Nous étions au moins égaux sur un point : afin d'obtenir des renseignements sur la ligne d'en face, il fallait aller aux « petits postes ». Des postes avancés pour écouter ce qui se tramait de l'autre côté. Plus on entend d'hommes, de voitures et de trains, plus l'on sait que l'affaire qui se prépare est grosse.

Le problème, c'est que les meilleurs postes situés entre les lignes donnaient lieu à d'âpres combats chaque nuit. Le secret était d'envoyer ses hommes suffisamment tôt pour y arriver avant les Allemands, mais suffisamment tard pour qu'il fasse sombre et que ces soldats ne se fassent pas tirer en chemin comme des pigeons.

Une guerre d'un nouveau genre, qui avait lieu chaque nuit entre les lignes, rarement commentée dans la presse.

Mais Dieu qu'elle nous a coûté comme hommes !

Soldat Léon Pointeur, 7 avril 1915

— Bon Dieu de bon Dieu !

Je ne me rendais même pas compte que je jurais. J'avais les deux mains plongées dans le col du caporal Aubry, et je pouvais sentir mes doigts s'enfoncer dans la chair molle et exposée du trou de sa blessure. Il me regardait avec de grands yeux en s'étouffant dans son propre sang.

On était dans un petit poste qu'on pensait sûr : un trou d'obus qu'on avait relié à nos lignes par un boyau, nuit après nuit. Mais ce soir-là, les Allemands avaient décidé de nous rendre une petite visite. S'emparer du poste, peut-être capturer un homme ou deux pour obtenir des renseignements. Et ça avait mal tourné.

Trois gars nous étaient tombés dessus à bout portant, sortis du *no man's land* comme des diables, le pistolet à la main. Nous-mêmes, on n'était que trois : Aubry, Boniface et moi.

Dès qu'Aubry a levé son arme, l'un des Boches lui a tiré dessus et il est tombé en se tenant la gorge. Le temps que je brandisse mon fusil, une autre balle m'effleurait la joue. Finalement, c'est Boniface qui, dans la surprise, a tiré au hasard. Il a touché le meneur du trio infernal en plein dans la tête.

Le bon père était aussi surpris de ce qu'il venait de se passer que les deux autres.

J'ai à mon tour envoyé une balle, qui a manqué sa cible, mais qui m'a peut-être sauvé la vie. Notre début de fusillade avait réveillé la tranchée, et ça commençait à tirer au hasard de notre côté, ce qui a évidemment fait réagir ceux d'en face. Si bien qu'en un instant, on se tirait tous des balles au hasard dans la nuit.

Une fusée éclairante est montée loin au-dessus de nous et m'a révélé que nos assaillants avaient laissé tomber et foutu le camp en voyant leur coup manqué.

Boniface est venu me rejoindre près d'Aubry. À la lumière tremblotante de la fusée, on pouvait voir sa peau devenue si pâle que la moindre tache de boue sur son visage ressemblait à une croûte noire. Ça sentait la mort et le sang chaud. Aubry était foutu et il le savait. On ne pouvait pas le sauver. Juste être là.

J'en chiale rien que d'y repenser. Parce que c'est dégueulasse, un type qui se sent partir.

D'abord, il pose sur vous de grands yeux vous appelant à l'aide. Vous pouvez sentir qu'il y a de la colère dedans, qu'il aimerait que vous fassiez quelque chose, n'importe quoi, et vite. Ça vous retourne le bide, jusqu'à ce que vous commenciez à voir la lumière qui s'éteint. J'aimerais dire que c'est la paix qui s'installe, mais c'est pas vrai. C'est juste qu'il n'a plus assez d'énergie pour supplier qu'on l'aide et se tourner vers les autres.

Aubry a fait des gargouillis à gerber. Il demandait sa mère en hoquetant. Même s'il était caporal, c'était le plus jeune de nous trois.

Boniface a serré sa main jusqu'à ce qu'il sente que ça se relâchait. Et moi, je n'ai retiré les doigts de la blessure que longtemps après qu'Aubry a arrêté d'appeler.

C'était la première fois que Boniface donnait la mort et la voyait d'aussi près, je crois. En tout cas, une mort comme ça, bien différente de celles des vieilles dames de sa paroisse. Quand les renforts sont arrivés par le boyau, on était tous les deux poisseux de sang, avec un Allemand mort dans notre trou et Aubry à ses pieds.

J'ai raconté l'histoire au sergent. Sans préciser que Boniface avait eu un sacré coup de chance avec son fusil : des fois, il faut embellir. Le curé a été cité à l'ordre du régiment.

C'est comme ça qu'il a reçu ses galons de caporal : il fallait bien remplacer Aubry.

J'ai aussi embelli une autre histoire : je suis allé aider le capitaine à rédiger le courrier pour la famille d'Aubry. Pas besoin que sa mère sache qu'il était mort du sang plein la gueule en chialant comme le gosse qu'il était.

À Mme Élisabeth Aubry, 15 avril 1915

Madame,

J'ai le regret de vous annoncer que votre fils, le caporal Daniel Aubry, est mort le 7 avril 1915, après avoir courageusement participé à la défense de nos lignes face à l'ennemi. Un soldat qui était à ses côtés durant les faits m'a affirmé que ses derniers mots avaient été pour vous, et qu'un prêtre se tenait près de lui au moment de son dernier souffle.

J'espère que la gloire dont est auréolé son sacrifice vous aidera dans le difficile deuil qui est le vôtre. Sachez que mes pensées sont tournées vers vous, ainsi que vers les familles de tous les soldats que j'ai vus combattre jusqu'à la fin pour la défense de la France.

Je me suis permis, madame, d'informer la veuve de votre fils par courrier séparé, afin de vous épargner la difficile tâche d'annoncer son décès.

Capitaine Augustin Truchot

Capitaine Augustin Truchot, 20 avril 1915

La guerre n'était qu'une longue et entêtante litanie de lettres de décès.

Chaque fois que l'horizon s'embrasait de l'éclair des canons, ou que la nuit était brisée par le feu des fusils, je savais que la Mort lacérait de sa faux nos tranchées grouillantes d'âmes. Parfois, la chance s'interposait et l'infirmerie n'accueillait que quelques blessés. Mais le plus souvent, on rapportait des morts.

Alors commençait mon triste sacerdoce.

D'abord, les identifier. Ce qui paraissait facile ne l'était pas tant : sous les bombes, des corps se volatilisaient. Sous le feu, des défunts restaient prisonniers entre les lignes. Ensuite, on cherchait à savoir si le mort l'était bien, et si on avait pu récupérer quelques objets personnels. Alors, il fallait retrouver l'adresse de sa famille, écrire le courrier, recopier des rapports ou s'inspirer du récit des soldats, puis rassurer encore et toujours : non, le décès de votre père, de votre mari, de votre fils n'avait pas été inutile. Oui, son corps suspendu aux barbelés et pourrissant devant ses amis était un pavé nécessaire sur la voie de la victoire.

Les mêmes mots, répétés dans tous les courriers, perdaient de leurs sens. Ils s'usaient sous ma plume, se vidaient entre mes doigts, et se transformaient en coquilles vides, en pattes de mouche qu'une famille disposerait sur un meuble en souvenir du disparu.

On m'apportait des bagues, des photos, des lettres non ouvertes que je glissais avec le courrier, comme si ces éléments concrets pouvaient donner un peu de contenance à des lignes qui, à mes yeux, n'en avaient plus aucune.

Je craignais le jour où les permissions reviendraient. Allais-je croiser les familles des morts ? Que me diraient-elles à moi, le messager de mauvais augure ? Aussi, tout comme je mentais aux familles des autres, je mentais à la mienne. Je ne leur disais pas que j'étais le héraut de la Faucheuse, le psychopompe de l'administration militaire. Pour eux, j'étais un gratte-papier aux obscures missions, peut-être même un bienheureux planqué qu'ils reverraient vivant, car il n'allait pas où cinglait la faux.

Dans mon abri à l'arrière de la ligne, je regardais parfois le plafond terreux d'où tombaient de tristes racines, alors que près de moi s'ouvrait la porte vers la surface. J'étais prisonnier entre deux mondes. Celui des vivants et celui des morts. Sans appartenir réellement à aucun des deux.

Mon existence grise, ma guerre molle se racontaient au travers des histoires des autres, dont je n'étais que le passeur.

Je n'étais personne, et pourtant, ma signature au bas d'une lettre équivalait à celle de la Mort.

Adjudant Thibault Comtois, 6 mai 1915

La Mort avait laissé son empreinte sur le pauvre Boniface.

Il faisait peine à voir avec ses galons de caporal. Il savait bien qu'on les avait enlevés du corps d'Aubry pour les lui donner, et qu'en somme il avait pris la place d'un macchabée. C'était d'ailleurs à peu près la gueule qu'il avait à l'époque. Les traits creusés, la peau pâle, et si on ajoute à ça le fait que, comme nous tous, il vivait à demi enterré… ce n'était pas exactement l'image du brave cureton de campagne qu'on pouvait imaginer.

Depuis qu'il avait tué son premier Boche, il avait ravalé ses bons sentiments et se promenait désormais avec son fusil à l'épaule, lui qui se débrouillait auparavant sans cesse pour le laisser dans un coin de la tranchée. Voir la Faucheuse en face l'avait visiblement fait réfléchir à deux fois quant à son envie d'aller vérifier si le bon Dieu existait vraiment. Il s'était donc résigné à la faire, cette guerre. Un soir, il vint partager un verre avec moi à l'arrière des tranchées, et m'expliqua sa position.

— Il suffit de tuer une fois pour être un assassin. J'en suis un à présent.

— Un assassin, ça tue pour de l'argent ou parce que ça a trouvé un type nu dans le lit de sa femme, lui dis-je. Vous, vous êtes un soldat.

— Les circonstances ne changent rien à l'affaire, insista Boniface. L'âme est souillée par le meurtre. Même si j'arrêtais de tuer maintenant, le Seigneur verrait encore en moi un assassin.

— Alors, pourquoi arrêter ? souris-je.

Bizarrement, c'était aussi la clé de son raisonnement.

— C'est cela. Poser mon fusil ne servirait plus à rien. Alors autant m'en servir pour que d'autres ne finissent pas comme Aubry.

Il avait tripoté ses galons à ce moment-là, et je savais à quoi il pensait. Même si une partie de ce qui trottait dans sa tête m'échappait encore. Car Boniface se porta par la suite souvent volontaire pour occuper les postes avancés. Peut-être pour défendre lui-même les copains qui y risquaient leur peau. Peut-être parce qu'il voulait secrètement se faire tuer par un Allemand et équilibrer la balance.

En attendant, il continuait à donner la messe, et lorsqu'il le faisait, il y avait plus de monde que jamais. Un prêtre qui tue comme son voisin de tranchée, c'est un prêtre qui a plus d'expérience en matière de sens de la vie et de la mort que ceux qui se contentent de lire la Bible à l'ombre d'un clocher.

Et du sens, quand on s'ennuyait ferme entre deux assauts, on en avait bien besoin.

Soldat Frédéric Bompard, 21 mai 1915

Les assauts, c'était la version industrielle de la guerre.

Parce que la guerre, qu'est-ce que c'est ? Moi, mon grand-père avait fait celles de Napoléon III. Il nous racontait, comme à l'école, le son du tambour dans les plaines, les charges au sabre, les généraux cherchant le moment où ils pourraient retourner la situation... Je ne dis pas que c'était propre. Mais qu'il y avait, comment dire ? Voilà : une forme d'art. Un art vieux comme nos rois, où la cavalerie change le cours de la bataille, où une armée marche au bon moment sur une autre...

Alors que nous, c'était la guerre similaire à l'usine.

Ça commençait par du travail de préparation. Rien de militaire : de la pelle et de la pioche pour aménager les tranchées de départ. Puis on installait le matériel : on hissait des canons de 37 sur des positions d'où ils pourraient couvrir notre attaque. De belles petites machines, pleines de pièces automatiques, avec des brevets, tout ça...

Ensuite, il fallait être à l'heure. On faisait passer la montre du colonel dans les rangs pour que ceux ayant une montre s'alignent dessus à la minute près. Surtout les officiers.

Si l'attaque commençait à 7 h 15, c'était 7 h 15. Pas 7 h 16.

D'abord, l'artillerie crachait tout ce qu'elle avait. Soi-disant que ça devait dégager les barbelés devant nous et détruire les mitrailleuses boches qui nous attendaient. Ensuite, les canons faisaient feu sur la ligne juste derrière celle qu'on attaquait, pour l'isoler et bloquer les renforts.

À l'heure dite, dès que l'artillerie avait commencé à allonger son tir, c'était parti. Le capitaine sifflait, on gueulait, on grimpait aux échelles, et… on s'apercevait que rien ne s'était passé comme prévu : les barbelés étaient en partie encore debout, les postes de mitrailleuses allemands se mettaient à tirer, et tous les Boches sortaient des abris où ils avaient attendu que l'orage passe.

On se faisait aligner par les mitrailleuses façon machine à coudre. Tacatacatac. Les officiers criaient : « En avant ! En avant ! » parce qu'on se couchait. Mais généralement, eux aussi finissaient allongés près de nous, à utiliser le corps du copain le plus proche en guise de protection contre les balles, comme tout le monde.

Ça fait bizarre, la première fois, d'utiliser la viande du type avec qui vous avez joué aux cartes la veille pour arrêter les balles. Mais on s'y faisait.

On se faisait à tout, faut dire.

Quand on avait du bol, on atteignait la tranchée d'en face et là, on se battait enfin comme dans les guerres anciennes. Parfois, on la gardait. Parfois, une contre-attaque nous chassait quelques heures seulement après la prise de la place. Et tout était à recommencer.

Et puis, à d'autres moments, on se retrouvait à courir en arrière avant même d'avoir atteint quoi que ce soit. Parce que l'artillerie boche s'était mise en branle au milieu de l'assaut, ou parce que les mitrailleuses nous avaient tellement hachés qu'on n'était plus assez nombreux pour réussir quoi que ce soit.

On revenait comme on le pouvait, les officiers rédigeaient des lettres pour les morts, des rapports pour les gradés, expliquant quelle « belle énergie » nous avions déployée, et dans les semaines qui suivaient, on recommençait la même chose, de la même manière : réglage des montres, barrage d'artillerie, attaque, capture de la tranchée, contre-attaque ennemie.

C'était ça, notre guerre. Une guerre d'ouvriers qui se présentent à l'heure pour se faire broyer par les dernières créations de nos belles industries.

Je l'ai haïe, cette guerre. Comme l'ouvrier qui hait la machine dont dépend son existence.

Sergent Élie Masselin, 2 juin 1915

La guerre ? Franchement ? J'ai apprécié.

Avant la guerre, je travaillais dans l'administration. Mes journées étaient faites de papiers à remplir, à signer, à tamponner, et d'intrigues de couloir pour savoir qui parviendrait à avoir l'oreille du préfet ou une invitation à dîner chez le directeur du service.

La guerre, dans toute son horreur, m'avait dévoilé un monde mis à nu.

Le danger révèle la nature de chacun. Certains, qui se pensaient courageux, se roulaient en boule dès que les balles se mettaient à siffler. Alors que d'autres, timides à la ville, devenaient de véritables meneurs.

J'eus la chance de faire partie des seconds.

Moi, l'invisible, moi, le gratte-papier, soudain, j'étais debout quand les autres étaient couchés. Je n'y croyais pas moi-même. L'air sentait le feu, la poudre et la boue, et je respirais à pleins poumons le parfum de la guerre.

Combien d'êtres humains ont mené une existence morne et triste en temps de paix, en ignorant qu'au fond d'eux dormait un guerrier ?

De plus d'une manière, la guerre avait réveillé ce qui dormait dans nos entrailles.

J'eus l'impression d'avoir trouvé ma place. J'étais fait pour défier la Mort. Mon sang bouillait et mes poils se hérissaient lorsque les canons s'enflammaient, lorsque les hommes hurlaient, lorsque nous nous jetions les uns sur les autres comme des millions d'autres avant nous.

La guerre était affreuse, mais je la chérissais. La Mort était impitoyable, et je n'étais que plus excité à l'idée de la défier. J'ai dansé au milieu des balles et des cadavres. J'ai reçu des blessures, des médailles. Je me suis fait des amis dans un creuset qui en fait les compagnons les plus formidables que vous aurez jamais, de même que j'ai perdu des camarades comme jamais je n'en retrouverai.

La Grande Guerre fut le moment le plus exaltant de mon existence. Je n'ai jamais senti mon cœur battre si fort, mes larmes couler autant ; bref, je n'ai jamais autant vécu qu'à ce moment-là.

La vie civile devint pour moi un anesthésiant que je fuyais, quitte à refuser mes permissions pour rester au plus près de l'action.

Capitaine Raoul Poitevin, 20 juin 1915

Les permissions avaient été supprimées avec la déclaration de guerre. Avant d'être rétablies au printemps pour les officiers.

En résultait un mécontentement tangible chez les hommes, qui ne comprenaient pas pourquoi leurs chefs pouvaient voir leur famille et pas eux. Quelques incidents, des désertions « temporaires » le temps d'aller visiter un proche dans un village près du front, avaient accru notre sentiment qu'il fallait absolument laisser un peu de repos aux soldats de tous grades.

J'avais, pour ma part, déjà profité d'un premier congé qui m'avait ramené dans ma ville natale. Et si j'avais été heureux de revoir les miens, j'avais gardé en travers de la gorge un sentiment de dégoût pour cette vie à l'arrière, similaire par bien des aspects à celle quittée près d'un an auparavant. Oui, on vivait à l'arrière, et la guerre, on la percevait seulement au rythme des lettres et des journaux. On m'avait traité comme un invité rapportant des histoires de cet endroit exotique et mystérieux qu'était le front, sans comprendre l'horreur que, là-haut, on endurait.

Pour ma part, j'en avais pris mon parti : j'étais suffisamment éduqué pour comprendre que tous ces gens n'allaient pas accepter le dénuement le plus total par solidarité avec nous. Ne nous battions-nous pas, justement, pour défendre le droit des Français à vivre en France comme ils le faisaient auparavant ? Auraient-ils dû gâcher le fruit de nos combats en se comportant comme nous ?

Le malaise ne disparaissait pas, mais je l'enfouissais sous la raison. Et me concentrais sur le bonheur de voir les miens.

Mais les hommes ? On annonçait qu'ils allaient bientôt à leur tour avoir droit aux permissions. Or tous n'étaient pas aussi placides que moi, sans fausse modestie.

Que se passerait-il quand les premiers soldats découvriraient, dans les grandes villes qu'ils avaient quittées, une vie qui se poursuivait sans eux ?

Soldat Michel Noblot, 5 juillet 1915

J'avais profité de ma première perm' pour rentrer à Paris.

Avec le seul trajet en train, j'en avais bien bouffé la moitié, mais ça en valait la peine. Ah, bon Dieu ! Quand j'ai retrouvé les Grands Boulevards, ça m'a changé des boyaux ! Je suis entré dans un restaurant, et rien à carrer du prix, j'ai mangé la moitié de la carte. De la bouffe chaude ! Du vin ! Merde, ça m'avait tellement manqué que j'en aurais chialé. J'ai même pas compté au moment de payer, et je me suis dirigé droit vers Pigalle, histoire de continuer à faire macérer mon gras dans de l'alcool. Et si je pouvais profiter d'un spectacle de cabaret, mon vieux, oui alors !

J'ai fini par dégoter un estaminet qui servait un petit rouge pas dégueulasse, alors j'y suis resté. Derrière le comptoir, un Italien avec un accent à couper au couteau me posait plein de questions sur la guerre : si c'était dur, si c'était vrai que les Allemands pleuraient en attaquant, ce genre de conneries. Ça a attiré des badauds qui se sont mis à me payer des coups, j'étais bien content !

J'ai peut-être un peu trop bu, parce que j'ai commencé à moins répondre à leurs questions, et à plus leur donner des détails dégueus : qu'on appelait « séchoirs » les barbelés où les macchabées pouvaient rester des jours, comment les obus foutaient des fois des mecs à poil tout en les faisant valser dans les airs, ou comment on avait taillé des bâtons, les « gratte-cul », pour se torcher.

Et là, y a ce putain de rupin qui me dit que c'est pas bien patriotique, ce que je raconte. Qui me taraude, qui m'enquiquine, qui veut pas me lâcher jusqu'à ce que je change de ton. Alors je lui en ai donné, du changement de ton !

— Fils de pute ! que je lui ai dit. Patriote ? C'est toi le patriote, peut-être, sale planqué ? Je me fais trouer le cul par les Boches pendant que t'es ici, en pleine forme, à causer, et c'est moi, le gus pas patriote ? Viens donc me dire ça de plus près, trou de balle !

Il a commencé à me dire que j'étais un soldat, donc je devais pas causer ainsi. Moi, j'ai vu rouge ! Alors j'ai pris la bouteille derrière le comptoir, et je la lui ai mise dans la gueule.

Je savais pas qu'elle allait se briser comme ça. C'était un connard, mais quand même.

Bref, j'ai pas compris que je lui tailladais la gueule. Moi, je voyais Jojo et André, morts sans un cri en sortant de la tranchée. Ou Constantin, qui avait chialé trois bonnes heures en crevant entre les lignes. Tout ça pour des saloperies de planqués.

Quand j'ai arrêté de taper, j'avais du verre plein les doigts, la gueule couverte de sang et de bave, mais je jure que je me souviens plus de rien. Enfin, jusqu'à ce que les flics me tombent dessus.

Brigadier Maurice Bravelin, 6 juillet 1915

L'arrivée des permissionnaires du front fut pour nous un problème.

Des trains entiers déversaient des groupes de soldats venus profiter un peu de la vie. Et ce, à fond. Les hôtels débordaient de « poilus », comme on disait, qui avaient donné rendez-vous à une femme ou à une maîtresse, les restaurants étaient pris d'assaut par des affamés qui n'avaient mangé que du « singe » militaire, et les débits de boissons peinaient à tenir le rythme. Des légions d'emmerdeurs déferlaient sur les villes.

Des bagarres éclataient régulièrement, et il n'était pas rare de voir les soldats se regrouper pour affronter nos agents, solidaires dans leurs abus et face à la loi. Pour eux, nous étions les « embusqués », et eux, les combattants qui avaient acquis le droit de prendre ce qu'ils voulaient. Pas facile d'expliquer que ce n'était pas le cas à des types souvent ivres et remontés.

À certains moments, nous devions rester à une distance prudente : nous n'avions pas affaire à des gamins des rues, mais à des types qui tuaient depuis des mois. Mes agents les plus jeunes étaient d'ailleurs réticents à l'idée de se frotter à des brutes qui avaient empalé du Boche à la baïonnette.

Sauf que ce que les « héros » oubliaient, c'est que nous tenions l'autre front.

Sans les hommes au foyer, certains criminels s'étaient senti pousser des ailes. Ils ne craignaient pas de cambrioler en plein jour les domiciles des femmes restées seules, et le soir dans les rues, ça manquait de grands costauds pour défendre les familles. Alors nous revenait de nous occuper de tous ces bandits pour que le permissionnaire puisse rentrer chez lui et retrouver femme et enfants plutôt qu'une maison dévastée.

J'avais une sympathie particulière pour les hommes qui regagnaient leur domicile sans vouloir faire la bringue, ces célibataires qui se contentaient de dormir à la maison, de partager les repas familiaux, de sortir près de chez eux, et qui hantaient rarement les boulevards en quête d'un peu plus de zizanie.

Eux ne posaient guère de problèmes. Ni à nous ni à leur famille.

Soldat Lucien Darmont, 5 août 1915

Quand je suis rentré à la maison, ma famille m'attendait.

Ça a été un moment très joyeux : papa et maman ont invité tous les voisins du village à venir me voir, et mes sœurs avaient dressé dans le jardin une grande table façon banquet, où nous avons mangé et bu comme rarement. Chacun voulait tâter ma médaille obtenue dans la Marne, et j'ai raconté à plusieurs reprises comment j'avais tué un Allemand d'une balle qui lui avait coupé la moustache avant de le blesser mortellement. On réservait mon verre chaque fois que je finissais, et on invitait un autre voisin à venir m'entendre.

C'est vers la fin de la soirée que ça a dérapé.

Quand Papa a ouvert une bouteille de vin. Lorsque j'ai entendu le « pop ! », je me suis accroupi sans réfléchir, comme pour éviter une balle. Ça a fait rire tout le monde, mais moi, j'ai senti mes nerfs se tordre comme des cordes à violon. Soudain j'ai commencé à avoir froid, puis chaud, et j'ai demandé à aller me coucher.

Dans ma chambre, il y avait l'Allemand. Avec sa moustache coupée et son œil écarlate là où la balle avait pénétré. Il me souriait.

J'ai hurlé ; tout le monde est arrivé, sauf qu'ils ne voyaient pas l'Allemand. Alors qu'il était là ! Là, et en train de rire ! Il me montrait du doigt et il se gondolait parce qu'on ne me croyait pas !

On m'a mis au lit. On m'a dit que c'était parce que j'étais ivre. Je me suis tourné et retourné, mais je savais bien que si le Boche était là, les artiflots d'en face devaient pas être loin. Je suis sorti du lit pour me coucher en dessous. C'était plus sûr.

Maman m'a trouvé comme ça au petit matin. Elle a appelé Papa. Tous deux avaient l'air de ne pas comprendre. Parce qu'ils ne savaient pas ce qu'était la guerre.

J'ai senti que tout le monde était inquiet quand on m'a ramené à la gare. Dans le train, il s'est passé un autre truc bizarre : mes mains se sont mises à trembler. Puis mes jambes. À l'arrêt, impossible de me lever. Je voulais expliquer au lieutenant qui voyageait avec moi et me hurlait de me lever, mais tout ce que je faisais, c'était pleurer.

Il m'a fait descendre de force et a appelé un docteur.

Je ne lui ai pas dit que le Boche à la moustache coupée continuait à se bidonner. J'espère que le docteur, lui, sera plus patient.

Docteur Eustache de Saint-Loup, 7 août 1915

Le patient est le soldat Lucien Darmont.

Le patient alterne entre des phases lucides et des phases hallucinatoires durant lesquelles il prétend voir des adversaires se tenir dans la pièce, ou se comporte comme en situation de combat (s'accroupit ou se baisse involontairement, etc.).

Le patient prétend avoir des tremblements incontrôlables des membres supérieurs et inférieurs, mais ne présente aucun traumatisme physique permettant d'expliquer ces syndromes.

Je diagnostique un possible dérèglement du système nerveux, avec troubles hystériques, et ordonne l'envoi du soldat Lucien Darmont en électrothérapie.

Annabelle Rosario, 12 août 1915

L'électrothérapie était une horreur[1].

Je travaillais dans un service dédié, et chaque matin, j'y allais la boule au ventre. La théorie voulait que nous rétablissions l'activité électrique normale du corps humain

1. L'électrothérapie a bel et bien existé.

en y faisant circuler un courant spécifique et régulier. On laissait beaucoup de blessés attachés à un système qui leur envoyait un courant si faible qu'ils le sentaient à peine, méthode couplée à de la photothérapie et à d'autres techniques visant à rétablir le patient au moyen de pratiques modernes.

Mais pour les cas comme celui de Lucien Darmont, « l'hystérie » était curée en attachant deux tampons au corps des patients afin de créer un court-circuit dans leurs nerfs. Nous devions souvent les attacher car une fois le traitement entamé, ils se débattaient et hurlaient. Les médecins disaient que c'était normal, mais pour ma part, je n'ai jamais pu m'y habituer : nous les électrocutions, voilà ce qu'on faisait. Nous les électrocutions jusqu'à ce que les symptômes disparaissent ou que le cœur lâche.

— C'est expérimental, disait le docteur de Saint-Loup. Il est normal que quelques-uns ne s'en relèvent pas. Le progrès médical nécessite qu'il y ait des morts ; croyez-vous que la chirurgie ait été inventée en un jour, ma chère Annabelle ? Allez, retournez à votre travail.

Je serrais les sangles de pauvres gens qui me maudissaient. Je les écoutais m'agonir d'injures alors que je m'éloignais pour laisser le traitement opérer. Je ne me suis habituée ni à leurs hurlements, ni aux odeurs d'urine et d'excréments lorsque les muscles commençaient à tressauter sous l'influence du courant.

Parfois, nous avions un miracle, comme ce fut le cas avec Lucien. Après plusieurs séances et d'horribles douleurs durant lesquelles il parlait d'un « Boche à la moustache coupée » en s'étranglant à demi, vint le moment où ses membres s'immobilisèrent. Sans que son cœur lâche.

Nous l'avons renvoyé, guéri, au front.

J'ignore s'il en est revenu.

Soldat Alphonse Abraham, 1er septembre 1915

Quand Lucien est revenu, il n'était plus vraiment le même. Physiquement, c'était lui. Je n'ai jamais d'ailleurs bien compris ce qui lui était arrivé en permission pour qu'il soit envoyé directement dans un hôpital militaire ou quelque chose du genre. Mais il avait désormais le regard un peu vide, et une manière curieuse de se retourner quand on lui parlait, comme s'il était tout le temps surpris.

En fait, il me filait la trouille.

Avec ses yeux qui regardaient au travers de nous, plus personne n'avait envie de se retrouver avec lui pour la moindre corvée ou tâche. Après une bonne semaine, il a commencé à redevenir à peu près normal. Mais il y avait toujours une tension, un truc inexplicable que l'on sentait aux tripes quand on le croisait.

Un matin, pas de bol, on s'est fait marmiter. Les Boches ont tiré une bonne dizaine de cadeaux avant que nos 75 les rappellent à l'ordre et qu'on leur envoie une ou deux grenades. Ils avaient tiré comme des cochons, et le gros avait éclaté de l'autre côté du parapet.

Au détour d'un boyau, je tombe sur Lucien.

En train de se tortiller par terre comme une mouche qui s'est pris un mauvais coup. J'ai cru qu'il était blessé, mais rien. Il me regardait avec un œil mauvais et terrifié, en grognant : « Le Boche ! Le Boche à un œil ! Le Boche coupé ! », entre ses dents qui claquaient.

— Debout ! Allez, debout !

J'avais beau gueuler, rien. J'ai tenté de lui attraper les bras, mais ils tremblaient tellement que c'était comme essayer d'attraper un serpent.

— Arrête de faire le con, le sous-lieutenant va arriver !

Mais il ne m'écoutait pas. Et quand le galonné en charge de notre coin s'est montré, il a rendu à Lucien son regard mauvais.

— Pas un trou, et ça remue comme si ça avait une balle dans le ventre ! Quelle honte ! Quel exemple pour ceux qui ont vraiment été blessés ! a-t-il dit. Debout, sale couard !

— J'peux pas ! J'peux pas !

— Bien sûr que tu peux, mais tu ne veux pas !

Le sous-lieutenant nous a demandé, au sergent Masselin et à moi, de sortir Darmont de la tranchée. Pas pour l'emmener au poste de secours, mais au trou. Le sous-lieutenant a expliqué que Lucien avait déjà eu de la chance qu'on accepte d'essayer de le soigner pour ses « problèmes » alors que c'était évident qu'il simulait pour ne pas se battre. Les syndromes avaient disparu en thérapie, nous a-t-il dit, et voilà qu'ils revenaient sitôt de retour au front.

Il a été accusé de simuler.

Et de ce que j'ai entendu dire, il a été envoyé en conseil de guerre avant d'être fusillé.

Il se passait de drôles de choses, là-haut.

Caporal Bernard Chesneau,
15 septembre 1915

Putain, on se faisait massacrer, là-haut !

Ça canardait dans tous les sens. À peine la première vague sortie de la tranchée, les mitrailleuses boches n'en avaient fait qu'une bouchée. Tacatacatac ! Tacatacatac !

On entendait les Maxim coucher les copains les uns après les autres.

À la sortie, la deuxième vague leur marchait dessus, alors qu'ils se tenaient les tripes en se roulant par terre. Quelques-uns encore résistaient, planqués dans des trous d'obus ou derrière des macchabées, à tenter de tirer au pigeon un des salauds qui nous décimaient.

J'ai tout de suite bifurqué vers les ruines du moulin, un cercle de pierre avec un encadrement de porte bien suffisant pour me planquer en m'allongeant. J'ai fait signe aux autres de me suivre, mais les canons allemands ont ouvert le feu et quand le sifflement s'est transformé en hurlement, je me suis couvert la tête avec les mains et me suis roulé en boule. J'ai vu Gramelin courir vers moi pour essayer de se planquer dans le même secteur, mais aussi une gerbe de terre gicler sous ses pieds, et lui, décoller. J'ai juste reçu sur la gueule des restes sanguinolents de sa capote avec encore un bout de bras dedans.

J'ai dû bouger un peu trop pour m'en dégager car une grêle de balles s'est abattue sur moi. Les Allemands m'avaient repéré.

— Vous avez pas un assaut à repousser, bande de cons ? J'ai gueulé avant de me rendre compte que j'en étais réduit à leur hurler de tirer sur les copains au lieu de m'arroser, moi.

Quand j'ai tourné les yeux vers nos lignes, j'ai aperçu des têtes passer et des mains me faire signe. Il fallait se replier. Or les Boches comptaient pas me laisser rentrer à la maison comme ça.

Je me suis retrouvé bloqué près du moulin, alors que les canons se taisaient et que les fusils ne tiraient plus que par intermittence. À un moment, je n'ai plus entendu que les gémissements et les appels à l'aide des blessés.

J'étais bloqué entre les lignes avec les morts et ceux qui le seraient bientôt.

Merde.

Soldat Reynald Lalleu, 16 septembre 1915

On savait Chesneau dans la merde.

On l'avait aperçu près des ruines du moulin, mais personne ne voulait aller le chercher : les Boches n'attendaient que ça. Il fallait patienter jusqu'à la nuit où, au premier mouvement venu, ces salauds tiraient une fusée éclairante, et les pauvres cons qui se seraient aventurés au-delà du parapet seraient refroidis avant d'avoir fait demi-tour.

— Si ça se trouve, il est mort, a suggéré Abraham. Ça fait un moment qu'on l'a pas vu.

— Et pourquoi on irait le sauver lui et pas un des types qui nous appellent depuis des heures ? a demandé Désolier.

— Parce que les Allemands vont se jeter sur Chesneau, a expliqué notre adjudant. Un blessé, c'est compliqué à ramener dans leurs lignes. Alors que s'ils ont vu qu'il pouvait bouger, ils se feront un plaisir d'aller le cueillir et de lui poser toutes sortes de questions sur nos positions. Je sais que c'est dur à entendre, mais sauver un blessé, c'est sauver une vie. Récupérer Chesneau, c'est en sauver un paquet.

— Et pourquoi il ne rentre pas seul s'il n'est pas blessé ? a insisté Désolier.

— Parce qu'il a peut-être autant la trouille de sortir de sa planque que toi d'aller l'y chercher. Allez, il me faut un volontaire, a tranché le capitaine.

Je n'étais pas du genre à abandonner les copains, mais franchement, je n'étais pas non plus un rat de tranchées capable de ramper en silence d'un trou d'obus à un autre. Parfois, il faut savoir admettre ses faiblesses !

— J'y vais, est intervenu Boniface.

Depuis qu'il avait accepté de faire la guerre, le petit père ne reculait plus trop devant ce genre de missions. À vrai dire, on aurait pu croire qu'il les appelait de ses vœux. Ses paroles ne sentaient pas tant l'héroïsme que la résignation. Il voulait, je crois, mourir pour nos péchés ou quelque chose du genre.

Il m'a confié son fusil, son couvre-chef, et a coincé dans sa ceinture un revolver qu'il avait récupéré on ne sait comment, mais qui était bien plus pratique pour se faufiler entre les lignes. À force d'aller au turbin, il avait commencé à connaître les combines.

— Avant que je sorte, faites tirer quelques fusils à une bonne cinquantaine de mètres à droite. Ça attirera l'attention. Pendant ce temps, je franchirai le parapet de ce côté.

Une dizaine de minutes plus tard, on donnait du mousquet sur la ligne et, des tranchées boches, une fusée éclairante montait. Le *no man's land* apparut, lunaire avec tous ses trous d'obus. La fusée s'éteignit au bout d'un moment avant de retomber derrière une souche déracinée entourée de barbelés.

Boniface était parti. Et ma mission consistait à informer les curieux qui venaient voir qu'ils devaient se taire et ne pas tirer s'ils apercevaient des types ramper vers nous. Ça aurait été con de plomber la mission de sauvetage. Je dis ça parce que c'est arrivé dans un autre régiment.

Vers minuit, on a entendu des coups de feu près du vieux moulin.

Lieutenant René Bouchet, 17 septembre 1915

L'attaque du secteur dit du « Vieux-Moulin » du 15 septembre 1915 est à saluer.

Après être sortis des tranchées malgré le feu ennemi qui battait le terrain, nos hommes ont vigoureusement attaqué les positions ennemies auxquelles ils ont causé des dommages importants. L'attaque n'a cependant pas atteint l'ensemble des objectifs fixés, mais il est à noter que celle-ci a déstabilisé le dispositif allemand de manière importante.

Est cité à l'ordre du régiment le caporal Boniface, pour avoir rampé jusqu'à la position d'un soldat isolé et l'avoir ramené dans les lignes en sécurité.

À la suite des pertes subies lors de cette audacieuse attaque, le régiment est déplacé vers un nouveau secteur et en attente de renforts.

Adjudant Octave Compagnon, 30 septembre 1915

« Une audacieuse attaque », « vigoureusement attaqué les positions ennemies », « déstabilisé le dispositif allemand »... personnellement, nous, on parlait plutôt de « raclée en rase campagne ». On avait laissé près d'un tiers de nos gars à pourrir dans les barbelés, et tout ça pour, au mieux, jeter quelques grenades dans la tranchée boche avant de devoir nous replier. Les rapports officiels ne valaient pas beaucoup mieux que les journaux. L'attaque, même la plus ratée, était toujours « vigoureuse », suivie d'une mention de résultats que personne n'avait remarqués sur place. Quant au moindre capitaine tombé au feu, il avait le droit à un petit mot comme quoi il était un formidable meneur d'hommes jusqu'à ce qu'il rencontre une balle. Même le type le plus incompétent avait été un impressionnant chef, si on en croyait ce que l'on lisait.

Il fallait donc savoir lire entre les lignes. Tenez, quand on nous a annoncé qu'on se rendait vers un nouveau secteur, en attente de renforts, ça voulait surtout dire que c'était un coin pas encore trop attaqué. Et donc, où on venait relever des régiments de pépères qui ne s'étaient pas emmerdés à tout fortifier.

— Ah, ça ! que j'ai gueulé en découvrant notre nouveau secteur, une simple série de champs traversés de tranchées peu profondes et mal renforcées. On passe des mois à faire du bon boulot, à monter des parapets qui peuvent tenir un bombardement, à installer du bois au fond des boyaux pour ne pas patauger dans la boue et à se creuser des abris souterrains pas trop dégueulasses, et une fois que c'est fait, allez ! À l'assaut, pan pan, merci messieurs, vous changez de secteur et vous recommencez !

J'exagère, mais je peux vous dire qu'après des jours et des jours à bichonner votre position, quand on vous ordonne de prendre la place d'un autre régiment qui n'a rien foutu, ça ne fait pas plaisir. Et comme si ça ne nous suffisait pas, puisqu'on débarquait dans un secteur calme, on devait aussi creuser de nouvelles positions au cas où ça aurait chauffé et aller travailler à l'arrière pour construire de fausses tranchées boches pour l'entraînement !

Cela dit, on gueulait parce qu'on passait les journées avec des pelles et des pioches, mais ça faisait du bien de souffler un peu.

En plus, y avait un beau bordel juste derrière la ligne, et ça, on n'allait pas s'en plaindre.

Madame Camille, 3 octobre 1915

Je n'ai pas choisi d'être prostituée.

Je le suis devenue parce qu'il le fallait. Je n'ai pas à m'expliquer, à me justifier, et si quelqu'un prétend qu'à ma place il aurait fait mieux, grand bien lui fasse. Mais j'ai tout connu : les hommes qui me battaient, qui m'aimaient, et parfois, un étrange mélange des deux comme on n'en trouve que chez les porteurs de couilles qui n'en ont pas.

Une fille m'a dit un jour : « La prostitution, c'est chevaucher le malheur. » Une brave fille, Ginette. Elle pensait pouvoir s'en sortir : on l'a retrouvée égorgée dans une ruelle de Pigalle.

Alors, quand la guerre a éclaté, j'ai décidé de chevaucher le malheur moi aussi. De saisir l'opportunité pour aller plus loin. J'ai laissé tomber le type qui m'exploitait, rassemblé quelques filles comme moi, nous nous sommes entassées dans un taxi, et nous sommes parties pour le front. Avec le peu d'argent qui me restait, j'ai loué une grange à une fermière qu'il en avait bien besoin. On a tendu des draps pour l'intimité, et avec cette installation de fortune, j'ai ouvert une maison close directement à l'arrière du front.

Et je n'ai jamais vu autant d'argent.

Nous étions les seules prostituées à des kilomètres à la ronde, avec une clientèle de milliers d'hommes loin de leurs femmes, et une solde qu'ils ne pouvaient guère dépenser dans les magasins qui n'existaient pas. Seuls quelques vendeurs ambulants, dont un que nous soupçonnions de fouiller les cimetières, encaissaient l'argent des soldats. De prostituée de bas étage à Paris, je suis devenue une interlocutrice à part entière de l'armée.

Je couchais avec des officiers. Des colonels qui n'auraient jamais posé les yeux sur moi venaient me faire l'amour en me glissant des mots doux, ainsi qu'une quantité de billets que je n'aurais pas pu exiger à Paris. Mes filles avaient la queue devant leurs portes et me versaient leur part sans discuter : j'étais celle qui payait la grange, celle qui avait eu l'idée de partir, celle qui les avait sorties des rues de Paris : j'étais Madame Camille.

L'armée avait installé un dispensaire à proximité, où le médecin du régiment examinait les soldats qui se plaignaient d'« inconfort » après avoir couché avec mes filles. Sauf qu'elles étaient propres, mes filles ! D'ailleurs, je laissais le médecin du régiment venir les ausculter et les traiter.

Je peux affirmer que mon bordel était propre.

C'était celui où le docteur lui-même venait coucher.

Et ça aurait pu durer encore un moment, si y avait pas eu le roi de Thunes.

Soldat André Muller, 15 octobre 1915

Le roi de Thunes est venu me chercher. Il m'a dit :

— Muller, tu veux aller à la maison close ?

Pour sûr ! Quand il m'a demandé d'emporter mon cure-dents à Boches, je suis allé prendre ma Rosalie. Je l'ai bichonnée, nettoyée pour qu'elle brille bien, parce qu'elle tranchait, ma baïonnette, je vous le dis ! Et puis, je l'ai suivi. On a marché jusqu'à la grange où M'dame Camille, elle mettait la lanterne rouge. Elle était jolie, la Camille, avec des beaux fusains et des meules bien comme y faut, mais elle se tapait que les gars qui avaient de la ficelle aux épaules.

Le bon roi, il s'est planté à la porte comme s'il avait son flingot avec lui, et a demandé à la rencontrer. La radasse à l'entrée lui a dit d'aller se faire voir, qu'elle parlait pas aux culs rouges, la Camille. Alors le roi de Thunes s'est mis à causer de Pigalle.

— Tu diras à « Madame » Camille que si elle ne vient pas à la porte, je vais lui rappeler Ginette.

J'ai pas pigé. Je me suis contenté d'ajuster mon kébroc pour faire celui qui a compris, et deux minutes plus tard, la mère catin était là, furibarde. Je sais pas d'où le roi de Thunes connaissait la Ginette, mais ça devait être un sujet sensible pour la maquerelle. Qui est devenue blanche comme une chemise en voyant le roi.

— Vous ?

Elle avait les grelots, la poulette.

— Bonsoir Camille, a dit le roi de Thunes. Quelle bonne surprise de te retrouver ici, si loin de Pigalle. Dis-moi, c'est un bel établissement que tu as là, bien qu'un peu rustique. C'est une sacrée réussite aussi, surtout si près du front. Un endroit dangereux, le front. Les gens y ont toutes sortes d'ennuis, et des bombes tombent là où on ne s'y attend pas. Tu aurais besoin d'un soldat qui a vu le feu pour te donner quelques conseils sur la manière de te protéger, tu ne crois pas ? Si tu veux, je peux devenir ton conseiller. Et sans tourner autour du pot : en échange d'un peu des revenus de ta petite entreprise.

— Jamais ! a gueulé M'dame Camille. Je ne suis pas ici pour me soumettre à une ordure, et surtout pas à toi ! J'espérais que les Allemands t'avaient eu !

— Tu devrais changer de ton, Camille. Comme je te le disais, c'est un endroit dangereux ici. Tout le monde sort armé.

Le roi de Thunes m'a fait un signe et j'ai montré la fourchette à Boches qui pendait à ma ceinture. La Camille a fermé sa gueule comme un bleu qui voit le vieux du régiment se pointer dans sa piaule.

— Laisse-moi te soulager ce soir, a dit le roi. Et si, pour une fois, c'était moi qui te parlais de mes tarifs au lieu de l'inverse ? Rentrons.

Il était drôle, le roi de Thunes. Fallait pas le chercher, mais drôle.

Capitaine Augustin Vérier, 1er novembre 1915

Une drôle de période venait de s'écouler.

Cela faisait à présent un peu plus d'un an que nous étions partis à la guerre, et elle ne ressemblait plus en rien au début. Les pantalons et képis rouges avaient disparu au profit d'une tenue intégralement bleue. Les manœuvres en campagne avaient été remplacées par la bataille des tranchées. Et au-dessus de nos têtes, les avions, autrefois simples engins d'observation, canardaient en tournoyant dans un ronflement de moteur et un aboiement de mitrailleuse.

Comme nous étions dans un secteur calme, nous en profitions pour mettre notre équipement à jour. Nous avions enfin reçu le fameux casque Adrian en acier qui protégeait en bonne partie des éclats, balles et autres saloperies que les Allemands nous envoyaient joyeusement sur la tête, et touchions de nouveaux mortiers « crapouillots » pour répondre aux Boches avec autre chose que des armes improvisées. À leur tour, un peu, de passer la journée le nez en l'air à guetter la chute d'un de nos obus et à hurler de se planquer.

Après plus d'un an au front, je commençais enfin à avoir l'impression que notre armée reprenait le dessus. Au lieu de nous contenter de répondre aux Allemands par l'improvisation légendaire qui fait la gloire des Français partout dans le monde, nous commencions enfin à innover. Les Allemands, eux, avaient encore leurs vieux casques en cuir bouilli uniquement bons pour la parade.

Même la prostitution s'était modernisée. Nous avions une vraie maison close avec Madame Camille, et l'armée avait installé, par le plus grand des hasards bien sûr, un dispensaire où nos soldats atteints de diverses maladies vénériennes défilaient.

C'était donc ça, la guerre moderne : des hommes casqués tirant de l'artillerie de tranchée avant de se rendre au bordel pour un peu de repos. Les journaux que nous parvenions à récupérer se montraient étonnamment discrets sur le sujet : fort peu d'articles traitaient du passionnant sujet des rapports entre nos poilus et les femmes, autrefois filles de ferme en mal d'argent, et à présent professionnelles venues de Paris.

Les journaux étaient d'ailleurs assez taiseux quant à la qualité des renforts venus combler nos rangs.

Caporal Hippolyte Poussin, 28 novembre 1915

Sur les renforts, on se foutait un peu de notre gueule.

Je ne veux pas cracher dans la soupe, mais on sentait bien que les types envoyés combler les trous dans les unités n'étaient pas les guerriers dont nous avions besoin. Je sais ce que vous vous dites : avec la conscription, forcément, on avait de tout, du solide paysan au freluquet des villes qui n'avait pas encore le moindre poil de moustache.

Mais quand même.

On était dans ce secteur calme à l'arrière, quand un jour on l'a vu arriver : Goliath. Son vrai nom, c'est Golard, ou Godard, mais vu sa carrure, il n'en méritait pas un autre. Un bûcheron titanesque avec, au sommet de son crâne aux cheveux clairsemés, un casque trop petit qui se balançait de droite à gauche à chacun de ses pas. Le pauvre type était aussi large que les boyaux où on l'expédiait, et si grand qu'il passait ses journées à moitié courbé. Ça lui donnait une dégaine de bossu, alors quand c'était pas Goliath, c'était Quasimodo qu'on l'appelait.

Parce que bon, Goliath aurait été un atout de choix s'il n'avait pas eu l'air complètement crétin. Quand le vent soufflait, c'est à peine si on ne l'entendait pas siffler entre ses oreilles. Un petit malin avait réussi à nous envoyer un simplet. Colossal, mais idiot. Goliath, malgré sa carrure monstrueuse, était aussi simple que l'est un enfant, et avec son fusil, qui ressemblait à un jouet entre ses grosses mains, il sursautait au moindre coup de feu en poussant des couinements indignes d'un corps pareil. On avait hérité d'un Quasimodo pétochard.

Notre Frollo, c'était Boniface. Qui lui avait immédiatement trouvé bon usage en l'intronisant garçon de messe depuis que le dernier avait été blessé par un éclat de grenade. Goliath était content comme tout de son nouvel office, et à vrai dire, nous, on se marrait en disant qu'il aurait suffi de lui coller une cloche sur la tête pour qu'on entende sonner le bourdon.

On se marrait… et puis il y a eu l'affaire du chat.

Sous-lieutenant Gaston Repesse, 5 décembre 1915

On avait affecté « Goliath » à ma section.

J'étais embarrassé chaque fois que je me trouvais face à lui, parce que sa masse m'écrasait et me rapetissait rien que par sa présence, et parce que je devais faire mine qu'il saisissait chacune de mes paroles. Derrière son visage cireux et ses yeux vides, les rouages ne s'imbriquaient guère, et je bénissais le père Boniface de rester à ses côtés pour le guider, lui expliquer les choses, et attendre enfin le déclic qui donnait à ce visage immobile, cette face flasque, un semblant de vie et une étincelle dans le regard.

Je n'ai pourtant jamais eu à me plaindre de Goliath : il était aussi fort qu'il était haut, et creusait avec tant de puissance que mes supérieurs s'émerveillaient de l'avancée de mes travaux.

Un jour que j'avais envoyé Goliath et d'autres chercher des outils à l'arrière de la ligne, notre colosse réapparut avec une boule de poils dans les mains : un chaton. Le visage habituellement impassible de notre géant était habité d'une vie nouvelle, et ses yeux ne quittaient plus la petite créature ; Goliath avait trouvé un être aussi paisible et égaré qu'il l'était. Ni l'un ni l'autre n'avaient quoi que ce soit à faire dans une tranchée, et de cet instant, Goliath ne quitta plus son greffier. Un jour que je défilais devant les hommes avec le capitaine, nous perçûmes un bruit :

— Est-ce que quelqu'un vient de miauler ? interrogea mon supérieur.

— Je n'ai rien entendu, mon capitaine.

Il me fallut retenir un rire, car j'avais bien distingué le cri aigu du chat provenant de sous le casque de Goliath. Ce dernier souriait tant et si bien qu'il était difficile d'ignorer qu'il savait exactement ce qu'il venait de se passer.

Je ne sais pas si le capitaine a su, mais nous prétendîmes tous deux que ce n'était sûrement rien, et continuâmes notre inspection.

Nous ignorions encore que ce chat allait changer le cours de nos existences.

Aspirant Marius Richardin, 26 décembre 1915

— Allez, embarque ton chat !

Je ne pensais pas donner une fois ce genre d'ordre, et pourtant, j'ai dû le faire dès mes premiers jours de guerre. Je venais d'arriver au régiment après l'instruction réglementaire, et nous avions passé les dernières semaines à nous exercer dans un secteur calme : comment monter à l'assaut, combattre dans une tranchée ennemie, les règles de base au front… tout avait été revu. Mais je me retrouvais avec des vétérans pour certains au front depuis le début de la guerre, qui partageaient des « trucs » qu'on ne trouvait pas dans les manuels.

— Il va vous falloir un gratte-cul, mon lieutenant, m'expliqua une fois un soldat en agitant un bout de bois bruni. Vous croyez qu'on a de quoi se torcher quand on va poser son petit cadeau ? L'armée ne fournit pas ! Alors un bout de bois bien taillé, sinon gare aux échardes dans les fesses ! Et vous obtenez un splendide gratte-cul. C'est simple, efficace, et surtout, on ne le prête pas aux copains.

— Faut savoir écouter les obus, me détailla un autre. Si ça siffle aigu, c'est pour votre gueule. Si ça siffle grave, c'est du gros pépère qui passe loin. Si vous écoutez attentivement, vous saurez quand il faut vous planquer ou quand continuer à courir.

— Pour les putes, z'êtes un officier. Vous pouvez en avoir une qui se lave le cul entre deux passes avec des galons comme les vôtres, mon lieutenant ! Ça vous évitera de pisser des lames de rasoir durant des semaines !

J'étais bien loin de m'imaginer que la guerre serait ainsi. À l'instruction, personne n'avait mentionné le gratte-cul, les prostituées, et pas même les soldats à chat.

Dans l'immédiat, je savais que j'avais le temps d'apprendre, puisque, le régiment maintenant au complet, nous partions. Hommes et bagages, entassés sur des camions, s'invectivaient joyeusement car on venait d'annoncer notre destination : un secteur relativement tranquille où les Allemands se tenaient à carreau depuis des mois.

Verdun.

1916

Sergent Jean-Matthieu d'Arcis, 21 février 1916

Le matin du 21 février 1916, j'étais de garde dans le secteur de Verdun et, je dois l'admettre, je somnolais contre le bord de la tranchée. J'avais près de moi mon exemplaire froissé de *Vingt mille lieues sous les mers*, que j'étais en train de lire pour la quatrième fois. L'air glacial engourdissait mes membres et je luttais pour garder mes paupières ouvertes, lorsque je vis soudain l'aube la plus incroyable de ma vie.

Le soleil ne venait pas de se lever : il venait d'exploser. L'horizon gris s'était transformé en une gigantesque langue de feu qui léchait les nuages et menaçait de dévorer les cieux. C'était magnifique. Extraordinaire. J'étais un nain face à Prométhée.

Comme le tonnerre suit l'éclair, un grondement monstrueux me révéla la vraie nature de cette aube extraordinaire : un millier de canons venaient d'ouvrir le feu. Douze cents obus descendaient droit vers moi.

J'ai voulu prévenir Soubise, qui sortait de l'abri pour voir ce qu'il se passait quand, à la seconde où je me suis tourné vers lui, il a été pulvérisé. J'ai crié, mais je n'entendais que des bribes de ma propre voix, entrecoupées par des explosions titanesques. C'est très étrange, le silence qui tombe lorsque les obus se succèdent si vite.

Partout où je posais le regard, la tranchée volait en éclats. Planches, armes, caisses, hommes, l'ensemble était écrasé par un doigt invisible qui faisait s'envoler les morceaux dans toutes les directions, comme un enfant qui battrait du poing une fourmilière.

C'était affreux. Mais Dieu que c'était beau.

Il n'y a pas de mots pour ça. Je regardais l'horloger du monde démonter sa splendide machine. Il ouvrait le sol autant que les hommes, et tout n'était plus que rouages. De ma vie, ce fut l'expérience la plus intense comme la plus infâme.

À un moment, j'ai senti une paume se poser sur mon épaule. C'était le lieutenant. Il me hurlait quelque chose, mais je ne l'entendais pas. J'ai porté la main à mon oreille, et elle était couverte de sang.

— Je crois que je suis sourd, mon lieutenant, ai-je dit sans m'entendre.

Il n'a pas eu le temps de répondre. Un autre éclair de fer a foudroyé la tranchée. Ses doigts sont restés sur moi. Lui a disparu. J'ai voulu marcher, mais le sol s'est dérobé sous mes pieds. Au-dessus de ma tête, de la terre volait ; au-dessous aussi. Je ne savais plus où se trouvait le ciel. J'étais ballotté comme un fétu de paille sur un océan déchaîné, entouré d'obus qui soulevaient et dispersaient tout ce qui m'entourait. Mon cerveau était vide de questions. Aussi sourd de corps que d'esprit. J'étais le témoin de choses que je ne comprenais pas. Le poste de mitrailleuse, l'abri avec Durand qui me faisait signe d'y rentrer, le boyau vers l'arrière, tout disparaissait sous les obus. Bizarrement, je n'avais pas peur. En fait, je ne ressentais plus rien.

La relève m'a trouvé assis. Avec tout le monde mort, sauf moi. En dehors de mes tympans crevés, pas une égratignure. Des gars parlaient d'enfer, d'autres, de miracle.

Tous ont peut-être raison.

Soldat François Grosset, 21 février 1916

J'ai cru que j'avais perdu la raison dans ce putain d'enfer.

Je hurlais comme un damné tant ça tombait autour de nous. Il n'y avait rien qui tenait, rien ! Il fallait juste prier et regarder les copains crever sous le déluge de torpilles que les Bochemards nous envoyaient. J'ai jamais rien connu de pire. Rien. Secteur calme, mon cul ! Mon fusil m'a explosé dans les mains, mon casque s'est transformé en passoire et des éclats d'obus m'ont lacéré le crâne. Je suis tombé par terre, du sang dans les yeux et plein le front, avec près de moi Goliath, roulé en boule comme le gamin terrorisé qu'il était malgré son corps de buffle. Il pleurait encore et encore ; moi, je lui hurlais de m'aider, mais il ne faisait rien.

Quand ça s'est calmé, j'osais à peine croire que j'étais encore en vie. Il ne restait qu'un bout de notre boyau, avec des copains morts partout, des blessés comme moi, et Goliath qui continuait à sangloter en appelant sa mère. Je craignais à tout moment l'obus qui allait m'envoyer voir mon créateur, et je suis resté à attendre la mort quand on a commencé à entendre les Allemands au loin. Puis un sifflement. Un putain de sifflement suivi de cris suraigus comme aucun homme ne devrait jamais en pousser. Ça couvrait les gémissements de blessés. J'ai vite compris.

— Goliath, fous le camp ! j'ai gueulé. C'est un lance-flammes ! Barre-toi, bougre d'idiot ! Ils vont nous finir, c'est foutu !

Goliath se contentait de gémir plus fort encore. J'ai enfin compris pourquoi il ne bougeait pas : entre ses énormes battoirs se tenait le petit chat qu'il trimballait partout. Ce con avait réussi à protéger la bestiole du bombardement, et la serrait contre lui comme un marmot sa poupée.

— Fous le camp !

Mais c'était trop tard : une grenade à manche reconnaissable entre toutes est tombée dans la tranchée. Les Boches finissaient le boulot. J'ai à peine eu le temps de me tourner que les éclats se plantaient dans mon dos. Goliath a poussé un cri de fillette et s'est ramassé du fer dans le gras. Mais lui est resté debout. Moi, j'étais incapable de bouger avec un shrapnell dans la colonne. Je suis retombé mollement, le ciel nuageux au-dessus de moi, quand j'ai vu les Fritz qui sautaient dans ce qui restait de notre position. J'en avais jamais observé d'aussi près. Ils m'ont poussé sur le côté d'un coup de botte, et se sont marrés en allemand.

Quand ils ont aperçu Goliath encore debout, ils se sont mis à gueuler. Je suppose qu'ils lui disaient de se rendre. Moi, par terre, j'ai tout vu. Et je vous jure que ce qui est arrivé est vrai.

Goliath s'est mis à chialer bizarrement. Il regardait dans ses mains, en creux comme un berceau, le chat qui saignait : un éclat de grenade avait tranché une patte de la bestiole, net. Et ce n'étaient plus des larmes de tristesse qui coulaient, mais de la rage.

Il s'est redressé d'un coup et a foncé sur le premier Allemand en poussant des cris inhumains. Ses énormes battoirs sont allés droit sur le crâne du bidasse qui ne s'attendait pas à ça. Sa tête a craqué, et il a poussé des cris horribles. Les autres ont tenté de réagir, et ont tiré. Goliath a reçu trois balles sans s'arrêter. Il allait de l'un à l'autre en hurlant, et en frappant si fort que les os se brisaient sous ses poings. Il était complètement fou. Si j'ai fait le mort, ce n'est pas seulement parce que j'avais peur des Boches, mais parce que j'étais terrifié par Goliath, devenu un monstre sanguinaire que rien n'arrêtait. Avec une baïonnette, il s'est mis à planter tous les Allemands qu'il voyait en poussant des cris. Quand il s'est enfin effondré, le dernier gus sur son chemin qui bougeait encore s'est retrouvé écrasé sous lui : avec ses mains, le colosse a alors pressé le visage de l'Allemand jusqu'à ce que j'entende des choses que personne ne devrait jamais entendre.

J'ai gerbé tout ce que je pouvais, et je me suis évanoui.

À mon réveil, Goliath était en boule, à pleurer sur son chat blessé. Il avait déchiré un pan de son uniforme pour le panser, et sur un tas de cadavres, ce monstre couvert de sang qui n'avait pas réagi lorsque nous mourions autour de lui continuait à choyer cet animal dont la blessure l'avait rendu fou.

Ce con de chat venait indirectement de nous sauver.

Sous-lieutenant Justin Rebouillat, 21 février 1916

— Sauvez-vous !

Les lourdes portes de la citadelle de Verdun se refermaient sur nous. Par des gestes que je voulais assurés, je faisais signe aux civils qui fuyaient les bombes tombant sur la ville qu'ils devaient continuer plus loin dans les galeries. Nous avions la chance d'avoir près de vingt mètres de roche au-dessus de nos têtes. Mais dehors, sur le champ de bataille, ils n'avaient pas cette veine. Le sol tremblait tellement sous nos pieds que je ne tenais debout qu'à grand-peine. Les vibrations se transformaient en frissons, parcourant mon dos alors que mon esprit peinait à comprendre la gravité de la situation.

— Bordel, combien ils ont de canons, en face ? me demanda le caporal qui verrouillait les portes. On a toute l'armée de Guillaume II sur nous ou quoi ?

Je ne savais pas quoi répondre. Étrange réconfort, j'étais entouré d'un tel chaos que je n'étais pas le seul à être perdu.

— Où est le lieutenant-colonel ?

— Des hommes pour réparer les lignes téléphoniques, vite ! On a perdu le contact !

— Mon fils ! Quelqu'un a vu mon fils ?

Où que je regarde, on criait, on courait, mais surtout on cherchait à reprendre le contrôle d'une situation dont nous n'avions qu'une vague idée de la gravité. Un colonel à la moustache dégoulinante de sueur vint m'attraper par le col alors que je restais là, immobile, à tenter de me reprendre.

— Allez, mon garçon ! Ce n'est pas le moment de flâner ! dit-il.

— Mais je ne suis pas de votre régiment, mon co…

— Et alors ? Du nerf !

Il essuya sa moustache du revers de la manche.

— Foncez au colombier ! Si on a perdu le téléphone on a peut-être reçu des messages là-haut, allez !

Ma langue retomba et mes jambes se mirent en route toutes seules, et ce n'est qu'après avoir commencé à courir que je me rappelai n'avoir aucune idée d'où se trouvait le colombier de la citadelle. Il me fallut agripper à mon tour des soldats pour qu'ils m'indiquent où me rendre. Un réduit qui sentait les excréments, au sol couvert de plumes, où le militaire de l'unité colombophile se contentait de regarder par la meurtrière avec ses jumelles.

— Pas de pigeon, dit-il sans même se retourner. Vous êtes le troisième à monter.

— On voit quelque chose ?

Il me tendit ses jumelles. Dans les verres grossissants, nous ne pouvions apercevoir que d'énormes colonnes de fumées causées par les explosions qui se succédaient sans fin du côté du champ de bataille. C'était suffisant.

— Qu'est-ce qu'ils nous mettent… murmura mon voisin.

Un obus tomba non loin de la meurtrière et un gros éclat d'acier vint se planter à nos pieds en fumant.

— Ne restons pas là, proposai-je. Je doute que beaucoup de pigeons volent au travers de cet enfer de toute manière.

— C'est aussi ce que je dis aux autres.

J'étais à peine retourné dans l'une des galeries principales que je trouvai le colonel croisé plus tôt, une carte roulée sous le bras. Il me saisit par la manche et m'entraîna d'un pas énergique au milieu de la panique générale. Sans même me demander si nous avions reçu des messages.

— Tout ce qui compte, m'expliqua-t-il, c'est que nous puissions envoyer des renforts sitôt que le feu se calmera. Alors allez me trouver tous ceux que nous avons de disponibles, et préparez ce petit monde à partir.

Il s'accroupit et déroula une grande carte représentant la région fortifiée de Verdun. De son doigt à la peau sèche, il désigna les lignes noires qui creusaient le plan.

— Dès que ça s'arrête, il faudra relever toutes ces positions.

Caporal Thierry Salaza, 24 février 1916

Il a fallu trois jours. Trois jours pour que ce putain de bombardement s'arrête. Même à des kilomètres à l'arrière, on sentait le sol trembler comme si on était là-haut. Et au loin, on voyait le chaudron de Verdun bouillir sous les obus. On avait toujours le nez dans cette direction, même quand le sous-lieutenant Rebouillat a commencé à nous montrer où on devait se rendre.

— Les camarades ont besoin de relève. Cela fait trois jours qu'ils tiennent sous le feu. Ils vous attendent comme le Messie.

— Vu ce qui est tombé, il doit y en avoir un paquet qui causent au Messie en ce moment !

— Ferme ta gueule, Désolier !

On n'avait pas besoin de ce genre de conneries. Mais même si les copains attendaient, personne n'était pressé d'aller voir ce qu'il se passait de l'autre côté de la colline de Verdun. Tout ce qu'on en savait, c'étaient les voitures qui en revenaient remplies de types hurlants. Pendant que nous, pauvres cons, on montait.

C'est jamais bien joyeux de monter en ligne. Quand on rentre dans les lignes arrière, que les tranchées se font de plus en plus étroites au fur et à mesure qu'on avance, et qu'autour, la verdure se transforme en infâme bouillie de terre retournée et d'arbres pulvérisés… on tremble. Mais là, bon Dieu ! c'était pire que tout. À un moment, nous avons débouché d'un boyau, et en face… plus rien.

— Pourquoi tu t'arrêtes, Salazar ? m'a demandé le Désolier.

— Tu vois pas qu'on a dû se planter ? Y a aucune tranchée, ici !

J'ai sincèrement cru qu'on s'était plantés. Une partie de moi refusait de croire ce qui apparaissait : un espace où chaque centimètre carré de terre avait été retourné. Devant nous s'étendait une mer de cratères, avec, ici et là, des bouts de barbelés et de gars.

On a fait demi-tour, on est repartis, on a croisé un poilu qui nous a dit qu'on avait pris la bonne route, alors on y est retournés.

On a cherché dans les trous d'obus. À un moment, j'ai aperçu un bras. Je me suis approché, et j'ai beuglé.

— Ben merde ! Les gars, le numéro qu'il porte : c'est celui de l'unité qu'on vient relever ! C'est bien là !

On nous avait demandé de relever les soldats d'une position. Sauf qu'il n'y avait plus de soldats, et plus de position. Juste des cratères et des morts.

— Oh ! a appelé Désolier. Les copains, venez voir ça !

Il était penché au-dessus d'un autre cratère, dont le bord affaissé donnait sur ce qu'il restait d'une tranchée. On a vu des mouches qui grouillaient sur les corps pourrissant d'Allemands, et au milieu, Grosset, un copain que je pensais déjà mort. Il n'était pas beau avec sa gueule jaunâtre et boueuse, mais il était en vie. Et près de lui se tenait l'énorme Goliath, roulé en boule, qui caressait un chat à trois pattes collé à son menton.

— Putain... ai-je sifflé. Qu'est-ce qu'il s'est passé ici ?

Soldat Bertrand Golard, 25 février 1916

Le monsieur au képi, il voulait que je raconte.

Mais je sais pas raconter. C'est dur. Et quand c'est dur, ça fait du bruit dans ma tête. Maman, elle voulait pas que j'aille à la guerre, parce que c'est dur. Ça aurait fait trop de bruit dans ma tête. Mais un autre monsieur avec un képi a dit que je devais y aller quand même.

Il y avait beaucoup de bruit dans le dehors de ma tête aussi. Tout le monde avait peur. Alors moi, j'ai protégé le petit chat. Parce qu'il avait peur aussi.

Alors les gens méchants en gris sont venus. Ils ont fait du mal au petit chat. Alors j'ai fait comme ce que j'avais fait à l'école au petit garçon qui était méchant avec moi. J'ai serré. Très fort. Et il a arrêté d'être méchant. J'ai fait ça au méchant monsieur suivant. Puis au suivant. Et à la fin, ils ont tous arrêté d'être méchants.

Alors je suis retourné m'occuper du petit chat parce qu'ils lui avaient fait du mal.

Maman, elle m'avait dit de plus jamais faire ce que j'avais fait au petit garçon, sinon ils m'enverraient encore en prison.

Mais ici, ils m'ont donné une belle médaille qui brille. C'est la médaille de mon petit chat maintenant.

Soldat Michel Duremy, 2 mars 1916

« J'aurai jamais de médaille. »

C'est idiot de penser ça, hein ? Et pourtant, c'est la première chose qui m'a traversé l'esprit quand j'ai vu ma blessure. Un trou gros comme le poing d'un nouveau-né, avec au beau milieu un éclat d'obus distordu. Un liquide noir s'en écoulait lentement, pour aller former une flaque nauséabonde au fond de l'entonnoir où je me trouvais. Ça ressemblait à du sang mélangé à d'autres trucs qui auraient dû rester dans mon bide.

— Je crois que je serai jamais un héros. Juste un macchabée de plus au milieu de ce bordel… J'ai une sale blessure, Tiers. Celle dont on crève lentement… Je suis désolé, je ne vais pas être de bonne compagnie.

De l'autre côté du cratère, Marcel « le roi de Thunes » Tiers me regardait de son œil unique. Tout le reste de son visage avait été arraché par l'obus qui m'avait aussi troué le bide.

— Toi, tu vivras. Moche, mais tu vivras. Honnêtement, je ne sais pas qui est le plus chanceux.

Le roi a fait un glouglou avec ce qui lui restait de bouche, et des filets de sang en ont coulé.

— C'est bien ma veine, tiens. Je meurs, et le seul type qui est là pour voir ça ne peut pas me répondre. Ça va être long. Ça te dérange si je cause ? Tu ne réponds pas ? Ça doit être un oui alors… Écoute, ça tire encore un peu au-dessus. Quand les brancardiers arriveront, je serai mort depuis longtemps, mais pas toi. Qu'est-ce que je ne donnerais pas pour avoir Boniface ici ! Quitte à crever, autant avoir un curé à côté, non ? Tu t'en fous ? Je ne sais même pas si tu es catholique… Moi, tu sais, j'ai fait mon catéchisme, mais pas beaucoup plus. Et puis, ici, ça m'a pas spécialement donné la foi ! Merde, je ne devrais pas rire, ça fait mal. Enfin, ça pourrait être pire. Eh, Tiers, tu voudrais pas allumer ma pipe ? J'ai le bras droit engourdi. Allez, je sais que t'es une belle enflure, mais t'as pas envie que je revienne te hanter, pas vrai ? Ah ! Je plaisante. Ah, merde, ça tire ! Bon, passe la juteuse. Une petite bouffée me fera pas de mal. Tiens, je m'attendais presque à voir de la fumée sortir par le tr… putain ! Plus de blagues, cette fois-ci, je le jure.

La pipe m'est tombée des lèvres après une dizaine de bouffées. J'ai fait signe à Tiers, qui s'était installé près de moi, de ne pas la ramasser. De toute façon, il avait les mains prises par le bandage qu'il essayait d'appliquer sur l'un de ses bras criblé d'éclats d'acier.

— Écoute, Tiers, je ne sais pas s'il y a un bon Dieu, mais après tout ce bordel, j'aimerais faire une bonne action. Et t'es le seul type que j'ai sous la main, alors ça va te tomber dessus. On sait toi et moi que tu vas te faire rattraper par tes trafics un de ces jours. Même si t'es défiguré et à l'hôpital, ils couperont ta pension et te foutront au trou. Mais t'as beau être un salaud, t'as quand même rendu bien des services aux copains. Alors je vais te faire une fleur : tu vois la plaque d'identité militaire à mon poignet ? Tu vas l'échanger avec la tienne. Vu ce qu'il se passe en ce moment, quand on viendra chercher mon corps, ce ne sera sûrement plus le même régiment qui me ramassera. Et toi, avec ce qui reste de ta gueule, personne n'en saura rien.

J'ai pointé ma poche du nez.

— Là-dedans, tu trouveras une photo de Michelle, ma petite femme. Facile à retenir, non ? Michel, Michelle… ouais, bon. C'est une vraie mistone, alors prends soin d'elle. Tu me le jures ? Ouais, je sais pas ce que ça vaut, le hochement de tête d'un bandit, mais bon, c'est pas l'heure de faire des chichis… prends aussi mes papiers. Tu auras tout : mon adresse, ma date de naissance, tout. Tu peux même apprendre à faire ma signature. Je suis sûr que pour toi, c'est une formalité. Tout ce que je te demande, c'est de le dire à ma femme. Ce sera votre secret. Moi, j'emporte ta vie de criminel dans la tombe. Je meurs pour tes péchés, comme dirait l'autre. Et toi, tu repars avec une vie toute neuve, un casier vierge. Et pour mes parents, tu t'en fous : je suis orphelin. Mes amis… bah, tu n'auras qu'à dire que la guerre m'a changé et… dis, tu voudrais pas me refiler la pipe ? Aide-moi un peu, j'ai la mâchoire engourdie… pas vrai, Michel Duremy ? Ah, ça devient compliqué de parler. Je crois que c'est la fin. Écoute, c'était bien que tu sois là. Amuse-toi bien. Je suis fatigué maintenant. Je vais fermer un peu les yeux…

Sergent-major Augustin Thuillier, 20 mars 1916

Mes yeux se sont fermés lorsque j'ai appris la mort du « roi de Thunes ».

Des taches de couleur éclataient sur le mur de mes paupières, tandis que mes poumons expiraient l'air lourd aux effluves d'acier du front. La délivrance était venue, et la main anonyme d'un artilleur allemand a balayé d'un obus le poids qui pesait sur mes épaules depuis qu'on avait affecté ce criminel à mon unité. Les rapports sans fin sur les vols, contrebandes et extorsions, piles immenses de papiers à remplir qui me coûtaient les yeux et la santé, s'envolaient, alors que l'âme de ce voyou descendait recevoir son ultime châtiment. Enfin, il était tombé au feu, peut-être que le Diable saurait s'en souvenir. Je ne voyais, pour ma part, que la fin de la grande hypocrisie du sous-officier qui, sans preuve, ne peut accuser celui que tout le monde sait être le mauvais génie du régiment.

Le seul témoin de ses derniers instants, et probablement son confesseur, avait été Duremy. Ainsi, comme si le destin s'en était mêlé, le roi de la cour des Miracles avait eu comme ultime compagnon un monstre défiguré. Les secrets du roi de Thunes, s'ils les avaient confiés, étaient tombés dans l'oreille distordue par le feu de la guerre d'un homme qui ne pourrait pas parler avant longtemps.

Je remplis les papiers avec zèle, pour officialiser la mort de celui qui, depuis les ombres, avait été mon ennemi sans jamais que nous puissions nous le dire en face. Moi, chargé de maintenir l'ordre, et lui, le roi du désordre. Je ne saurai jamais si, comme je le soupçonnais, il avait guidé la main de la Faucheuse lorsque, l'an dernier, elle avait emporté le capitaine Martin après qu'il avait fait preuve d'une étonnante imprudence.

Un jour, peut-être, je pourrais le demander à Duremy. Mais en attendant, j'écrivis le courrier officiel signifiant la disparition de Tiers, et le mêlai à l'inquiétante pile de lettres annonçant aux familles que leur proche venait de tomber au feu.

Verdun écrivait bien plus de courriers que le poilu le plus prolixe.

Amandine Granpré, 1er avril 1916

L'arrivée du courrier nous tordait l'estomac.

L'annonce d'une grande bataille, comme celle de Verdun, gonflait nos inquiétudes pour tous ceux qui y étaient. L'arrivée du facteur se muait en supplice, tant ses lettres pouvaient aussi bien nous apporter les nouvelles réconfortantes attendues que meurtrir nos cœurs en nous retournant un courrier où, sous notre propre écriture, nous pouvions lire ce sobre tampon : « Le destinataire n'a pu être atteint. »

Les familles s'accrochaient alors à tous les espoirs : la poste militaire a peut-être fait erreur ? Le fils prodigue, capturé ? Mais bien souvent, un officiel venait peu après annoncer la triste nouvelle : le soldat était mort. Et l'on tentait, tant bien que mal, de trouver un témoin de ses derniers instants, au front ou à l'hôpital. Plus étrange, venait parfois l'annonce, très pudique, de la « disparition ». Le soldat n'était plus là. Dans tout Paris courait la légende d'un garçon annoncé comme disparu qui était resté coincé entre les lignes près d'un mois, avant de réapparaître miraculeusement. Chaque quartier jurait que c'était une famille de chez lui qui avait connu cette histoire. Et les familles de disparus l'écoutaient, les larmes aux yeux, en espérant que leur fils ou leur mari réapparaisse.

Personne ne voulait admettre que « disparu » signifiait qu'un obus avait volatilisé le combattant, ou l'avait enterré sans rituel. Je l'avais entendu de la bouche d'un soldat en permission qui, ivre, brisait les illusions de ceux venus lui poser mille questions.

Mais chaque matin, plus que le facteur, nous redoutions d'apercevoir un uniforme. Il n'y avait pas plus grande terreur que de découvrir un officier, une lettre à la main, s'avançant d'un pas hésitant dans la rue. Aux fenêtres, les visages pâlissaient, les volets se fermaient, et chacun se terrait chez lui comme si la Mort rôdait. Car c'était bien elle.

Le nez levé de l'officier, déchiffrant le numéro sur chaque immeuble, confirmait qu'il n'était pas d'ici. Et venait donc en mission officielle. Or il n'y avait qu'une raison d'aller rencontrer une famille de civils au nom de l'État.

Un matin, un élégant lieutenant a fait crisser ses talons sur les pavés devant notre immeuble. Avant même que je puisse réfléchir, mes mains s'étaient crispées sur les volets, les avaient claqués et, sans que je sente la douleur dans mes doigts que je venais pourtant d'écraser, je me ruai dans les bras de mes parents en les suppliant de fermer la porte à double tour. Cela faisait des jours que René n'écrivait plus, et nous le savions à Verdun. Comme un enfant qui se cache les yeux et se persuade qu'on ne le voit plus, j'espérais arrêter la Mort au seuil de chez nous. Mes parents, tout en me serrant, priaient.

L'immeuble devint silencieux lorsque le lieutenant y pénétra. La rue elle-même se figea. Aux fenêtres d'en face, les commères entrouvraient timidement leurs fenêtres, l'oreille tendue, pour savoir où le malheur allait frapper.

Les pas du lieutenant retentirent dans l'escalier. Lents et sinistres. Ils s'arrêtèrent sur notre palier et vinrent à notre porte. Mon cœur allait exploser, et moi, hurler de douleur avant même qu'on ouvre.

Mais, à ma grande surprise, les pas reprirent. Le lieutenant grimpa d'un étage. Lorsqu'il arriva au palier du dessus, on l'entendit toquer. Un cliquetis, un grincement, et le murmure, grave, d'une voix d'homme annonçant l'inévitable.

J'entendis les genoux de notre voisine lorsqu'ils frappèrent le sol ; son hurlement qui fut suivi de bien d'autres. On lui arrachait le cœur, et sa voix ne se tut que lorsqu'elle devint sanglots.

Dans ce désespoir, coupable, je trouvai un honteux soulagement : la Mort n'était pas venue pour nous aujourd'hui.

Lieutenant René Granpré, 3 avril 1916

La Mort était devenue ma compagne.

J'étais prisonnier d'un couple d'un nouveau genre, et la générosité de cette Grande Dame me tordait les entrailles à chaque présent. Chaque jour, sous la forme d'une averse de projectiles, elle venait m'arracher des amis. Et puisque les Allemands bombardaient aussi bien nos arrières que nos flancs, je vivais vaille que vaille cette relation malsaine dans une prison de feu dont je ne pouvais m'échapper. Je serrais contre mon cœur la pile de courriers que j'adressais à Amandine sans pouvoir les lui envoyer. S'imaginait-elle que j'étais tombé à l'ennemi ? Je m'inquiétais plus de l'imaginer malheureuse que de mon propre sort. J'attendais, dans ma tranchée, que les statistiques, le hasard et le Seigneur décident si je vivrais ou non. J'avais donc le temps de rédiger mes lettres, mais aucun homme ne pouvait se risquer à aller les poster. Trop dangereux.

Il y avait aussi ce que je ne pouvais écrire à ma femme, car elle ne méritait pas de découvrir à travers mes mots l'ignominie que nous endurions.

Dans le ciel, vers midi, nous avions aperçu un splendide aéronef frappé de la cocarde tricolore. Plusieurs de mes hommes lui avaient adressé de grands signes : isolés comme nous l'étions, seul cet avion pouvait rapporter au quartier général que notre position tenait encore. Nous étions misérables à voir, sales et affamés, mais cet appareil qui brillait au soleil nous remonta le moral plus qu'une apparition angélique l'aurait fait : on s'inquiétait de nous. On venait prendre de nos nouvelles. C'est en tout cas ce que nous voulions voir.

Le miracle ne dura pas ; d'un nuage jaillirent de gros engins ronflants frappés de croix noires. Notre avion se détourna pour s'enfuir, mais pas assez vivement : en un instant, les Boches étaient sur lui. Nous pouvions entendre, par-delà le sifflement des obus qui continuaient à tomber autour de nous, le claquement de leurs mitrailleuses.

Une étincelle. Une flamme. Et notre ange s'embrasa. Ses ailes devinrent écarlates. Les mouches mécaniques qui tournaient autour de lui s'en éloignèrent. L'avion piqua, une aile enflammée se brisa et se mit à planer de son côté, à la façon d'un cerf-volant diabolique.

Tandis que l'appareil tombait vers nous, nous vîmes, s'extrayant de la carlingue, une silhouette se jeter dans le vide. Le pilote avait choisi de mourir par le saut plutôt que par le feu. Il disparut entre les lignes, avant que son appareil ne le rejoigne avec fracas et ne dresse en l'air sa queue enflammée sous le soleil de midi.

S'il nous avait vus, le pilote ne pourrait plus rentrer le raconter. Nous étions de nouveau seuls, avec face à nous l'inconnu et la Mort, cette femme volage qui vivait avec chacun, et nous jouait les farces les plus cruelles.

Michelle Duremy, 2 mai 1916

Quel tour cruel m'avait joué la vie ! Ah !

Qu'il était beau, mon Michel ! Et fort comme un buffle ! Je savais qu'il était blessé, il me l'avait écrit, mais je m'en moquais bien : on me le ramenait. Il en avait fait assez ! Et donné plus que bien des embusqués qu'on croisait dans les rues ! Je suis allé l'attendre, gare de l'Est, avec des chocolats dans mon sac, sa petite gourmandise. J'avais les larmes aux yeux quand la locomotive est entrée en gare. Dès que les infirmiers ont commencé à aider les vétérans à descendre, j'ai guetté mon Michel aux côtés de toutes les autres familles qui se tenaient près de moi.

Les enfants se serraient contre des papas revenus du front, des femmes embrassaient des blessés sur des civières. Des exclamations horrifiées attirèrent mon attention : une famille voyait venir vers elle un sergent à qui il manquait les deux jambes. Les retrouvailles se transformèrent en un instant en débandade : le soldat était attristé d'effrayer les siens, et les autres, trop choqués pour savoir quoi faire.

D'une certaine manière, cela m'a préparée.

Un soldat s'est planté devant moi, avec un bras en écharpe, mais surtout, le visage entièrement bandé dont ne dépassait qu'un unique œil. Je ne le connaissais pas, mais quand il a montré la plaque d'identité à son poignet, c'était mon Michel.

J'étais choquée, car j'ignorais à quel point il avait été blessé. Mais comme je ne voulais pas que cet instant heureux soit brisé, j'ai soufflé un grand coup et l'ai serré dans mes bras. Il a timidement fait de même.

— Bienvenue chez toi, Michel ! ai-je dit à son oreille. Je t'aime, tu m'entends ? Je ne te laisserai pas repartir.

— Mâchoire brisée.

C'est tout ce qu'il m'a répondu, et encore, avec mille précautions. Nous sommes vite rentrés chez nous, où je l'ai assailli de questions. J'ai glissé devant lui un calepin et un crayon pour qu'il puisse écrire de sa main libre et nous avons pu échanger.

Michel m'a tout dit : qu'il devait aller à l'hôpital tous les deux jours pour ses pansements, qu'il était défiguré. Je lui ai répondu que je m'en moquais : tant qu'il était vivant, c'était le principal. Il m'a aussi expliqué qu'il aurait besoin de temps avant de pouvoir parler correctement. Mais même à l'écrit, je sentais que quelque chose n'allait pas.

La nuit était tombée, et nous parlions – si je puis dire que nous parlions – depuis des heures quand il a noté ces mots : « Tu dois savoir : je ne suis pas Michel. »

Alors il a commencé à rédiger message sur message. Et moi, à lire par-dessus son épaule tant je perdais mon calme. Qu'est-ce qu'il racontait ? Peu à peu, il m'a expliqué qu'il était un ami de Michel, mort à Verdun. Que c'était son souhait de lui donner son identité. Il a refusé de me dévoiler son vrai nom, arguant qu'à partir de maintenant, il serait Michel. Un Michel qui prendrait soin de moi, et avec qui je n'aurais pas à vivre comme mari et femme dans l'intimité si je ne le souhaitais pas.

Mais qu'il pouvait me couvrir de bijoux. Qu'il était quelqu'un, avant la guerre. Qui ?

« Un vrai roi. »

Je ne sais pas si c'était vrai, mais de ce jour, je n'ai plus jamais manqué de rien. Mon pauvre Michel ! Je l'ai beaucoup pleuré. Et mon… nouveau Michel, il m'a accompagnée. Jamais embêtée. Jamais touchée. Il a tenu sa promesse et je n'ai jamais rien dit.

Jamais.

Adeline Girardon, 5 mai 1916

J'ai jamais rien dit.

Je ne suis pas une pleureuse. Pas comme toutes ces bonnes femmes qui attendent le courrier, les yeux mouillés. Moi, je bosse depuis que je suis gamine. Même quand mon mari est parti, j'ai rien dit. J'ai juste serré les poings et les dents et attendu qu'il ait tourné au coin de la rue. Voilà, c'était la plus longue pause de ma vie. Ensuite, je suis retournée gérer la boulangerie.

— Tu n'y arriveras pas, Adeline ! C'est une affaire d'hommes !

J'ai pas répondu quand il m'a dit ça. Parce que lui, avec ses manières de petit père, il faisait juste vivoter la boutique. Mais moi, ah, je lui ai montré ! J'ai toujours appris à me débrouiller. Les gens du quartier disaient :

— Pauvre Mme Girardon ! Elle doit tout faire avec son mari à la guerre !

Pouah ! La guerre ! Il était boulanger dans l'armée. Tout ce qu'il a risqué, c'est de se brûler les poils des bras trop près du four. Ça non plus, je l'ai pas dit.

Comme je vous disais : je lui ai montré. Je leur ai montré à tous.

En cachette, je mettais de la sciure dans ma farine. Les poids ? Je les truquais. Gramme par gramme, régulièrement, doucement. Et je faisais monter les prix, en disant qu'avec la guerre et si peu de bras aux champs, ça coûtait !

Les gens grognent que faire ça, c'était être un « profiteur de guerre ». Un patron d'usine d'armement, peut-être, mais moi, est-ce que j'ai tué quelqu'un ? Que non ! « Pauvre Mme Girardon… », on va pas lui reprocher de s'être débrouillée, à la Girardon !

Les affaires se sont envolées. Je riais en écrivant des lettres à mon mari pour lui dire combien j'avais fait de chiffre chaque semaine. Il n'en revenait pas : j'étais mieux sans lui qu'avec lui ! C'est comme ça que j'ai commencé à penser au divorce.

Après, faut reconnaître que c'était pas facile tous les jours. J'étais pas bien honnête, d'accord. Mais vous savez qui est revenu d'entre les morts ? Le roi de Thunes. Tout le monde disait qu'il était tombé au front et, un beau matin, ses gros bras que j'avais à peine vus depuis deux ans sont venus prendre leur part de mes affaires en menaçant de me causer des soucis si j'ouvrais la bouche.

Mais là non plus, j'ai rien dit.

N'empêche, je me demande si c'était bien le même roi de Thunes. Je l'ai jamais vu, le nouveau chef des voyous. Ils en avaient peut-être choisi un nouveau. Enfin, je m'en moque.

Quand mon mari est rentré, on a divorcé. Je suis partie avec mon meunier, mon argent, et j'ai foutu le camp loin du quartier de Paris où régnait l'autre.

Ça, on peut dire que la guerre m'a réussi.

Caporal Mathurin Faberger, 29 mai 1916

— La guerre vous a pas raté, hein, mon père ?

J'avais balancé ça pour plaisanter, mais le sergent Boniface m'a jeté un regard noir. On disait qu'il était là-haut quand ça avait bardé sur Verdun. Qu'il avait vu les copains crever autour de lui, et un tas d'Allemands venir finir ce qui restait. Déjà qu'avant il était un peu sombre, ça n'a pas aidé. Si j'avais entendu ces gars-là en 14 raconter que c'était un bonhomme tout doux au début, maintenant, il sentait la poudre et la bouteille. Pareil, je voulais juste lui faire remarquer qu'il prenait le mauvais chemin quand il avait répondu :

— Ferme ta gueule, mon fils.

Difficile d'oublier quand un curé vous répond ça. D'autant que moi, le curé de ma paroisse, c'était un petit vieux tout gentil qui devenait rouge dès qu'on jurait un peu fort. Il n'aurait pas apprécié un séminaire avec le Boniface.

— Que dirait le bon Dieu s'il vous voyait mon père, hein ?

Vraiment : je voulais juste le pousser à lâcher sa bouteille et à cesser de faire la grimace. Mais lui s'est levé, a agité le poing vers le ciel, et s'est lancé dans une drôle de diatribe.

— Mais c'est ça, le pire, Faberger ! C'est qu'Il me voit ! Et je me demande bien ce qu'Il en pense ! Est-ce qu'Il pleure ? Est-ce qu'Il rit ? Je vais te dire, mon garçon, je n'en sais plus rien ! Tout ce que je sais, c'est que là-bas, du côté où on entend japper des 77, il y a quelques millions d'Allemands qui veulent me faire la peau et qui s'y essaient depuis des mois. Des années même, maintenant ! Alors qu'ils viennent ! Qu'ils viennent chercher mon extrême-onction. On a voulu que je fasse la guerre ? Je la fais. Mais ne me faites pas chier si je ne la fais pas avec le sourire. Maintenant, Faberger, tu as d'autres questions sur le bon Dieu ?

— Euh… non, sergent.

— Parfait. Alors tu prends tes affaires. Ce soir à 21 heures, je donne la messe dans l'abri numéro 8. Et à 22 heures, on va aller faire un saut dans la tranchée boche voir si on peut en attraper un ou deux.

Il a ricané en tétant sa bouteille.

— Si Dieu est avec nous, bien sûr.

Soldat Amédée Bouffard, 12 juin 1916

Dieu était contre nous ce jour-là.

Il faisait une chaleur à crever au moment d'aller au casse-pipe. Un enfer. Mon casque était tellement ardent qu'il me brûlait le front, mais au moins, il m'évitait de ramasser une abeille en acier dans la gueule.

Comme d'hab', on nous avait servi le bobard des artiflots qui allaient nous dégager les Boches du chemin. Et comme d'hab', ces branleurs avaient arrosé partout sauf là où il fallait. Alors il restait du barbelé en plein face à nous, et des Bavarois qui nous alignaient à la machine à coudre. Tacatacatac ! Ça tombait comme des mouches.

Le sol tout sec buvait le sang des amochés qu'on enjambait pour aller casser la gueule des cons qui nous tiraient dessus. Le lieutenant devant hurlait : « On les aura ! On les aura ! » jusqu'à ce qu'une balle en plein front lui fasse fermer sa gueule pour de bon. C'était une boucherie. Mais vous savez quoi ? Tout ce que je pensais, moi, c'était : « Putain, ce qu'il fait chaud ! »

Faut pas chercher ce qu'il se passe dans un crâne quand on est au milieu d'un tel bordel. Et puis, c'est peut-être pour ça que j'ai pas flanché.

Quand, avec les copains, j'ai atteint la tranchée ennemie, quel merdier ! Ça gueulait de partout, le Lebel trop long tapait dans les murs de terre à chaque coude de boyau. On balançait de la grenade dans tous les sens. Les Boches, pas les derniers pour envoyer du presse-purée dans nos gueules, se faisaient plaisir.

À un moment, un sergent m'a dit :

— Bouffard, vous restez là en attendant les nettoyeurs de tranchées. Faudrait pas qu'un Teuton reprenne la mitrailleuse.

— Ah, d'accord sergent ! C'est bien, parce qu'il fait chaud, pas vrai, sergent ?

Il a dû me prendre pour un fou, et je devais l'être un peu avec la marmite brûlante sur ma tête qui faisait fondre ma cervelle. Et là, qu'est-ce que je vois ? Que les Boches s'étaient fait un bel abri de mitrailleuse, ombragé, avec une grosse réserve d'eau pour refroidir leur Maxim. Oh ! Quel bonheur ! Vous savez ce que c'est, de l'eau fraîche après une randonnée au soleil ? Et ben là, c'était pareil, sauf qu'avant d'en profiter, j'avais failli me faire trouer la peau. De toute ma vie, j'ai jamais eu autant de plaisir à boire un truc ! Ça m'a presque fait oublier que j'étais au milieu du réseau allemand.

Quand les nettoyeurs de tranchée ont déboulé, j'étais allongé, les yeux mi-clos, comme un nabab sur une plage normande qui fait le beau. Un adjudant m'a jeté un regard méchant quand je lui ai montré ma caisse de munitions pleine d'eau et lui ai dit :

— T'en veux ?

Il m'a tout renversé sur la gueule. Quel gâchis.

Adjudant Antoine Loubry, 12 juin 1916

Quel gâchis !

Tant de jeunes, fauchés par des machines nées du génie humain. Des siècles de progrès et d'inventions, tout cela pour tuer toujours plus vite.

Le spectacle désolant des corps brisés, perforés, désintégrés qui gisaient entre les lignes me déchirait le cœur. Je devais ignorer les appels des blessés qui, les mains tendues, nous suppliaient de les ramener. J'enjambais les morts sans les regarder, de peur de découvrir sur leur visage portant encore les couleurs de la vie les traits de ceux avec qui j'avais ri et vécu la veille encore. J'ignorais leur humanité pour ne pas perdre la mienne. Et pour quoi ? Pour rejoindre la tranchée allemande, où nos troupes avançaient, afin d'en éliminer les poches de résistance. J'étais un « nettoyeur », et un couteau suspendu à la boutonnière, j'allais distribuer la mort de la manière la plus intime qui soit.

Car le nettoyage de tranchée est un art qui touche à l'intime.

Ce jour-là, j'étais accueilli dans un poste de mitrailleuse pris à l'ennemi par un soldat qui avait perdu l'esprit. Ce Français se gonflait d'eau au milieu des morts, et m'en proposa même sans comprendre que ma tête était ailleurs. Sa mission était finie parce que la mienne commençait.

Un réseau de tranchées, c'est quantité d'abris, tantôt postes stratégiques, tantôt lieux de vie, et parfois les deux, qui se succèdent régulièrement. Enfoncés sous terre, frais et humides, ils permettent à des survivants de rester cachés aussi longtemps que nous autres, nettoyeurs, n'apparaissons pas. Dès lors, nous nous mettons à l'œuvre.

Le sang monte au cerveau et les tempes se mettent à palpiter contre les flancs du casque sous la tension. Chaque ouverture béante qui s'enfonce dans les entrailles de la terre peut cacher un ennemi. Chaque pas peut être le dernier. Nous sommes sur un fil tendu dont la chute est mortelle.

Il faut dès lors sonder.

Les abris comme les hommes, en criant quelques mots d'allemand invitant à se rendre. S'il y a une réponse, on insiste. Jusqu'à ce que titubant, hébété, un être humain à l'uniforme déchiré émerge de l'ombre pour se jeter dans nos bras. Parfois, la réponse est plus brutale. Hurlements, insultes, coups de feu et même bombes : l'abri est condamné par ceux qui s'y retranchent. D'un jet de grenade, nous mettons fin à leur résistance. Nous sommes leurs derniers interlocuteurs, leurs invisibles ennemis. Nous sommes la mort la plus intime qu'ils trouveront ici, l'opposé exact de l'artillerie anonyme qui prend son dû sans un mot.

S'ils tentent une sortie, c'est au revolver, au pistolet et au couteau que nous tuons. Nous voyons leurs yeux dans leurs derniers instants, tout comme ils voient les nôtres. Ce n'est plus la guerre, c'est un combat de gladiateurs, un corps-à-corps furieux, brutal, qui peut survenir à tout instant.

Lorsqu'un abri est silencieux, nous y jetons une grenade à gaz. Une quinte de toux annonce un embusqué, et peut le faire sortir, les bras levés. Ce sont nos plus belles victoires : capturer ceux qui refusaient de l'être. Mais quand ces derniers se ruent comme des rats qui, acculés, choisissent de se battre, de nouveau, notre vie devient l'égale de la leur. Elle est en jeu, et peut être perdue sur une simple erreur. Combien de soldats poignardés par un ennemi qui les attendait au coin d'un boyau que l'on pensait sécurisé ? Combien de morts lors d'un échange de coups de baïonnette qui n'avaient plus lieu d'être dans une ligne déjà tombée entre nos mains ? Ce sont les derniers combats, les plus tendus pour ceux qui les tiennent, et les moins sensés pour ceux qui y meurent.

Et lorsque tout s'arrête, lorsque la mission est terminée, notre esprit s'affaisse, poids énorme qui retombe sur le matelas de notre apaisement et s'y enfonce. C'est une sensation de plaisir comme nulle autre. L'impression de choir droit vers la paix à laquelle nous travaillons et que, l'espace d'un moment, nous touchons du doigt.

Jusqu'à la prochaine sortie. Jusqu'au prochain nettoyage. Au prochain danger.

Qui sera peut-être le dernier.

Ce jour-là, nous ne fîmes qu'un prisonnier. Un grand Bavarois qui, malgré sa solide carrure, n'était à nos yeux qu'une maigre recette. Tout cela pour capturer un seul homme ? Pourquoi les autres avaient-ils préféré la mort ? J'espérais des réponses.

Aussi, je le confiai à Spill.

Soldat Nicolas Spill, 12 juin 1916

L'adjudant m'a confié le Bavarois.

Moi, j'en voulais pas. Ramener des prisonniers, c'est la corvée : déjà que s'occuper de son cul, c'est pas simple, alors ramener un Boche en un seul morceau à la maison, vous parlez d'une partie de plaisir. Parce que, pour regagner nos tranchées, il faut tout retraverser ! Le *no man's land*, la mer de types crevés ou qui le seront bientôt. Et puis, les Allemands ne sont pas complètement idiots. Ce n'est pas parce qu'on leur a pris dix mètres de terrain qu'ils lâchent l'affaire. Il reste les obus qui vont tomber, les tireurs embusqués qui attendent l'imprudent, les mitrailleuses pas encore dégagées…

— Je vais t'accompagner, m'a proposé Masselin. Faudrait pas que ce Boche profite que tu sois seul pour te crever.

— Ah, ben je dis pas non !

Masselin, à mon avis, il voulait surtout se tirer du coin qu'on venait de capturer avant que les Allemands ne contre-attaquent. Pétoche ou pas, il était avec moi, et c'était ce qui comptait. La baïonnette au bout du fusil, il piquait le cul de notre invité pour le pousser en avant.

— Allez Gustav ! Fritz ! Ou je sais pas quoi, avance ! lançait-il.

On restait quand même prudents, parce que, derrière nous, ça bardait encore. On entendait les grenades qui explosaient, sans savoir si c'était le nettoyage des tranchées qui se poursuivait ou l'ennemi qui revenait se frayer un chemin à l'explosif.

D'un coup, ça s'est mis à siffler et, le Boche comme nous, on n'a pas eu besoin de causer pour comprendre que ça allait tomber. Les canons d'en face nous feraient le coup classique : un mur de feu et d'acier pour empêcher les renforts français de traverser jusqu'aux lignes conquises. Et nous, on était pile à cet endroit ! Tous les trois, on s'est mis à courir à la recherche d'un trou d'obus assez profond pour s'y planquer.

— Grouille, Masselin ! Allez, plus vite, on va s'en ramasser un !

Un gros cadeau boche est passé comme un éclair, et pan ! des éclats ont volé dans tous les sens. J'en ai pris un si gros dans l'épaule que j'en ai lâché mon fusil. Ça m'a déséquilibré, j'ai roulé en avant, et ni une ni deux, je me suis retrouvé la gueule au fond d'un entonnoir, suivi par Masselin qui ne m'a pas laissé tomber. Le prisonnier, lui, s'est docilement joint à nous : Allemand ou pas, les obus n'allaient pas faire de différence. Alors autant nous planquer dans notre trou.

— C'est bien, Franz ! a dit Masselin. Couché maintenant, plus bouger !

Le gros Bavarois nous a regardés avec deux billes rondes. Il a réfléchi, et puis d'un coup, malgré les explosions au-dessus de nous, on l'a entendu dire :

— Ce n'est pas Franz : c'est François.

Soldat Arthur Masselin, 12 juin 1916

— Ce n'est pas Franz : c'est François.

Tu parles ! Avec son accent de bouffeur de saucisses, il s'appelait autant François que moi, j'étais le pape. Pourtant Spill, directement, s'est mis à le fixer, étonné. Et à gober tout son baratin !

— Tu parles français ? il lui a demandé.

— Oui, je suis alsacien, a dit l'autre. Je me suis rendu car je refuse de tuer des Français.

— Oh ! T'entends ça, Masselin ?

Ben voyons ! Je sais pas si c'est parce que Spill avait du fer dans la bidoche, mais il était tout content. Aucun bon sens !

— Parce que tu crois que si cet empaffé était le mitrailleur qui a ratiboisé les copains, il le gueulerait sur les toits ? Tous les Boches font les Alsaciens quand on les capture. Ils sont menteurs ! Hein Franz-François ? Tu nous prends pour des cons ?

— Allez-y, a-t-il dit avec le même gros accent. Posez-moi une question sur l'Alsace.

— Ah ! s'est joyeusement exclamé Spill. Pas bête !

— Ta gueule ! Ni toi ni moi on n'y connaît quelque chose ! Il pourrait nous dire que l'église chez lui est construite en mie de pain qu'on n'en saurait foutre rien !

Spill voulait y croire. Il était bien gentil, le copain, mais blessé et sans son fusil, et moi, tout seul avec ma pétoire en cas de souci. Alors j'allais pas baisser la garde. Au-dessus de nous, le bombardement tapait un peu plus court, et on s'entendait mieux.

— Moi, je te dis que c'est un Bavarois qui a appris trois mots à l'école. Ou même un espion qu'on a attrapé pendant qu'il faisait la tournée des popotes ! Un officier ! Tiens, il veut nous endormir pour filer et il ira tout raconter à ses copains autour d'une choucroute !

— Attends ! m'a dit Spill en essayant de sortir ses pansements de sa besace. De toute manière, ça ne change rien : Bavarois, Alsacien ou roi des Belges, on le ramène chez nous pareil.

— Pareil ? Toi, ça ne te paraît pas bizarre qu'il essaie de nous enfumer comme ça, le *Kamerad* ? Franz-François, vide tes poches ! C'est peut-être un espion, on va vite voir s'il a des papiers !

Ah, il s'est pas pressé, le salopard ! Il fallait que je le pique avec mon fer à Boches pour qu'il couine et retourne ses poches. Et qu'est-ce qui est tombé ? Un insigne avec une belle mitrailleuse dessus ! Tiens, saloperie de Boche !

Il avait encore les fils qui pendaient de la manche ! Ce fils de… s'était arraché l'insigne avant qu'on l'attrape !

— C'est un mitrailleur ! L'enfant de catin qui a passé tous les copains au moulin à café ! Allez Spill, on le fait payer ! T'entends pas dehors, comme ça gémit encore ? C'est les copains que les obus ont pas achevés ! On va les venger, ça oui !

— Je suis juste assistant ! s'est exclamé notre nouvel ami. Pas tireur ! Chargeur !

— Ben tiens, crevure ! Parce que c'est moins grave si c'est pas toi qui appuies sur la détente ? Tu parles d'un Alsacien !

— Mais je suis alsacien, c'est parce que je refusais de tirer qu'on m'a nommé servant de…

Je lui ai enfoncé ma baïonnette au fond de la gorge, à ce sale menteur. Il massacre les Français et il essaie de nous tirer une larme avec ça ! Putain de lâche !

— Merde, Masselin, t'aurais pas dû faire ça, a dit Spill.

— Tuer des Boches ? T'es venu ici pour les fleurs, toi ? Allez, personne ne saura. Pas si on se met d'accord.

— Sur quoi ?

— À ton avis ? Allez mon gros, la pluie de Guillaume II s'est arrêtée, on rentre à la maison.

Ce qui nous laissait le temps de nous entendre sur l'essentiel : notre rapport.

Lieutenant Charles-Émile Gourdon, 16 juin 1916

Rapport concernant le décès d'un prisonnier durant son transfert.

Suite à l'attaque de la tranchée dite « des Deux-Bois », l'adjudant LOUBRY a signalé être parvenu à capturer un prisonnier dans la première ligne allemande. Après s'être assuré qu'il était désarmé, il l'a confié au soldat de seconde classe SPILL, afin de l'escorter jusqu'à nos lignes. Le soldat de seconde classe MASSELIN s'est porté volontaire pour procéder à cette mission.

Les deux hommes ont témoigné qu'ils avaient franchi environ la moitié de la distance les séparant de la première ligne française lorsqu'un bombardement a eu lieu. SPILL, MASSELIN et leur prisonnier ont trouvé refuge dans un entonnoir d'obus, en attendant de pouvoir reprendre leur progression.

Le prisonnier a dès lors profité d'une blessure légère du soldat SPILL pour tenter de s'emparer d'une arme, obligeant MASSELIN à le neutraliser.

L'Allemand n'a pas survécu à ses blessures, malgré les efforts du soldat MASSELIN pour le sauver. Les soldats SPILL et MASSELIN ont pu regagner les lignes par la suite.

L'interrogatoire du prisonnier étant impossible à la suite de cela, une nouvelle opération devra être montée afin d'aller chercher des renseignements au sein du dispositif ennemi.

Caporal René Nonnet, 30 juin 1916

« Aller chercher des renseignements au sein du dispositif ennemi. »

Les Allemands répondant peu au téléphone, figurez-vous que cela signifiait envoyer une fine équipe de joyeux drilles nuitamment chez les copains d'en face, et en enlever un. Au moins.

Quel plaisir d'aller risquer la douce peau de son arrière-train parce que deux gros malins n'avaient pas réussi à ramener leur prisonnier en un seul morceau.

D'autant que, la tranchée conquise ayant été reprise deux jours plus tard, il fallait traverser le même secteur, mais aux défenses considérablement renforcées. Non, vraiment, merci messieurs. Un plaisir.

Boniface, qui commandait notre corps franc, avait passé trois jours à s'esquinter les yeux dans un périscope pour trouver par où nous allions nous faufiler. Selon la recette habituelle : on arrose bien à droite, bien à gauche, l'équipe de choc se faufile au milieu, et avec un peu de chance, ramène son Germain pendant que les mitrailleuses se réveillent. Un vrai bonheur. Mais bon, les coups de main me paraissaient toujours plus utiles et moins aléatoires que le fait de courir comme un con en plein assaut. Au moins, ici, on ne réveillait pas les Allemands au canon pour les prévenir de notre arrivée.

L'affaire s'est déroulée presque comme le plan.

Notre bon père a rampé en tête de la file jusqu'au parapet d'en face, a fait signe aux armes automatiques de tirer, et en moins de deux, nous courions au milieu de jolis uniformes verts que nous gratifions chacun d'un coup de poignard. Ou de revolver pour les plus chanceux : nous savions nous montrer généreux.

Une grenade dans un abri a fait sortir un officier allemand à demi nu. En moins de trente secondes, nous avions liquidé ses sentinelles et étions au pied de son lit. Bonsoir *Herr* canaille, merci, on repart.

Le pauvre était tellement abasourdi, entre le réveil mouvementé et les explosions de grenades, qu'il n'a pas fait d'histoires et s'est laissé emmener en poussant des exclamations de surprise. Évidemment, ses braves amis, peu regardants sur la santé de leur chef, ont commencé à nous arroser de bon plomb teuton, et il a fallu finir en rampant.

C'est comme ça que je suis tombé dans un entonnoir où un Fritz pourrissait déjà. Un Boche, ici ? Mais mon bon ami, vous vous êtes égaré ! Il n'y a que des cadavres français dans ce coin ! J'ai vite additionné deux et deux : c'était le prisonnier que les deux autres andouilles n'avaient pas su ramener.

Le drôle avait un trou bien net au fond de la gorge : une belle trace de passage de l'amie Rosalie, qui l'avait embrassé en mettant, on dirait, toute la langue et plus encore. Vu la largeur du cratère, il était impossible qu'en pleine bagarre un soldat ait réussi à manier son Lebel suffisamment habilement pour planter le type si proprement.

C'était une exécution.

Parce que deux brillants esprits avaient tué un prisonnier par colère, vengeance, patriotisme ou autre sentiment sans lequel on vit plus vieux, nous venions de risquer notre peau pour trouver un remplaçant au gibier qu'ils avaient gâché.

Ai-je cafté à Boniface ? Oh que oui.

A-t-il fait un rapport contre nos deux amis ? Oh que non.

— Ce genre d'histoires, ce n'est pas pour les papiers, m'a dit notre curé. C'est une affaire de conscience : envoyez-les-moi en confession.

Confession il y a eu. Et dès qu'on est descendus de la ligne, absolution : Boniface les a fait passer entre tous les hommes avec autorisation pour chacun de se défouler. J'ai brisé mon gratte-cul sur la tête de l'un des deux.

Ça a été bien mieux qu'un rapport.

Sergent Bastien Piquemont, 12 juillet 1916

J'écrivais mes rapports chaque soir jusque tard dans la nuit.

On m'avait pour cela fourni une machine à écrire soi-disant donnée par un officier. La vérité, c'était que ce machin fonctionnait à peine, et qu'essayer de taper une page entière quand la touche « E » répondait une fois sur trois tenait du supplice. Tout le bon matériel allait là-haut, sur la ligne. Alors que pour nous, les pépères, même si je n'avais que 41 ans, c'était ce dont les autres ne voulaient plus. Or ma mission était importante : je m'occupais d'enterrer les morts.

Quand, le matin, le sol tremblait et que le ciel s'embrasait de l'autre côté de Verdun, je me tenais là, les poings sur les hanches, et j'annonçais à mes gars :

— Commencez à faire des trous, ça va se remplir.

Sûr que ça filait le bourdon aux unités qui montaient en ligne, de nous voir jardiner derrière les rangées de croix déjà bien garnies. Dès qu'une attaque était lancée, mieux valait être paré. Sinon, vous pouviez passer deux jours en plein soleil avec des morts en train de gonfler à côté de vous, à faire le nombre de trous suffisant pour les pauvres gars qui s'étaient fait percer là-haut. Encore ça, c'était quand ils avaient figure humaine. Une fois, j'ai enterré une jambe. Un poilu l'avait redescendue de la ligne, et c'était tout ce qu'il restait de son caporal. Il avait insisté pour qu'on fasse un trou aussi grand que les autres, parce qu'il fallait que « toute son âme tienne dedans ». On l'a fait. Ces gars-là, fallait pas trop causer avec eux. Quand ils revenaient des combats, ils vous regardaient avec des yeux vitreux, et ça pouvait dégénérer à tout instant.

Donc, chaque soir, il fallait taper qui on avait enterré, où, et lister ce que l'on avait éventuellement récupéré avant la mise en terre. Je dormais quelques heures, et le lendemain matin, rebelote : on creusait. Est-ce que j'aurais pour autant échangé ma place avec un type au front ? Sûr que non ! Les trous, je préférais les creuser qu'y finir. C'est qu'avec ma femme et mes gosses, mieux valait que je reste en vie.

En fin de matinée, parfois, on voyait approcher au bout du cimetière de jolies dames vêtues de noir. Il arrivait que parents et enfants les accompagnent : elles venaient chercher la tombe de leur mari. Je consultais mes fiches tapées avec cette maudite machine, et tantôt je leur indiquais où se recueillir, tantôt je leur expliquais que leur homme était quelque part là-haut. On se battait tout autour de Douaumont, on entendait encore les obus tomber, mais déjà, ces familles rappliquaient pour se recueillir. Quand elles avaient de la chance, elles rencontraient un soldat venu lui aussi prier ou causer devant la croix de bois d'un ami. Ça chuchotait, ça jactait, et enfin, ça pleurait. J'avais installé des chaises pas loin pour les gens prêts à s'évanouir. Pas vraiment la guerre héroïque qu'on imagine, hein ?

Quatre ans à creuser, tu parles d'une histoire.

Soldat Yves Givry, 2 août 1916

Creuser ! Toujours creuser !

J'aurais mieux fait de fermer ma gueule quand, en 15, le capitaine a demandé qui s'y connaissait en mines. J'ai levé la main, fier comme un paon.

— Moi, mon capitaine ! Trois ans de mine de charbon !

— Parfait, Givry : il y a une mission pour vous.

Quel con ! De là, c'est à peine si j'ai revu mon fusil. On m'a donné une pioche, et affecté au génie. Chaque fois qu'il fallait construire une galerie pour aller sous la tranchée allemande, c'était pour moi ! Creuser, pelleter, étayer, je me suis fait des bras comme ça ! Et dès que j'en avais fini une, on m'appelait : il était temps de commencer la suivante. Avec tout ça, je suis devenu un expert ! Galerie pour déposer des explosifs sous des Boches, rameaux souterrains pour que des guetteurs écoutent si les Fritz creusaient aussi, exploitation de la glaise pour forer plus vite et plus silencieusement… et tout le monde vous le dira : « Givry, même quand ça tape dur, ses galeries, elles tiennent bon ! » Pas une qui s'est effondrée !

Bon, en revanche, la guerre, je l'ai pas beaucoup vue. La galerie, on la commence à l'arrière, on passe sous notre propre réseau de tranchées, et on va sous celui de l'ennemi. Le champ de bataille, il est loin au-dessus de ma tête, et moi, poc, poc, j'avance à coups de pioche. Évidemment, c'est à peine si on se souvient que j'existe ! Adieu les promotions et les médailles ! Pas une citation ! Tout ce que j'ai, c'est « Bon travail, Givry ! » quand j'ai terminé.

Mais sans Givry, c'est pas la même guerre ! Grâce à qui on peut faire exploser la tranchée teutonne juste avant un assaut ? Grâce à bibi ! Combien de Boches tués ? Combien de Français sauvés ? À la pioche et à la lueur de la lampe !

J'avais fui le Nord quand les Allemands étaient arrivés en pensant qu'au moins, j'allais vivre quelque chose de différent de l'existence de mineur. Mais non : je me retrouve cinquante mètres sous terre, dégoulinant de sueur et de crasse, à me casser le dos.

Jusqu'à la galerie du Merle.

Soldat Jean Claret, 30 août 1916

Jamais je n'oublierai la galerie du Merle.

Elle portait ce nom parce que tous les arbres avaient été détruits par l'artillerie. Et qu'un pauvre merle cherchait un endroit où nicher. « Quel bel abri qu'une entrée de galerie de mine ! » avait-il pensé. Depuis, je passais devant lui le matin, et, maintenant qu'il s'était habitué à nous, Yves et moi le saluions comme un contremaître surveillant nos travaux.

Mais ce jour-là, le merle était parti.

— C'est mauvais signe, dit Givry pendant que nous descendons au travail.

— Superstitieux !

— Non, dans les mines du Nord aussi, on a des oiseaux. Des canaris. Dès qu'il y a du gaz, ils tombent comme des mouches. Quand tu vois que le canari est au fond de sa cage sur le dos, tu sais qu'il est temps de te barrer.

Ce n'était pas un canari qui gardait notre galerie. Et j'ai voulu croire que Givry commettait une erreur, qu'il était sensible aux traditions minières. J'étais celui qui faisait fausse route. Après plusieurs heures à creuser le plus silencieusement possible, à piocher durant les bombardements pour couvrir nos travaux et à aller régulièrement demander aux guetteurs si les Allemands bossaient sur leur contre-mine, nous pensions que ce serait une journée de travail quelconque.

Quand une explosion secoua tout le tunnel. Les étais tremblèrent, de la terre dégringola du plafond en quantités inquiétantes, et Givry hurla :

— Fous le camp ! Ça va s'effondrer !

Nous n'avions pas fait deux mètres que, devant nous, les lumières disparaissaient déjà derrière une avalanche de terre et de poussière. Sans les étais soigneusement posés par Givry, la galerie s'effondrait et nous écrasait. Mais à présent, nous nous retrouvions tous deux isolés au bout de celle-ci, séparés du monde extérieur par plusieurs mètres de terre.

J'ai commencé à avoir du mal à respirer.

— Givry, on va crever ici ! On est coincés ! Oh, merde, pas comme ça ! Pas enterrés vivants !

J'avais déjà partagé avec lui mon dégoût des travaux souterrains. Mais les ordres étaient les ordres, et Givry avait su me vendre les avantages de la guerre des mines : au moins ici, nous étions à l'abri des obus et des balles.

— Les Boches ont dû faire péter une des galeries au-dessus de la nôtre. On n'a rien entendu venir ! Qu'est-ce qu'ils foutaient, les guetteurs ? se plaignit-il avant de revenir s'asseoir près de la lampe à huile.

Sa main passait nerveusement sur sa moustache blanchie par la poussière. Il vérifia le réservoir de notre unique source de lumière.

Je continuai à gémir et à frapper les murs, à appeler à l'aide. Au point qu'il vint me coller dans le ventre un coup de poing qui me coupa le souffle. Courbé en deux, je sentis sa main qui me tapait dans le dos.

— Désolé, ça fait mal, mais au moins, t'es calmé. Tu bouffes de l'oxygène, à gueuler. Alors assieds-toi, et espérons que les copains ne soient pas loin.

De l'autre côté du mur de terre qui bloquait la sortie, nous pouvions entendre des coups. Faibles et lointains. Combien de mètres nous séparaient des secours ? Je l'ignorais. Tout ce que je voyais, c'était que ma vie dépendait de mon compagnon. Lui, ancien des mines, ne paniquait pas.

Il savait mieux, c'était le maître, j'étais l'élève, et quand bien même Givry était un an plus jeune que moi, j'avais l'impression qu'à ce moment précis, lui était l'adulte.

Ses doigts se posèrent délicatement sur le mur de terre friable qui scellait le tombeau.

— Impossible de creuser. On mangerait nos réserves d'oxygène, et ce truc ne tiendrait pas. Pas sans matériel pour sécuriser un tunnel. Va falloir attendre, alors le mieux, c'est de dormir.

Dormir ? Comme si je pouvais dormir en pareille circonstance !

— Je vais éteindre la lampe. La flamme consomme elle aussi. On doit tenir le plus longtemps possible.

J'étais terrifié à l'idée de me retrouver au fond de la terre en pleine obscurité. Mais la voix calme de Givry parvint à me convaincre que c'était le mieux à faire. Il souffla la flamme, et lui qui commentait d'habitude le manque de torches électriques dans nos équipes n'en dit rien. Il se tut. Au loin, nous entendions, faibles et distants, les secours qui s'esquintaient à venir nous chercher. J'aurais voulu dormir. De toutes mes forces. Attendre et me réveiller au moment où ce cauchemar serait fini. Mais plus je souhaitais arrêter de réfléchir, plus j'y pensais et je restais éveillé, les yeux grands ouverts, à me demander le nombre de mètres qui nous séparaient de l'humain le plus proche.

Combien de temps s'écoula-t-il ? Je l'ignore. Je sais que les coups de pioche avaient à un moment changé de direction : on partait d'un rameau parallèle pour tenter de nous atteindre. Qu'était-il arrivé ? Avait-on compris que ce serait plus facile par là ? Si oui, combien d'heures perdues à creuser depuis le mauvais point de départ ?

Ma respiration devenait difficile. À un moment, Givry m'entendit haleter, car sa voix sortit de l'obscurité.

— On va manquer d'air, Jean. Il n'y en aura jamais assez pour deux.

— Qu'est-ce que tu veux dire ?

— Tu sais, le revolver que j'emporte au cas où on tomberait sur une galerie boche ? Je l'ai.

Le manque d'oxygène le rendait-il fou ? Comment espérait-il me toucher dans le noir complet avec son arme ? Mais c'était moi qui perdais l'esprit : à aucun moment il ne comptait m'éliminer pour assurer sa survie. C'était l'inverse.

— À Lille, il y a un petit estaminet qui s'appelle Chez Gigi. Tu peux pas te tromper, c'est mon père qui tient l'affaire, et il me ressemble comme deux gouttes d'eau. Je suis parti fâché. Alors tu lui diras que je suis désolé pour Lucienne. Il comprendra.

Je n'ai pas eu le temps de poser de questions que, déjà, notre minuscule réduit de terre s'illuminait. Moins d'une seconde. Qui me permit de voir la silhouette d'Yves, son revolver dans la bouche, tressauter au milieu des ombres. L'obscurité retomba ; je criai comme un damné, désormais enterré aux côtés d'un cadavre. Arriverais-je à m'échapper, moi, le rat coincé dans ce maudit terrier ?

On m'a retrouvé évanoui, les ongles en sang, près d'un mur couvert de traces de griffures.

Les copains qui m'ont ramené à la surface ont dit que, moins d'une demi-heure plus tard, j'y passais. En se tuant, Givry m'avait sauvé la vie.

Au-dessus de mon brancard, le merle chantait.

Putain de merle.

Caporal Léonard Remy, 30 août 1916

Putain de merde ! Je vous jure que c'est vrai ! Pourquoi personne veut me croire ?

L'obus avait bien fait son travail : il m'avait lacéré toute la cuisse et une partie du genou. J'avais réussi à me traîner seul jusqu'à la tranchée sans qu'un tireur ennemi en profite pour me rajouter un petit supplément de métal.

Je me suis laissé tomber du parapet, et il a fallu que ce soit dans le coin des feuillées. Je suis passé directement au travers, et j'ai atterri dans une immense flaque de merde.

— Sortez-moi de là !

Les copains se marraient à moitié en me hissant hors de ma fosse à purin. J'étais couvert d'excréments des pieds à la tête, et ils ne se battaient pas pour m'attraper et me hisser sur un brancard. C'est le sergent qui a dû s'énerver.

— Faites pas vos princesses ! Vous êtes tous des nids à poux et à vermine ! Sortez-le avant que ça ne s'infecte !

Je ne sais plus lesquels se sont dévoués, mais ils m'ont emmené jusqu'au poste de secours, où un infirmier a passé des heures, je crois, à me récurer des pieds à la tête. Je délirais à moitié pendant que lui, en petit artisan, nettoyait avec une délicatesse infinie les plaies de ma jambe. L'obus n'avait pas réussi à me tuer, mais l'infection aurait pu. Tué par les chiottes de la tranchée, quelle épitaphe !

Enfin, pas seulement : j'avais eu de la chance de me prendre un obus pendant que je cisaillais les barbelés, car en cette période calme, l'infirmier avait eu du temps pour s'occuper de mon cas. Malgré tout, il n'avait pu retirer tous les éclats qui se baladaient. Et malgré les médicaments, mon délire reprenait.

On m'a emmené jusqu'à la voiture de radiologie pour trouver où ces charmants bouts de métal avaient pris leurs quartiers. J'étais curieux car avant la guerre, j'espérais rejoindre l'institut Pasteur, moi qui avais toujours aimé la science ! Et là, qui ai-je vu, plantée au-dessus de moi ? Je la reconnaissais car j'avais aperçu sa photo dans la presse scientifique.

— Marie Curie !

— Oui, oui, ne bougez pas.

Oh ! Elle était là ! Deux prix Nobel, et avec l'aide d'une infirmière, elle me faisait passer une radio ! Cul nu, fleurant encore le caca de poilu, c'était bien le moment de croiser une vedette.

Quand j'ai raconté ça aux copains à l'hôpital, ils se sont foutus de ma gueule. Ils ont dit que j'avais rêvé, dans mon délire fiévreux ! Mais moi, je savais que c'était vrai. Et j'ai découvert par la suite que oui, Marie Curie était bien venue en personne sur le front.

J'ai pas eu de citation pour mes faits d'armes. Mais est-ce que vous, vous avez déjà montré votre cul à un double prix Nobel, hein ?

Je vous jure que c'est vrai !

Soldat Robert Vouge, 15 septembre 1916

C'est vrai. On manquait de tout là-haut. Même d'eau.

Tout ce qui se buvait, c'était à l'arrière, et il fallait le monter jusqu'à nous comme on pouvait. Des types bardés de gourdes, plus larges que la tranchée, juraient en venant nous livrer. Et comme il faisait régulièrement des chaleurs insolentes, on buvait si vite qu'on passait notre temps à réclamer de l'eau. Plus encore au combat : courir, tirer, ça donne vite soif. Surtout quand on a le museau collé dans la poussière. Notre lieutenant se plaignait : on avait trop de balles, mais pas assez de flotte.

Un jour, en sortant pour donner un coup de main, Boniface et ses gars sont tombés sur une source qui pissait trois gouttes sous un arbre déraciné par les obus. Impossible d'y aller de jour, mais de nuit, on pouvait s'y ravitailler. Si on n'était pas pressés, tant ça coulait lentement.

Un soir, il faisait un de ces temps lourds où la nuit est pleine de gros nuages, mais pas un ne voulait crever. J'en ai eu marre, j'avais la gorge en feu.

— Filez vos gourdes, je pars à la Pissette faire le plein.

Les copains ne se sont pas fait prier. J'ai enfilé une douzaine de bouteilles en bandoulière, prévenu les sentinelles de ne pas me plomber le cul, et suis sorti. En dix minutes, je suis tombé sur les barbelés qui servaient de repère. J'ai pris à droite, et hop ! j'ai aperçu l'arbre couché. Enfin, ce qu'il restait d'un tronc sec couvert de copeaux et mitraillé de shrapnels. Je me suis glissé dessous, et miracle ! le goutte-à-goutte de la source que nous avions baptisée « Pissette » m'est tombé droit dans la gorge. Le temps de retrouver la sensation d'avoir une langue et des lèvres qui ne s'émiettent pas à chaque mouvement, et j'ai commencé le remplissage des boutanches.

De temps à autre, des fusées éclairantes montaient dans la nuit, mais comme j'étais bien planqué, je ne risquais pas de me faire fusiller. C'était presque beau, vu d'ici.

Soudain, j'ai aperçu un visage tout rond qui me fixait sous un Stahlhelm, l'énorme casque boche que les Teutons portaient. C'était un gamin qui avait l'air d'avoir touché un modèle trois fois trop grand et qui, du bord du cratère, me regardait bêtement.

J'ai voulu attraper mon fusil, puis je me suis dit : « Mon vieux Robert, si ce petit gars avait voulu te bousiller, il l'aurait déjà fait. Il attend poliment son tour, alors, lui mets pas une balle dans la truffe. »

— Viens ! Descends ! On est juste deux types qui ont soif. Tu veux de l'eau ? Comment qu'on dit, bordel… *Water* ? *Wasser* ?

— *Wasser* ! a répondu le jeunot. *Ja, Wasser !*

J'ai insisté, et il est descendu avec moi près de la Pissette. Je lui ai fait la causette à voix basse, en m'excusant parce que j'avais un paquet de gourdes à remplir et que la source n'y mettait pas du sien, mais lui, il s'est accroupi et, la tête sur les genoux, il m'a regardé faire mon plein. On a dû rester là une bonne heure, comme deux cons.

— Tu sais, si on apprend que j'ai causé à un Boche, je vais passer un sale quart d'heure. Conseil de guerre, peloton d'exécution, fusillé, pan pan !

— *Pan pan* ? il a froncé les sourcils.

— Ah c'est tout ce que tu as retenu ? Oui, pan pan ! La guerre ! *Krieg* ! Fusil !

Il a longuement réfléchi.

— Non… pan pan, a-t-il enfin articulé avec difficulté.

— Comme tu dis ! C'est pas tout ça, gamin, mais moi, j'ai fini mon plein, c'est à toi ! Et si tu veux un conseil : fous le camp. T'es trop jeune pour venir faire pan pan !

Je suis reparti, et il n'a pas bougé. J'étais content : finalement, ce n'étaient pas tous des salauds, les Allemands. J'avais beau ne pas avoir fait mon devoir militaire avec ce trublion, j'avais quand même l'impression d'avoir été responsable d'une bonne action.

En rentrant dans la tranchée, j'ai préféré être prudent : je n'ai rien dit aux copains.

Soldat Oskar Dinter, 15 septembre 1916

J'ai tout dit aux copains à la seconde où je suis rentré.

— Eh, camarades ! Vous savez, la source du vieil arbre ?

— La Goutteuse ? a demandé Kurt.

— Tu en connais d'autres ? Parce que, figure-toi que je viens d'y croiser un Français.

Tout le monde a poussé une grande exclamation. Même l'*Oberlieutnant* est sorti de sa casemate pour venir écouter.

— Dinter, vous avez vu l'ennemi ? Et qu'avez-vous fait ?

— J'ai joué de malchance. Quand je suis arrivé à la source, j'ai aperçu ce Français qui y était déjà. J'ai pris mon fusil, mais avec la chaleur et la poussière, deux fois il a refusé de tirer ! Le Français n'a rien entendu, le nez en l'air, à regarder les fusées.

— Pourquoi ne pas l'avoir gardé en joue ? Vous auriez pu le faire prisonnier ?

— C'est que, *Oberlieutnant*, j'ai voulu décoincer mon fichu fusil, et c'est là qu'il m'a aperçu. Il n'a même pas vu que j'avais mon arme sous moi. À la place, il m'a invité à venir profiter de la source.

Tout le monde s'est mis à rire dans la tranchée, en imaginant ce pauvre hère qui venait d'échapper deux fois à la mort et qui invitait à boire son apprenti assassin.

— Il parlait allemand ? s'est étonné Kurt.

— Non, il a dit « Eau, eau ! » et c'est tout. Je crois qu'il a parlé de la guerre. Il causait en français comme si j'étais son meilleur ami. Alors je me suis assis et j'ai écouté, des fois qu'il aurait lâché un nom, une information, quelque chose. Deux fois, j'ai voulu attraper mon poignard, et deux fois, il a regardé dans ma direction pile à ce moment-là. Je me suis dit que ce n'était pas la peine, qu'il valait mieux que je rentre avec l'information.

— Quelle information ? a interrogé l'*Oberlieutnant*, circonspect.

— Que les Français ont repéré la Goutteuse et vont y boire.

Au front, tout s'exploite. Dès la nuit suivante, je me suis trouvé un angle de tir correct sur le vieux tronc, et j'ai attendu. Les deux nuits d'après, j'ai vu un Français. J'ai tiré et j'ignore si je l'ai eu.

Mais après tout ça, plus personne n'osait aller à la source. Ni eux ni nous.

Capitaine Philippe Carentan, 25 octobre 1916

J'allai à la source de toute cette hémoglobine, de tous ces macchabées : je traînai mes galons jusqu'au fort de Douaumont.

J'y pénétrai *via* le trou béant laissé par un obus anti-forteresse dans le plafond d'un couloir de béton, et aussitôt, mes narines furent prises par une puissante odeur de gaz et de mort. Pendant que je descendais une petite échelle jusqu'au sol, un soldat de la coloniale de faction me dévisageait sans cacher son mépris. J'étais un officier qui arrivait après la bataille, un touriste venu voir le « joyau de Verdun », le fort par lequel tout avait commencé, capturé dans les premiers jours par une poignée d'Allemands. Il avait fallu des dizaines de milliers d'hommes pour le reprendre et que mes belles sacoches et moi, nous puissions enfin y pénétrer.

— Carentan ! s'exclama mon vieil ami, le capitaine Dupertuis. Alors, on t'attend depuis ce matin ! Qu'est-ce que tu fabriquais ?

— Un barrage de 77 nous a un peu retardés. Tu me fais faire le tour ?

— Certainement !

Un calepin, un crayon, et je partis à la suite de mon camarade de promotion. Nous nous faufilâmes entre les soldats entassés dans le fort, et nous enjambâmes les rares blessés qui n'avaient pas encore été évacués. Principalement des Allemands laissés en arrière par les leurs au moment de l'assaut.

— Il va falloir revoir tout le système électrique, expliqua Dupertuis en m'indiquant les gros câbles courant sur les murs. Les Boches ont coupé tout ce qu'ils pouvaient avant de mettre les voiles.

Je pris avec assiduité des notes des endroits où les câbles avaient été cisaillés, que je complétai de petits schémas. J'entendis des soldats me qualifier de « décorateur » venu inspecter les murs pour remettre les lieux en état.

— Les Boches sont aussi partis avec les téléphones. Quant à la citerne d'eau, des gars la sondent afin de vérifier qu'ils n'ont pas laissé un petit cadeau au fond. Pour le reste, la structure a bien tenu le coup. Même si nous avons eu quelques surprises.

Nous venions de nous arrêter devant un mur qui n'aurait pas dû apparaître d'après les plans en ma possession. Là où aurait dû se trouver un couloir, s'ouvrait une impasse, un cul-de-sac grossier. Des traces de feu sur les murs ne laissaient rien présager de bon.

— Qu'est-ce que c'est ?

— Nous non plus, nous n'avons pas compris, me répondit Dupertuis. Il a fallu demander à un Boche laissé derrière par ses copains : apparemment, ils ont eu un gros accident. Un dépôt de munitions qui a pris feu. Ça a fichu une telle pagaille que les Teutons ont préféré balancer les corps et murer tout le secteur.

Je contemplai ce mur, derrière lequel nous attendaient des dizaines de cadavres d'Allemands. Toute une partie du fort avait été transformée en tombeau, et ces corps emmurés sur le lieu de la catastrophe attendraient que nous ayons le temps et les moyens de les sortir de là avant de retrouver les leurs.

Bien après la fin de la guerre, je suis revenu à Verdun, et je suis allé à Douaumont, cette fois en tenue civile et sans le moindre bout de papier.

Le mur se dressait encore là, avec les Allemands derrière.

Je crains que jusqu'à la fin des temps, ils ne restent à attendre qu'on vienne les chercher, ces pauvres enfoirés.

Sergent Gaëtan Malo, 13 novembre 1916

— Foiré !

C'était le signal. Allez, vlan ! Le casque sur la tête, les plaques d'acier ajustées sur les épaules, je galopais jusqu'au parapet en criant : « Où ça ? Où ça ? » et le type qui avait gueulé me disait où il avait vu l'obus tomber. Généralement, j'apercevais le cul du pétard dépasser de la boue, encore brillant et fumant. J'attendais pas que finisse de pleuvoir du plomb pour sortir en courant, et un ou deux fusants m'arrosaient d'un peu de bon métal allemand. Ça faisait un bruit de grêle en ricochant sur mon armure.

J'allais droit sur l'obus qui avait foiré, je sortais mes outils pour le démonter. Le capitaine hurlait : « Malo, revenez, nom de Dieu ! », mais pas moyen ! J'ai jamais été un littéraire, mais je suis un matheux. Et un sacré bricolo, sans vouloir me vanter. Alors l'obus, je le démontais jusqu'à la fusée qui devait faire détoner la charge. De là, c'était pas compliqué si t'avais pas été trop con à l'école : je mesurais l'angle de l'obus et sur combien de temps les artiflots boches avaient réglé leur pétard. Avec ça, je déterminais la trajectoire de l'obus, et forcément, d'où il était parti. Il n'y avait plus qu'à rentrer en courant à la tranchée en lançant :

— Mon capitaine ! La carte ! Et un téléphoniste, vite !

Les officiers, ils avaient eu beau gueuler que je faisais le con plus tôt, chaque fois, ils étaient épatés. Je leur montrais où la batterie boche était planquée, et si les fils n'étaient pas coupés, ils n'avaient qu'à appeler nos artilleurs. Il faut savoir ce que c'est, quand après t'être fait arroser au gros plomb par les enfoirés du Reich, tu entends le doux bruit des 75 se réveiller pour leur faire payer. Si tu regardes bien, tu peux même voir les obus passer au-dessus de toi comme des éclairs : zing ! zing ! zing ! Et que ça tombe plus loin sur la bande de crevards qui pensaient pouvoir t'éparpiller de loin entre deux bières. Ah ah ! On fait moins les fiers quand on se prend la contrebatterie du père Malo ! Et tout ça, calculé à partir d'un obus foiré et d'un cours de maths.

Alors maintenant les gosses, je ne veux plus entendre un seul couinement comme quoi mes cours d'algèbre sont chiants.

On reprend : si un Boche avec un canon de 77 décide d'arroser du brave piou-piou à une distance de trois kilomètres, avec un obus qui vole à…

Caporal Didier Pontonnier, 24 décembre 1916

Un obus vola au-dessus de ma tête, crevant le brouillard l'espace d'un instant. Il explosa une bonne cinquantaine de mètres en avant dans une gerbe floue.

— C'est pas tout ça, mais il faut que j'y aille, dis-je au sergent.

— Te fatigue pas et reste ici, me proposa-t-il.

— Ah non, on est le 24 décembre, et Désolier a juré qu'il rapporterait une bouteille de champagne. J'en ai pas vu une depuis l'automne 14 près de Reims.

— Reste ici, insista le sergent. Tu perds ton temps.

Je m'étais adossé à la roue de son 155, et le gradé, le menton dans les mains, s'était accoudé au canon. Je remontai mon écharpe jusque sous mon nez, et me frottai les mitaines. Ma capote me protégeait à peine du froid humide, et je tressaillis lorsque accidentellement, ma nuque effleura l'acier gelé du canon.

— Non, vraiment, je dois y aller, insistai-je. Les autres se demandent où je suis.

— Si c'est ce que tu veux, d'accord. Lève-toi et marche. Sinon, tu verras, ici aussi on est bien.

— Vous avez du champagne ?

Le sergent rit doucement. Il continuait à me fixer avec un air où se mêlaient bienveillance et paternalisme. Il inclina la tête comme si c'était à moi de répondre !

— Je sens bien que, pour le vin à bulles, je peux me brosser. Et du tabac ? J'ai ma pipe, mais plus rien à mettre dedans. Vous avez bien un petit truc pour un brave caporal ?

— Regarde si tu vois quelque chose.

Autour du canon, il y avait quelques caisses, mais la plupart éventrées et vides. Le casier à obus me parut une bonne planque pour tout ce qui est bon et qu'on voulait se mettre de côté : qui irait fouiller dedans ?

J'avais donc envie d'aller voir ce qu'il s'y cachait, mais une flemme du tonnerre.

— Sergent, toi qui es debout, tu veux pas me fournir ?

— Tu sais bien que je ne peux pas, caporal.

— Et pourquoi donc, hein ? Parce que t'as plus de laine sur les épaules ? Fais pas ton salaud et dis-moi où vous planquez le ravitaillement à pipe. Je m'en fume une, et je dégage retrouver Désolier et son champagne. Je ne vous emmerderai plus.

Le sergent se pencha un peu plus sur le canon, le front plissé par son expression triste.

— Didier, arrête.

— Quoi ?

— Didier, tu vois bien que ça ne va pas. Pourquoi ne te lèves-tu pas ?

Il m'énervait celui-là ! J'étais fatigué ! Et alors ? On avait le droit, un soir de réveillon, d'avoir un peu la flemme !

— Tu sais que ce n'est pas ça, dit le sergent. Regarde ton pansement.

Je baissai les yeux vers le linge que je maintenais sur ma jambe. Il était noir. Noir comme toute ma jambe de pantalon. Le tissu imbibé s'était transformé en énorme croûte. Dans le lointain, j'entendis une mitrailleuse claquer. Y avait-il des patrouilles un 24 décembre au soir ? Je voulus appeler, mais je n'y arrivai pas. Ma gorge se faisait faible dès que j'essayais de crier.

— Comme dans un rêve ! constatai-je. Hein, sergent ? C'est un rêve ?

— Oui, approuva-t-il. Rien de tout cela n'est réel. Pas même moi.

C'est vrai que maintenant que j'y pensais, il portait un uniforme bizarre. Pas du tout une tenue d'artilleur. Qu'est-ce qu'il foutait avec un canon dans ce cas ?

— Et ça fait longtemps ?

— Six jours, rétorqua le sergent. Depuis l'assaut. Tu t'es traîné jusqu'à mon canon, mais quand les brancardiers sont passés, tu étais évanoui et ils ne t'ont pas vu. Maintenant, plus personne ne cherche de blessés. Pas ce soir. Et toi, tu délires à cause de la fièvre.

Je pensais aux copains qui pataugeaient dans leurs tranchées, à réveillonner sans savoir que j'étais dehors. Je voulus me lever de nouveau, mais ma jambe refusa de faire le moindre mouvement. C'était un poids mort, un bout de tronc sanguinolent attaché à mon corps.

— Tu sais quoi, sergent ? Je crois que je vais rester un peu.

— C'est bien.

— Et toi, tu es là depuis longtemps ?

— Assez.

— C'est pas triste d'être dehors depuis tout ce temps ?

Le sergent rit sans quitter son canon.

— Non. Et puis, maintenant, je ne suis plus seul. On va se tenir compagnie.

Je voulus lui faire remarquer qu'on pouvait encore me trouver, me ramener, et que moi aussi, je raconterais une histoire comme quoi, fiévreux, j'avais causé avec un mort. C'était arrivé à un gars rencontré à la cote 84. Et il s'en était sorti.

Mais quand je baissai les yeux, je me vis, allongé contre le canon, avec ma jambe croûteuse et mes yeux levés vers le ciel brumeux. Le sergent continuait à me sourire.

— Ça fait longtemps que je suis mort ? demandai-je.

— Cinq minutes.

Le sergent rangea sa montre et, d'un mouvement de tête, m'invita à le suivre.

— Tu viens, Didier ? J'ai entendu râler par là-bas. Je crois que bientôt, on sera trois.

1917

Soldat Maurice Roux, 2 janvier 1917

« Bientôt, on sera trois. »

C'était la dernière phrase de la lettre que Pantin avait reçue de sa femme. Et il nous la lisait encore et encore, avec un tel enthousiasme que t'avais envie de lui en coller une en travers de la moustache pour qu'il la boucle. Celui-là... tout allait dans son sens. L'année d'avant, une marraine de guerre lui avait écrit. Coup de pot : elle habitait dans le village à côté du sien, sans même le savoir ! Mieux, elle était jeune, jolie, et quand il nous avait montré la photo, on l'avait tous traité de beau salopard. Trois mois après, ils étaient mariés, et maintenant, ça.

— Moi, je voudrais juste que tu fermes ta gueule : je monte la garde, lui ai-je dit.

— Roux, t'es jaloux ! Jaloux comme un pou !

C'était pas vrai. Enfin si, peut-être un peu. Moi, j'étais célibataire. Tout ce que j'avais réussi à obtenir d'une femme pendant la guerre, c'était un tarif prohibitif et une chaude-pisse. Pourquoi les emmerdes, il en avait jamais, Pantin ? Même quand il tombait malade, tu pouvais parier que, le lendemain, un obus piquerait pile là où il aurait dû être s'il n'avait pas été à l'infirmerie. Tu as des gars comme ça : c'est dégueulasse.

J'ai quand même voulu le calmer un peu. Alors comme il nous emmerdait encore à nous lire sa lettre, je lui ai dit :

— Tu sais que ça porte malheur de trop la ramener sur son petit foyer. Regarde Pontonnier. Tu sais, le gars qui venait de passer caporal ? Il nous parlait de sa prochaine perm' pour aller visiter sa mère. Résultat ? Personne l'a revu depuis l'assaut du 18 dernier.

— Et alors ? Il n'y a pas d'assaut de prévu, là. Revenons plutôt à ce qui compte : je vais être papa ! Tu lis comme moi : « Bientôt, on sera trois. »

— Si ça se trouve, elle t'annonce que ta marâtre vient coucher chez vous.

— Pff ! Jaloux !

— Non ! ai-je menti. Et de toute manière, t'es pas rendu. Je te rappelle que, même s'il ne t'arrive pas malheur, tu as une guerre à terminer ! Va dire à ceux d'en face que tu laisses tomber parce que ta bonne femme est en cloque ! Et même si on gagne, ensuite ? Il faudra bien l'occuper, l'Allemagne ! Et puis après, attendre qu'on nous renvoie chez nous. Et là, seulement là, tu pourras...

— Ah, arrête, tu essaies de me démoraliser ! Moi, la chance me sourit !

— Jusqu'à ce qu'elle te fasse la gueule !

— Tu m'emmerdes, Roux ! Toujours à vouloir que les autres soient aussi malheureux que toi !

Il a levé la main pour faire le menaçant, et il plaisantait, mais à ce moment-là, pan ! une balle, sortie de nulle part, a traversé la paume de sa main. Pantin a poussé un cri, avant de prendre conscience que, plus formidable encore, c'est à peine si ça lui faisait mal. Je ne sais pas quel est l'enfant de salaud qui, chez les Boches, attendait patiemment, mais il l'a pas raté !

L'infirmier a dit qu'il n'avait jamais vu ça : la fine blessure parfaite ! Pantin avait un trou suffisant pour se faire réformer, mais quasiment indolore et qui guérirait sans problème. Jamais un type n'avait eu une veine pareille. C'était à vous dégoûter de croire en la chance. Quel salopard.

Quand les infirmiers l'ont renvoyé vers l'arrière, il chantait :

— Roux ! Jaloux comme un pou !

Lieutenant Édouard Darmond, 13 janvier 1917

« Pou. »

Tel était le nom de notre pire ennemi. Si l'Allemand, lui, disposait d'une langue, de moyens de raisonnement, et d'un gouvernement avec lesquels nous pouvions négocier une trêve, le pou, lui, combattait sans relâche. Jour et nuit, sans faille, il passait à l'attaque, nous saignait à blanc, et faisait de nous le butin de guerre dont il se régalait.

Nous contre-attaquions avec tout ce dont nous disposions, de nos mains jusqu'au gaz. Mais jamais il ne se rendait : il revenait toujours et reprenait les positions que nous venions de libérer. Les tranchées qu'étaient les raies sur nos crânes ou les plis de nos vêtements étaient les siennes en un rien de temps.

Il fallait l'accepter : la guerre était perdue. Le pou, aux armées innombrables et invincibles, triomphait du génie humain.

Puisque nous ne pouvions l'écraser définitivement, nous avions appris à vivre avec. Nous avions perdu la guerre, et le pou nous occupait.

Et parce que Dame Nature se lassait des cicatrices que nous lui causions, elle décida d'envoyer à l'attaque de nos armées défaites une autre de ses terrifiantes unités : le rat.

Soldat Hippolyte Deschanel, 20 février 1917

Le rat ? Ça faisait bien mes affaires !

Ces saloperies grouillaient partout. Avec tous les macchabées qu'on balançait, tu m'étonnes ! Il y avait à bouffer pour eux et leur petite famille. Et à force de boulotter du poilu crevé, ils sont devenus énormes ! Désolier avait ramené un chat. Vous savez pas ? Ils l'ont bouffé ! À cinq dessus, le pauvre minou a disparu en un clin d'œil ! Ces salopards grimpaient sur toi, la nuit, te mordaient le pif, s'avalaient tout ce qui n'était pas protégé…

Alors j'ai dit : ça suffit ! Les rats, je vais leur montrer qui est le patron !

L'armée en avait tellement marre de voir ses soldats couverts de morsures et malades de toutes les merdes apportées par ces rongeurs qu'elle a promis une prime pour toute queue de rat rapportée.

Je me faisais chier, alors j'allais pas passer à côté de ça ! Au début, je tirais dessus, mais tu parles : déjà, tu en tues un, trois autres reviennent, mais en plus si tu le plombes hors de la tranchée, tu vas pas aller t'exposer le cul juste pour rapporter la queue du machin ! Et ça, si ses potes l'avaient pas déjà grignoté, le zigue.

Avec tout ce qu'on trouvait, j'ai fait des pièges. Mais ils étaient malins, les gaspards ! Tu en tuais un, deux, et le troisième avait compris : ton piège, plus aucune saloperie ne venait y crever.

Tous les jours, j'en réalisais de nouveaux. Qui claquaient l'animal, le perçaient, l'étranglaient, tout ! J'étais drôlement inventif pour ça. Je sais pas si faut en être fier, mais, au bout d'un moment, ces merdouilles ont fini par piger que toute ma tranchée était un piège ! Alors ils n'y venaient plus.

Les copains étaient contents, mais moi, je n'avais plus de queues à rapporter pour mes primes.

Au moins, ça m'a fait de la publicité ! Un matin, un adjudant est venu me chercher pour que j'aille piéger leur tranchée. Et la semaine suivante un capitaine, puis le colonel m'ont demandé de nettoyer leur coin !

C'était drôlement chouette. Et comme dès que je partais d'un coin, les rats y revenaient, j'avais du boulot partout.

On m'appelait « Le joueur de flûte », comme la légende boche du type qui fait courir les rats derrière son flûtiau.

Ça peut paraître bizarre aujourd'hui, mais durant quatre ans, avec mes pièges à rats, j'ai été Dieu sur Terre.

Caporal Maurice Touvier, 5 mars 1917

Le sergent se croyait Dieu sur Terre.

Il nous prenait de haut, et il ne se passait pas une heure sans qu'il nous raconte que lui avait vu le front de près, ce qu'il était difficile d'ignorer, tant sa démarche claudicante rappelait qu'il avait reçu une méchante balle. Il précisait sans cesse qu'il avait préféré rester en service en caserne que rentrer chez lui, l'occasion de bomber le torse en nous parlant de l'enfer qu'il avait traversé au front, et pour le lieutenant, de le rabrouer parce qu'il n'aimait pas trop qu'on démoralise les recrues afin de se mettre en avant.

Il nous apprenait l'art subtil du maniement du fusil-mitrailleur Chauchat.

— Une pétoire révolutionnaire ! répétait le sergent. Les Boches nous l'envient. Une bonne rafale et vous verrez trois mangeurs de saucisse mordre la poussière !

— Et ça s'enraye ?

Pelletier, qui m'avait été affecté comme « pourvoyeur » alors que j'avais décroché le poste de tireur, avait posé la question avec son sourire malicieux. Tout comme moi, il ne connaissait le front qu'au travers de ce qu'on en racontait, mais quand on avait su qu'on serait envoyés là-haut comme équipe de fusils-mitrailleurs, on avait tendu l'oreille. Et entendu que ce machin avait une fâcheuse tendance à arrêter de tirer sur les Fritz de lui-même. Peut-être qu'il les aimait bien.

— Racontars ! s'exclama le sergent. Les incidents de tir, c'est pour les petits cons qui n'entretiennent pas bien leur arme ! Je veux qu'elles brillent au front comme ici ! Et vous verrez si elles s'arrêtent de canarder ! Moi, dans la Somme, je…

Et il nous racontait ses heures de gloire, à défendre la France jusqu'à son dernier souffle, et comment, en suivant ses conseils, on arriverait jusqu'à Berlin.

Sans un seul incident de tir.

Soldat François Pelletier, 16 mars 1917

— INCIDENT DE TIR !

Maurice gueula de toutes ses forces, mais j'avais entendu la culasse qui claquait dans le vide. Putain de sergent ! Mon cul qu'il suffisait de garder le flingot propre pour qu'il tire ! La Chauchat, c'était le futur, ça oui : une mitrailleuse légère portative, sur le papier, c'était génial !

Mais dans les faits, on était tellement couverts de chargeurs et de matériel d'entretien qu'entre ça et l'arme, on devenait affreusement lents. Et lorsque enfin on se couchait pour arroser les Boches, voilà que cette merde nous claquait entre les doigts. Parce que le chargeur était coincé, parce qu'une balle bloquait le canon, parce que de la boue s'était foutue dans la culasse, et parfois même, juste pour un motif simple : parce que c'était de la merde.

Ah, quand ça marchait, on en dézinguait, du Boche ! Une vraie petite mitrailleuse en vadrouille ! Mais quand elle coinçait, tous les bidasses d'en face décidaient que vous faisiez une cible de choix, toi et ta baïonnette transformée en tournevis pour essayer de relancer la machine à rafaler du salaud.

L'armée avait commandé des dizaines de milliers de ces trucs pour changer le cours de la guerre. Sur le papier, vraiment, j'aurais signé des deux mains mais quand tu l'avais entre les doigts, tu te souvenais pourquoi l'armée avait pu en acheter autant : c'était fait à la va-vite, avec du matériel de merde…

Et moi, j'étais sous les balles, à maudire l'industriel qu'avait pensé que la qualité des pièces de son engin passait après quelques économies.

Soldat Loïc Levalac, 2 avril 1917

Quelques économies donnent parfois naissance à de bonnes idées.

Ça faisait pas un mois que j'avais rejoint les tranchées que j'en avais déjà marre de devoir piocher, creuser, réparer… Tous les jours, un obus allemand emportait un peu de nos fortifications. Et tous les jours, il fallait recommencer. Jusqu'à la prochaine canonnade.

Et puis voilà qu'on m'envoie porter un message au colonel. J'imaginais qu'il avait une belle cagna, creusée par des engagés comme nous, façon serfs s'occupant de bâtir une belle forteresse à leur seigneur.

J'arrive. Je m'arrête au bout du boyau qui débouche sur la troisième ligne. Je lis le panneau avec le nom du colonel peint à la main, à l'entrée de ce qui ressemble à un petit tumulus. Oh ! Ils auraient érigé une colline juste pour un gradé ? Que non ! J'entre, et là, je vois que tout est nickel. Propre. Lisse. Des parois en béton impeccables, comme on n'en fait pas à la main. Moi qui suis du bâtiment, je me dis que quand même, non seulement je ne vois pas comment ils ont réussi ça, mais en plus, ça me dit salement quelque chose.

Ce que c'était ?

Un bout de tunnel du métro parisien ! L'armée apportait ces gros trucs bétonnés au front, il n'y avait plus qu'à creuser un trou, et hop, le colonel se retrouvait abrité comme s'il s'était planqué station Liège. Même les zeppelins que j'avais vus avaient du mal à en crever la voûte avec leurs grosses bombes.

Quand même, que je me suis dit : qu'est-ce qu'il y a de plus français que d'apporter des bouts de Paris au front pour se cacher dessous ?

J'espère que ça prenait moins l'eau que le métro les jours d'orage.

Sous-lieutenant Amédée Regnard, 3 avril 1917

L'orage.

Le ciel si noir que le jour devient nuit. Les nuages énormes qui roulent les uns contre les autres et soudain crèvent dans un déluge fabuleux. Un instant, on marche sur de la terre ferme. Puis on se réfugie sur des caillebotis. Et, à chaque seconde, la flaque grise d'onde tremblante à nos pieds s'élève et menace. Elle engloutit les souliers qui deviennent plus lourds encore qu'à l'accoutumée. Elle lèche les bandes molletières, les gonfle, les rend glissantes. Tout l'uniforme s'assombrit en hommage à la colère céleste et se gonfle de trombes d'eau.

Les hommes deviennent lourds. Patauds. Ils marchent à pas pesants et bruyants, et des girandoles boueuses accompagnent chaque enjambée qu'ils arrachent à la terre qui essaie de les avaler.

Les sentinelles rêvent d'un abri. Ceux des abris s'éveillent et, voyant leur chambre de fortune faire naufrage, suivent les rats qui s'en échappent. Rongeurs au pelage noir, poux et malheureux se bousculent et crient à la recherche de la Jérusalem d'un instant, une casemate encore sèche dont les éléments ne pourront venir les chasser. On s'y entasse jusqu'au seuil de la porte. On y commente les gouttières aménagées par un précédent régiment. On se raconte l'histoire du soldat qui, baïonnette au canon, fut foudroyé. On crie, on râle, on tente de s'exprimer plus fort que le ciel.

Les éclairs arrachent des cris d'admiration enfantins à ceux qui, d'habitude, ne connaissent que les lumières clignotantes des canons à l'horizon.

L'attention se tourne vers l'Allemand, dont la tranchée serait mieux aménagée selon les uns ou les autres. Et quand même ce sujet ne fait plus recette, les pensées filent vers l'arrière. Vers les maisons aux murs épais, les poêles chauds, les planchers secs et les bons repas.

Alors le ciel n'est plus ni orage ni tempête. Il est le portail de l'imagination du poilu vers son foyer lointain. Et chaque éclair, un souvenir d'une vie sans souci.

Maréchal des logis-chef Bertrand Gariguet, 7 avril 1917

— Sans souci, sans souci, c'est vite dit.

Le maire commençait à en avoir assez de ses fonctions. Dès qu'il pénétrait dans une bâtisse où ses administrés se plaignaient du comportement des soldats, naissait la même ritournelle : d'abord, on le traitait de planqué, et quand on le lui avait suffisamment répété, on lui rappelait que lui n'avait pas de souci à se faire, bien à l'abri à l'arrière.

Ce qui était loin de la vérité.

La commune était suffisamment proche du front pour être devenue un lieu de passage obligé des permissionnaires et autres unités au repos. Désormais, ce village de fermiers comptait donc trois troquets, un bordel, et selon les rumeurs, un tripot mêlant un peu des deux établissements précédents. Il ne se passait pas un jour sans qu'une bagarre éclate entre soldats ou que des habitants excédés se plaignent des militaires qu'ils logeaient. Le maire, de l'aube au crépuscule, apaisait les uns, rappelait les autres à l'ordre, et se faisait insulter par tout le monde. Sa mairie était si près de la ligne qu'elle en partageait les ennuis, mais assez loin pour qu'on le traite d'embusqué.

— Et maintenant, ça.

Le maire désigna la ferme couverte de lierre aux volets de bois branlants dont s'échappaient de minces filets de lumière. Dès qu'une ombre passait devant, je braquais mon revolver dans sa direction.

— Tout ce que je voulais, c'était un prêtre pour la messe de dimanche, se plaignit-il. Si j'attrape celui qui m'a désigné ce père Boniface, il va m'entendre. Je suis sûr qu'il savait.

Quand le curé militaire de passage au village avait demandé en échange de la messe et des confessions une quantité non négligeable de gnôle pour lui et ses hommes, le maire avait refusé. La tension était montée d'un cran, une arme était sortie, et le père amoureux de la bouteille s'était retranché avec ses fidèles dans la ferme. Je crois qu'il avait des galons de lieutenant. Mais ce fut un sergent qui tenta de négocier avec nous une sortie.

— Les gendarmes ! Vous rangez pas avec l'autre planqué ! tonna le sous-off. Envoyez la picole et on se tire sans faire d'histoires !

— Commencez par sortir les mains en l'air ! ordonnai-je.

— Ouh ! se moqua le sergent à l'intérieur. Les gendarmes ont l'air du genre à savoir faire des prisonniers ! On tremble !

— Si vous continuez, menaçai-je, je vais chercher le corps franc de votre régiment. Lui saura vous déloger.

Des rires fusèrent.

— Mais pauvre con… le corps franc du régiment, les rois de la capture, les délogeurs d'emmerdeurs : c'est nous !

Caporal Louis Talon, 10 avril 1917

C'est nous. Je ne nie pas.

D'accord, quand le gendarme nous a dit de sortir, on aurait dû. Mais on avait un peu picolé. Faut pas nous jeter la pierre : quand, la semaine passée, tu as poignardé deux types dans le blanc des yeux, t'as bien besoin d'un peu d'eau-de-vie lorsqu'on t'envoie au repos.

Oui, c'est vrai, ce n'était pas une raison pour se retrancher. Et encore moins pour insister au moment où les gendarmes ont appelé leurs copains à cheval et ont encerclé cette fermette bouffée par les mauvaises herbes.

Non, je ne sais pas qui d'entre nous a tiré le premier coup de feu. Pas Boniface, en tout cas. Lui, il regardait sa bouteille en se foutant de tout. Il est de plus en plus bizarre, le père.

Ouais, c'est pas le sujet. Mais vraiment, on ne voulait pas que ça tourne à ça.

Vous pouvez expliquer à la famille de la petite qui faisait le service qu'on est désolés pour la balle qu'elle s'est prise dans la gueule. Vous savez, c'est un peu grâce à nous que, de plus en plus, la chirurgie sait réparer les faces.

Non, je ne dis pas que…

Dix ans de prison ?

Je peux vous répéter à quel point je suis désolé ?

Soldat Matthieu Villalongue, 15 avril 1917

— Je suis désolé.

Malheur ! Je me suis effondré en chialant comme jamais je n'avais chialé. Et pourtant, j'en ai vu, des copains casser leur pipe ! Plus d'une fois, je me suis retrouvé à devoir aller chercher le barda qu'ils avaient posé quelques heures plus tôt, et à en sortir les affaires en pleurant parce que ça me rappelait les conneries qu'on se racontait.

Mais là, c'était Toto.

Toto, c'était un chien qu'on avait trouvé en 15 en Champagne. Une espèce de bâtard entre tellement de races que c'était sûrement le corniaud le plus international que ce monde ait porté. Il était moche, pelé, et surnommé « Toto » parce que c'était un vrai nid à totos, le petit surnom des poux. Et des puces aussi, dans son cas. Personne ne voulait dormir avec lui car il puait comme toute une section d'infanterie et qu'il refilait sa populace de parasites en se frottant contre toi.

Et pourtant, bon Dieu, que j'ai aimé ce chien.

S'il n'allait pas gagner un prix de beauté, il était plus malin que la plupart des sous-officiers. Il reniflait un Boche qui s'approchait en rampant à trois cents mètres. Une fois, il a même mordu le cul d'un lieutenant brandebourgeois qui menait un assaut et venait d'atterrir dans notre trou. Et le gaz ! Il le sentait avant même qu'on y pense ! Il se mettait à japper et à pleurer en sautant partout, jusqu'à ce que tu mettes ton masque, pis il se carapatait à l'abri. Brave bête !

Et la fois où, durant la revue, il s'était foutu derrière la grange et aboyait dès que le général ouvrait la bouche. On se marrait comme des bossus, à regarder les moustaches grises du grand patron qui se hérissaient. Le galonné a envoyé ses adjoints chercher le clébard et jamais ils ne l'ont trouvé ! Le soir même, on a filé toute une boîte de singe à Toto pour le remercier.

Toto avait survécu deux ans sur la ligne, il avait eu le cul éraflé par un éclat d'obus qui le faisait chier en biais ! C'était notre mascotte, parce que, justement, il était dégueulasse. Comme nous : pelé, couvert de poux, mais sacrément débrouillard.

Et qu'est-ce qui l'a tué ?

La voiture du vétérinaire : l'autre abruti l'a écrasé pendant que Toto pionçait sur le chemin. Je sais pas s'il y a un paradis pour les clébards, mais même s'il est bien planqué, je suis sûr que Toto l'a trouvé et y a traîné ses puces, ses poux, et tout le petit peuple qu'il portait sur son dos.

René Gros, 14 avril 1917

Le petit peuple portait sur le dos le poids de cette guerre. Et ce, depuis trop longtemps.

C'est lui qui fournissait le gros des régiments, faisait tourner les usines, travaillait aux champs, en un mot, qui s'épuisait. Et sa fatigue commençait à peser. L'élan patriotique de 1914 avait été remplacé par une lassitude grandissante : les familles voulaient revoir ceux qui étaient partis, et se lamentaient d'entendre régulièrement une nouvelle classe être appelée au combat. Le moral chutait dangereusement, et à vrai dire, nous aussi, nous en avions assez.

Au Parlement, je m'endormais pendant qu'un énième olibrius montait à la tribune nous parler de la victoire totale que l'on arracherait bientôt, des sommes extraordinaires que les Allemands nous paieraient en compensation de tout ce que nous avions perdu. Et me demandais à combien l'on estimerait la vie d'un soldat.

Les généraux eux-mêmes s'étaient pris au jeu des débats : ceux promettant une fin de guerre rapide, tel

Nivelle, avaient tendance à charmer les esprits. Parlementaires comme ministres rêvaient d'être les découvreurs du sauveur qui resterait comme le vainqueur de cette guerre mondiale.

Dans les salons que je fréquentais, le nom de Nivelle revenait souvent. On rappelait qu'il s'était illustré au début de la guerre et que la victoire de Verdun était en grande partie de son fait. Et le général lui-même n'hésitait pas à venir serrer des mains, partager un verre, s'assurer de son influence politique. Pour lui, un seul mot d'ordre : une victoire rapide était possible, en accumulant suffisamment de moyens au même endroit afin de percer le front. Ce que les Allemands avaient essayé à Verdun sans succès, Nivelle assurait qu'il pouvait le réussir ailleurs. Qui plus est en quelques dizaines d'heures seulement. Beaucoup de généraux nous rencontraient, nous autres, parlementaires, pour nous mettre en garde : Nivelle vendait une bonne promesse politique plutôt qu'une excellente opération stratégique.

Des discussions eurent lieu. Des disputes éclatèrent. Mais la peur de voir nos alliés russes s'effondrer et toutes les forces allemandes à l'Est basculer à l'Ouest acheva de convaincre les élus qu'il fallait agir, et vite.

Je fis partie de ceux qui soutinrent l'offensive Nivelle.

Et je le regrette.

Caporal Alban Debesse, 15 avril 1917

J'ai pas regretté d'être allé au bordel !

Non, pas celui de la troupe. Tu parles ! Faire la queue derrière les clampins qui attendent devant une tente, une roulotte ou une baraque miteuse juste derrière le front, pour régler l'affaire en cinq minutes et repartir avec une bonne petite maladie ? Bah ! Je vous jure, il y a des filles qui ont dû envoyer plus de types à l'hosto que bien des mitrailleuses allemandes.

Non, moi, j'avais un autre truc. J'allais Chez Lili.

Un bordel réservé aux officiers, situé un peu plus loin à l'arrière, juste à l'entrée d'une bourgade dont je serais bien infoutu de retrouver le nom. En revanche, je me souviens de la petite lanterne rouge qui avait soigneusement été peinte à l'angle d'une pierre moussue pour indiquer les lieux.

Dans les bordels à officiers, mon vieux, les filles sont plus jolies, plus soignées, et surtout, elles ont le droit à un bain entre chaque passe. Sans parler de la qualité du plumard ! Logiquement, avec mes petits galons, j'aurais jamais pu rentrer. Mais voilà : j'avais passé un accord avec les filles. Chaque fois qu'un officier « oubliait » de payer, je m'assurais que le message lui parvienne. J'insistais lourdement jusqu'à ce qu'il s'acquitte de sa dette. Aucun lieutenant digne de ce nom n'a envie que la troupe sache qu'il doit de l'argent à des putes. Et, en échange, j'avais une passe.

Et voilà qu'un soir, alors que la fille est partie prendre son bain et que je suis en train de me rhabiller, j'entends du bruit de l'autre côté du paravent, dans la petite pièce qui sert de « vestiaire » avant d'entrer dans la chambre. Un type qui se rhabille mollement.

— Ben alors, c'était pas bien ? que je lui demande.

— Pardon ? qu'il me répond avec une voix traînante. Non, c'est juste que le moral n'y est pas.

— Les bordels sont là pour ça ! que je lui réplique en rigolant.

— Franchement, qu'il me demande, vous pensez qu'on passera pour qui à la fin de tout ça ?

— Pour les vainqueurs ! que j'insiste, tout plein de bonne humeur après ma petite affaire.

— Peut-être... peut-être avez-vous raison. Mais pensez-vous que les gens comprendront ce que c'est ?

— Ce que c'est que quoi ?

Le type a lâché un gros soupir.

— De prendre la décision de l'assaut. Celle qui, on le sait, coûtera bien des vies. Demain, si les calculs sont justes, nous risquons de perdre mille jeunes gens au bas mot. Et on enverra mille lettres pour dire à mille familles que leur petit garçon est mort. Vous pensez qu'ils comprendront ? Qu'ils comprendront pourquoi on a fait ça ? Ou pensez-vous qu'ils nous verront comme les salauds de l'histoire ?

Je ne sais plus ce que j'ai baragouiné. Tout ce que je sais, c'est que le type s'est levé, a ouvert la porte de son côté, et qu'un autre derrière l'a salué d'un :

— Oh, bonsoir mon général.

J'ai pas pris le temps d'enfiler mon froc. J'ai couru dans la nuit comme jamais je n'avais couru, et je le jure, je n'ai plus jamais foutu les pieds Chez Lili.

Soldat Roger Berthemont, 16 avril 1917

Je le jure : à la guerre, il y a des miracles.

Moi, le mien, je m'en souviendrai toujours. C'était le 16 avril 1917 au Chemin des Dames. Ce jour-là, avec les gars de la compagnie, on participait au début de la grande offensive. Et croyez bien que les Boches nous attendaient de pied ferme. Alors dès qu'on en a foutu un hors de la tranchée, l'artillerie d'en face a ouvert grand sa gueule.

Moi, je courais avec deux bons gars de ma section, Frelon et Laurent, quand je l'ai entendu arriver, ce putain d'obus. Lorsqu'on a passé suffisamment de temps au front, on peut savoir rien qu'au sifflement si ça va tomber un peu derrière, un peu devant. Celui-là, j'ai compris qu'il était pour ma gueule.

Du 77 explosif. Que j'ai vu passer comme un éclair noir au-dessus de ma tête avant de s'écraser juste derrière moi dans un coup de tonnerre qui m'a éclaté les tympans. Mes pieds ont quitté la terre, j'ai valdingué dans les airs sur deux bons mètres, et j'ai cru que c'était fini lorsque le sol m'est arrivé droit dans la gueule. J'ai entendu Laurent gueuler mon nom, et puis plus rien.

Je me suis réveillé à l'hôpital, où une infirmière toute mignonne m'a gentiment expliqué que j'avais été labouré dans le dos par l'obus, mais que, comme si le bon Dieu veillait sur moi, rien de grave n'avait été touché ! Là où tout autre gugusse aurait été coupé en deux net, je m'en tirais avec une bonne excuse pour rester dans un lit douillet, entouré de femmes qui m'apportaient des tartines de confiture. Le temps que je me remette sur pied et que je sois d'attaque pour retourner au front, les Boches avaient eu le bon goût de laisser tomber la guerre.

Quand je suis rentré chez moi, j'étais Roger Berthemont, le héros local ! Le miraculé ! Le maire a fait un beau discours, et j'ai bien vu que Marguerite, la plus belle fille de l'école quand j'étais gamin, me faisait les yeux doux. Je l'ai épousée peu après, et avec ma pension, je nous ai acheté une petite maison à la sortie du village.

Mais putain, ce qu'il y fait froid.

C'est pas possible. Surtout quand le brouillard tombe comme aujourd'hui. Allez savoir pourquoi, ces jours-là, j'ai encore l'impression d'entendre ce con de Laurent qui gueule mon nom juste après que je me suis pris mon obus. Merde, on voit plus rien dehors. Et puis, elle est où, Marguerite ? Putain, ce qu'il fait froid ici.

Je crois que j'ai jamais eu aussi froid depuis la guerre 14-17.

Soldat Ernest Laurent, 16 avril 1917

— Berthemont !

J'ai jamais gueulé aussi fort que le jour où j'ai vu mon copain passer au-dessus de ma tête en volant, projeté dans les airs par un obus. Il a atterri juste devant moi dans un bruit flasque, et je n'ai pas compris tout de suite ce qu'était le second bruit que j'avais entendu.

C'est Frelon qui m'a montré, lorsqu'il m'a rejoint près de Berthemont. Oui, notre copain avait atterri juste devant moi.

Et ses jambes, elles, juste derrière.

Le gars s'était fait couper en deux net. Le pire, c'est que par un mauvais coup du sort, le pauvre diable bougeait encore. Les yeux dans le vague, il délirait complètement, et marmonnait du bout de ses lèvres ensanglantées des histoires de confiture, d'infirmières et de marguerites. Et puis, comme les autres, il a commencé à dire qu'il avait froid.

Moi, tel un con, je gueulais son nom encore et encore pour pas qu'il parte. Puis Frelon a attrapé la patte d'épaule de ma capote et m'a entraîné pour dégager. Une mitrailleuse boche nous avait en vue.

Peu après, j'ai vu un obus tomber là où on avait laissé Berthemont. Ça a retourné la terre, et ça l'a enterré net. J'ai entraperçu ses jambes plus loin, mais Frelon m'a poussé en avant.

Aujourd'hui encore, je regrette de ne pas avoir planté ma baïonnette pour me souvenir de l'endroit où on a laissé Berthemont. D'après les registres, le pauvre vieux s'y trouve encore.

Je ne sais plus qui a dit que les morts étaient les plus chanceux à la guerre car au moins, eux, on leur foutait la paix. Mais j'espère que c'est son cas. Et celui de tous ceux encore là-haut.

Lucette Durant, 25 avril 1917

Ce jour-là, des soldats nous ramenèrent une curieuse épidémie de là-haut. Contre laquelle nous ne pouvions pas lutter.

Parmi les blessés de l'hôpital se trouvait un artiste. Un garçon très gentil, qui avait toujours un bon mot pour faire sourire ses amis comme les infirmières. Je crois qu'il travaillait dans un cabaret à Toulouse, ou Montauban peut-être. Toujours est-il qu'un matin, pour amuser ses camarades qui se plaignaient de l'offensive de printemps, il s'est mis à entonner une chanson connue dans les tranchées, dont le refrain commençait par « Adieu la vie, adieu l'amour, adieu toutes les femmes… » Ce n'était pas joyeux, mais ça retranscrivait bien ce que ressentaient ses camarades, qui se mirent à l'accompagner. Ils n'hésitèrent que sur quelques paroles, pour changer les noms de communes évoquées dans le chant par ceux du secteur. De tous les lits monta la complainte, au point qu'un capitaine arriva et demanda que je sorte de la pièce. Il ne voulait ni que j'entende cela, ni la réprimande qu'il leur assena.

Le lendemain, le chanteur recommença son numéro au petit déjeuner. De nouveau, ses amis le soutinrent. Quand le capitaine réapparut, furieux, aucun ne voulut avouer qui avait entamé la chanson, et tous lui proposèrent, fort grossièrement, de s'en retourner à ses papiers.

L'après-midi, ils retentèrent. Cette fois-ci, le capitaine vint avec des gendarmes, menaçant de faire emmener quiconque entonnerait de nouveau un air défaitiste.

Je crois qu'il connaissait moins ses soldats que nous. Car aussitôt qu'on leur interdisait quelque chose, ils s'empressaient de le faire.

Le lendemain matin, on trouva le lit du chanteur vide : il était parti, comme souvent, retrouver ses camarades au front. Malgré les consignes du médecin. La quarantaine avait été violée ; la chanson, revue et adaptée pour le secteur, était dans la nature : en quelques semaines, je l'entendis chez bien des patients, au point que l'état-major l'interdit purement et simplement.

On ne l'entendit que plus fort.

Caporal Jean Zêle, 14 mai 1917

— Plus fort !

C'était la seule raison pour laquelle on m'interrompait : pour que je me fasse entendre. Avec les copains, on avait décidé que cette fois-ci, c'était terminé, on n'y retournait pas. Pourquoi se faire trouer la peau pour Nivelle et ses copains planqués ? Pourquoi ces messieurs de l'Assemblée ne venaient-ils pas prendre un fusil, eux qui répétaient sans cesse qu'il n'y avait rien de plus important que la défense de la République ? Et chaque fois que j'assenais une vérité, je me faisais applaudir !

Les Pruscos nous massacraient. On finissait en barbaque à pourrir sous le soleil juste pour que les galonnés n'aient pas à avouer que leur grand plan, c'était de la merde ! Oui, de la merde ! On n'allait pas crever pour la carrière d'un connard qui envoyait des milliers de types au casse-pipe tous les jours !

Quand j'étais au syndicat de mon usine, d'habitude, lorsque le patron se pointait, les ouvriers se dispersaient comme des étourneaux pour éviter les emmerdes, et je me retrouvais tout seul à me faire engueuler.

Mais cette fois, c'était différent. Les emmerdes, c'était de là-haut qu'elles tombaient, et du genre mortelles, et de tous calibres ! Alors les copains ont serré les rangs malgré les officiers qui nous gueulaient d'embarquer dans les camions pour y retourner.

Crosse en l'air, camarades ! Arrêtons de crever pour ces bourges !

Ils voulaient la guerre ? Qu'ils la fassent à notre place !

Sous-lieutenant Léopold Vanel, 14 mai 1917

Il fallait faire la guerre à leur place. Et ce n'était pas une plaisanterie.

Jeune sous-lieutenant, je savais qu'au Chemin des Dames c'était l'enfer. Les anciens qui avaient fait Verdun disaient qu'ils avaient appris à détester Nivelle là-bas. Ici, ils se mettaient à le haïr. C'était donc dur de tenir les rangs tant personne ne voulait participer à cette offensive qui n'avançait pas.

Toutes sortes de rumeurs ravageaient le moral : les plans avaient été récupérés par les Allemands et ils savaient où et quand nous arroser : des espions travaillaient pour eux partout ; notre matériel était saboté dans les usines par des Alsaciens exilés travaillant pour l'ennemi.

Le front, c'était la puanteur, les morts, la peur au ventre toute la journée. L'arrière, une bouffée d'air et de vie méritée après avoir vu le charnier de près.

Et voilà qu'un jeudi, un type perché sur une caisse de munitions harangue ses camarades en leur hurlant de ne pas remonter au front. Les gendarmes arrivent en courant pour aider les officiers à rétablir l'ordre ; or cette fois-ci, les soldats suivent. J'en vois plusieurs mettre la crosse en l'air et commencer à crier que c'est aux bourgeois de monter au front.

Mes hommes écoutèrent, et j'eus peur que l'idée prenne chez eux. Mais il n'en fut pas ainsi.

Le vendredi, le capitaine rassembla tous les officiers et sous-officiers de la compagnie, dépité.

— Il y a des mutineries en cours. Des soldats font grève.

— Et faut pas qu'on en cause, hein, capitaine ? sourit un sergent-major connu pour son impertinence.

— Au contraire. Vous allez annoncer aux hommes que le repos est terminé.

— Hein ? On vient à peine de redescendre de la ligne ! s'exclama le sergent-major.

— Justement : les grévistes sont la relève qui devait y monter. Puisqu'ils refusent d'y aller, et laissent tomber les hommes là-haut, c'est à nous de le faire. Vous pouvez l'annoncer à la troupe.

Mes peurs quant à une mutinerie dans nos rangs s'éteignirent aussitôt. L'annonce fut accueillie avec des jurons et des gestes grossiers partout où nous passions, mais pas à destination des gradés, non, à celle des grévistes.

La trouille d'être un jour coincés au front parce que la relève refusait de venir suffit à leur faire haïr les mutinés avec tant d'énergie que la discipline revint.

Le massacre, lui, continua.

Sergent Ange Monvoisin, 29 mai 1917

— Qu'est-ce que c'est que ce massacre ?

Dans la cagna, mes dix petits soldats m'ont regardé fixement. Je pouvais lire la frousse dans leurs yeux. Ils pensaient que j'étais encore grippé, mais pardi ! Je venais de revenir ! Et je les ai trouvés entassés dans mon abri, devant ma machine à écrire, essayant d'en arracher une page coincée.

— Arrêtez, vous allez me la bousiller ! Je vous avais dit de pas y toucher, bande de pelles à caca ! C'est une bonne fille, elle est capricieuse, mais faut pas la malmener ! Pour tirer le papier, il faut faire comme ça, d'abord, presser ici…

Je connaissais bien ma bestiole, alors j'ai arraché la page de ses griffes en trois secondes à peine. Et eux autour continuaient à me contempler avec des yeux de poisson ! J'ai vite compris que leur problème n'était pas de se faire piquer à utiliser ma machine, mais le papelard que je tenais entre les doigts.

Un journal. Fait maison. Qui s'appelait *Le Choc désarmé*. J'ai reconnu la patte de Désolier qui avait gribouillé des soldats se serrant la paluche autour du titre. En dessous, il y avait un article se moquant des brillantes tactiques de l'état-major.

Tout l'abri guettait ma réaction.

— Je demande pas qui a écrit ça : je vois sur vos gueules que vous en êtes tous.

Toujours pas un mot. Ah, ils faisaient moins les malins que lorsque j'envoyais des gars à la corvée ! Ils devaient tous se dire : « Le sergent va nous dénoncer », vu que leur journal n'était pas très patriotique. Quelle idée ! J'avais de la ficelle aux épaules, mais je n'en pensais pas moins : cette offensive allait mettre fin à la guerre, oui, mais parce qu'on aurait bientôt zigouillé tous les soldats français. C'était risqué pour eux d'écrire ce qu'ils pensaient, mais je préférais savoir qu'ils se défoulaient sur papier plutôt qu'avoir des zigotos la crosse en l'air comme dans d'autres régiments.

J'ai aperçu un duplicateur à alcool, mal planqué sous un casque posé dessus quand j'étais entré.

— Et c'est avec ça que vous copiez votre feuille de chou ?

— Vous allez la confisquer, sergent ? m'a demandé Désolier.

— Je devrais surtout te demander où tu as dégoté ça. Dans le civil, je bossais dans une imprimerie. Alors vous allez commencer par me remettre cette manivelle correctement, et ensuite, faites-moi passer du papier.

Ils étaient ravis, tu penses, de voir que j'étais de leur côté. Ça les changeait du quotidien où je les emmerdais ! C'était pas mal, pour une fois, d'être un peu admiré. J'ai retroussé mes manches et j'ai dit :

— Je vais vous montrer comment on fait un journal.

Soldat Germain Valentinot, 4 juin 1917

Aujourd'hui, je suis rédacteur dans un journal.

Mais j'ai commencé dans les tranchées, en 17. À l'époque, j'étais un gamin : pas même 18 ans ! J'avais menti sur mon âge pour m'engager. Une belle idée, et surtout, le pire moment pour arriver au front, puisque j'ai commencé au Chemin des Dames. Les vieilles moustaches du régiment avaient compris que je n'avais rien à faire là et me traitaient comme le gosse que j'étais. C'est Désolier qui a eu l'idée de me donner mon premier boulot dans le journalisme : la distribution. Il avait pensé à tout.

— Eh, minet ! Planque ça sous ta capote et va le distribuer : un par cagna. Te fais pas voir par les galonnés, ils te demanderaient d'où ça vient. Si on t'interroge, tu as trouvé ça coincé sur le parapet. Et si jamais tu en vois un qui te course, tu prétextes avoir une chiasse du tonnerre et tu balances tout dans le trou. Même un colonel n'ira pas récupérer un truc couvert de merde.

J'étais fier comme un paon. Ce qui doit paraître absurde aujourd'hui, puisque je m'étais engagé pour le pays alors que je distribuais joyeusement un journal disant du mal du haut commandement. Mais n'est-ce pas la base du journalisme : servir, c'est savoir critiquer ?

J'ai fidèlement livré chaque nouveau numéro. C'est là que j'ai appris *La Chanson de Craonne*, imprimée en première page du journal du 30 juin.

Chef de bataillon Gustave Trouet, 30 juin 1917

— Messieurs, voici *Le Choc désarmé* du 30 juin.

Ce que des défaitistes appelaient pompeusement un *journal* n'était qu'une feuille mal imprimée. Le titre était entouré de dessins maladroits, des écoliers auraient fait mieux. L'armée ne manquait pas d'artistes mobilisés, mais visiblement, mon régiment n'avait pas eu son lot. Et si ça n'avait été que laid ! Non, en une s'étalait la chanson problématique du moment, dont je lus les premières lignes.

Quand au bout du jour le repos terminé
On va reprendre les tranchées
Notre place est si utile
Que sans nous on prend la pile
C'est bien fini, on en a assez
Personne ne veut plus marcher…

En l'entendant, les officiers sous mes ordres étaient assaillis de tics nerveux.

— Dois-je poursuivre ? demandai-je.

— Non, mon commandant.

— Vous la connaissez déjà, n'est-ce pas ?

— Oui, mon commandant.

— Et pourquoi donc ? Parce qu'elle circule chez nos hommes, cette chanson, et que vous le savez ! Des chants défaitistes sont fredonnés et, maintenant, imprimés dans un journal qui qualifie l'offensive de, je cite, « boucherie à couillons ». Le moral des troupes est en chute libre ! Si c'est un tel enfer, où ces soldats trouvent-ils le temps d'écrire et d'imprimer en paix un brûlot pareil ?

Le capitaine Philippe, ce sale petit gauchiste, décida de me tenir tête ! Il n'était ici que pour sa carrière politique. Puisque tout le monde savait qu'après la guerre, personne n'irait voter pour des embusqués. Il l'avait compris.

— Ce n'est que du papier, dit-il. Il faut que les hommes ventilent leur mécontentement d'une manière ou d'une autre. On censure leur courrier, à quoi bon censurer en plus leurs journaux de tranchées ? Ce qu'ils y disent, ils le disent aussi entre eux le soir dans les abris.

— Beau raisonnement, Philippe ! Puisqu'ils sont déjà défaitistes, ne faisons rien ! Vous en avez beaucoup, des conneries de ce genre ? À ce rythme, je vais vous muter au théâtre aux armées ! Au moins, vous y ferez rire la troupe !

— Mon commandant, je…

Allais-je vraiment écouter cet arriviste m'expliquer ce que je devais faire ? J'étais dans l'armée avant lui ! Et devant tous mes officiers, il contestait mes propos. Dans ces cas-là, il n'y avait qu'une chose à faire : mettre ce genre d'enquiquineurs au travail.

— Il suffit, Philippe. Je vous nomme responsable de ce *journal de tranchée*. Vous avez une semaine pour en faire un truc positif que je puisse lire avec mon café, ou pour cesser sa parution. Au-delà, et puisque vous en serez le rédacteur en chef, je devrai prendre des sanctions.

— Mais mon commandant ! gémit-il. Je ne sais même pas qui écrit tout cela !

— Ignorez-vous ce qu'il se passe chez vos hommes ? Alors voilà qui vous fera du bien. Au moins, vous apprendrez à les tenir.

Ne me dites pas que c'était injuste. Avez-vous une idée de ce que signifie être nommé en urgence sur un secteur en pleine déroute où vous devez rattraper le bazar de votre prédécesseur ou être accusé d'avoir battu en retraite ? Non.

Dans l'armée, on ne choisit pas ses responsabilités : on les assume.

Capitaine Paul Philippe, 1er juillet 1917

Je devais trouver les responsables du *Choc désarmé*, et vite.

J'étais donc allé voir le sergent Monvoisin, imprimeur dans le civil. Lui pouvait m'éclairer ! Puisque nous étions au repos quelques jours, je l'invitai à discuter dans une ancienne forge qui me servait de bureau.

— Monvoisin, je ne vais pas y aller par quatre chemins : il circule dans les tranchées de première ligne un journal répondant au nom de *Choc désarmé*. Vous êtes au courant, je suppose ?

Sa moustache se hérissa.

— Oui, mon capitaine.

— Inutile de vous crisper, sergent. Je cherche simplement les responsables de ce journal. Et comme vous êtes imprimeur, je me suis dit que…

— Écoutez mon capitaine, les hommes se défoulent. Vu l'ambiance, c'est mieux qu'ils le fassent sur une machine à écrire.

Ce propos m'étonna. Monvoisin, dans le régiment depuis 14, avait passé trois ans au front, partait à peine en permission et était plus connu pour ses distributions de corvées que pour un soutien sans faille aux complaintes des hommes.

— Vous êtes impliqué ?

— C'est grave ? demanda-t-il.

— Le chef de bataillon m'a nommé responsable de cette affaire. Alors je veux savoir qui se trouve derrière cette publication. C'est pour ça que je suis venu vous trouver, Monvoisin. Vous êtes imprimeur. Je suis sûr que vous pouvez m'aider.

— Ah. Oui, bien sûr que je peux vous aider, mon capitaine.

Le sergent s'est d'un coup montré plus coopératif. Il s'est lancé dans une longue explication technique sur le type de duplicateur que devaient utiliser les hommes, ou le modèle de machine à écrire, qui ne correspondait par exemple pas à la sienne, qui aurait inévitablement chiffonné chaque page. Il m'en fit la démonstration : de fait, sa machine mâchonnait la plupart des papiers qu'on y glissait.

Monvoisin fut mon Watson dans cette enquête, pointant des indices aussi minuscules que la manière dont les « E » étaient imprimés sur le titre, ou de microscopiques taches d'encre, détails désignant une machine bien précise que nous nous mîmes à chercher assidûment.

Soldat Hervé Laberge, 2 juillet 1917

Le capitaine nous cherchait assidûment.

Heureusement pour nos miches, il s'était adjoint Monvoisin. En brave type, il faisait confiance au fidèle sergent qui avait été de toutes les batailles. Mais sans prendre conscience que c'est parce qu'il en avait soupé de tout ça que Monvoisin comprenait qu'on en ait marre. Ce n'était pas le capitaine qui se traînait le cul entre les lignes pour aller chercher les blessés ou qui tirait une balle à un agonisant qui le réclamait, mais nous.

On réunit notre « rédaction » pour en causer.

— C'est pas un mauvais bougre, le capitaine, ajouta Monvoisin. Ça m'emmerde de le promener en lui racontant des bobards. Vous me mettez dans une situation pas facile avec votre papier, les gars.

— Notre papier ! dis-je. Vous êtes aussi mouillé que nous, sergent.

— Ouais, ben c'est pour ça que j'ai rien dit. Le capitaine Philippe, c'est pas lui que je crains. S'il m'avait pas annoncé que le chef de bataillon nous cherchait, je me serais peut-être même dénoncé. Mais alors lui, c'est un salaud, et il ne nous fera pas de cadeaux.

— Nous non plus ! rétorqua Désolier.

Ça nous emmerdait tous de mettre le sergent dans une situation inconfortable, et plus encore le capitaine, mais là, nous étions coincés.

— Dans le numéro suivant, y a qu'à proposer à notre bon chef de bataillon de mener la prochaine charge, poursuivit Désolier. C'est écrit dedans : chef de bataillon ! Alors qu'il soit là quand on bataille !

« Ta gueule, Désolier ! » fut, comme souvent, repris en chœur par la petite assemblée. Si les huiles étaient énervées, ce n'était pas le moment de faire des étincelles.

— Bon, qu'est-ce qu'on décide ? demandai-je enfin. Si on ne publie pas, les galonnés gagnent. Et si on le fait encore, ça va les exciter.

— On n'a qu'à publier un numéro gentil. Des blagues sur les Boches. Ça plaît à tout le monde, ça, non ?

— Ça revient à se coucher devant les gradés qui veulent un papier ne froissant personne, dis-je. Dans les deux cas, le kadour gagne.

Désolier eut finalement l'idée.

— Eh ben, on fait un numéro où on se fout du capitaine et de sa petite enquête. Ça fait chier le chef de bataillon, mais c'est pas trop défaitiste non plus.

Ça paraissait pas mal, dit comme ça.

Mais comme souvent avec Désolier : c'était une mauvaise idée.

Le Choc désarmé, 3 juillet 1917

Le Choc désarmé *: du choc & des armées. Chef de la publication : capitaine Philippe.*

Au Choc désarmé, *nous sommes heureux de vous annoncer que notre équipe s'agrandit, puisque le capitaine Philippe vient d'être nommé responsable de notre publication ! Un grand honneur à l'heure où l'on se bouscule aux portes des cagnas pour parler du sujet du moment.*

Non, pas la grande offensive : la chasse au canard !

En effet, on surprend parfois, dans la tranchée, l'un de ces volatiles qui ne peut s'empêcher de cancaner. Maudit piaf ! Il crie, il crie, et même pas victoire ! Il n'en fallait pas plus pour que nos officiers s'empressent de laisser les Boches de côté et accourent pour tenter de tirer ce maudit canard. Peut-être que pour une fois, leurs armes vont leur servir ?

Notre nouveau chef de la publication lui-même, que l'on n'a pas trop vu à la rédaction, a flairé une piste. Il compte remonter jusqu'au canard ! Bien sûr toute la rédaction est avec lui ! Les canards, on les aura !

Les palmipèdes survivront-ils ? Ou de bons chiens les débusqueront-ils ?

Vous le saurez dans le prochain numéro du Choc désarmé, *le journal à parution si irrégulière que même l'armée veut le réguler*[1] *!*

---

1. Ce journal de tranchée est fictif, mais inspiré de véritables journaux d'époque.

Soldat Raphaël Domremy, 4 juillet 1917

Une coupe *bien régulière.*

C'est ce que tout le monde voulait. Évidemment que je n'allais pas coiffer en biais !

Quelle mauvaise idée d'avoir dit que j'étais coiffeur à Paris. Parce que depuis, tout le monde me demandait ! J'ai sûrement eu plus de clients dans ces tranchées au milieu des champs que dans mon salon.

En juillet 17, je me suis retrouvé à raser le chef de bataillon dans la piaule qu'un châtelain du coin avait gracieusement offerte à ces messieurs les galonnés, pendant que nous, en attendant de remonter en ligne, on s'empilait dans des granges !

Enfin, c'est pas le sujet. Ce jour-là, comme toujours pendant que je le rasais, le kadour lisait la gazette. Et cette fois, pas un truc officiel : *Le Choc désarmé.* Le tout dernier numéro.

— Lisez-vous cela ? me demanda le patron.

— Oh non, mon commandant, mentis-je. Je n'ai pas le temps.

— Vous avez de la chance. Parce que moi, je ne sais que penser. Vous voyez ce qui est écrit ici ?

C'était marqué, sous le titre, en petites lettres : « Chef de la publication : capitaine Philippe ». Les gars se foutaient ouvertement du bonhomme, mais le chef, lui, n'avait pas l'air de le prendre ainsi.

— Non seulement ce socialiste ne me ramène rien, mais en plus, il parvient à se faire humilier.

— Hum, hum.

J'étais pas là pour prendre parti, mais pour couper des poils. Mieux valait éviter les ennuis. Qu'est-ce que je pouvais y faire, de toute façon ?

— En fait, je crois que c'est moi, l'imbécile ! s'exclama-t-il.

— Doucement, mon commandant, je vous rase.

— Eh bien, faites attention ! Écoutez : et si Philippe ne faisait rien volontairement ? Une humiliation pareille, on ne la laisse pas passer comme ça. En outre, ce n'est pas grand, une tranchée. Il doit savoir qui rédige tout cela, mais ne veut pas le dire. J'ai été idiot de l'affecter à cette mission, ce que j'ai fait uniquement parce qu'il a défendu des vauriens. Hum ! Et s'il me manipulait ? Mais il ne m'aura pas !

Je ne disais rien ; le patron se racontait une histoire tout seul. Pas une joyeuse. En un clin d'œil, le pauvre capitaine était passé de l'état d'oisif à celui de coupable actif.

J'avais raison de rester à distance de ce bordel.

Adjudant Jean-Édouard Poplimont, 6 juillet 1917

L'artillerie allemande calculait la distance à la perfection.

Un peu trop, d'ailleurs. C'est ce qui m'a mis la puce à l'oreille et poussé à me rendre en première ligne. Les fantassins n'attendaient que de voir un artilleur pour le couvrir de noms d'oiseaux, mais tant pis, je devais venir et poser mes questions. Où étaient tombés les obus exactement ? À quelle heure ? Information après information, je recomposais un schéma inquiétant : dès que nous creusions une tranchée, même reculée, quarante-huit heures après son recensement, elle recevait une pluie d'obus d'une précision impressionnante.

Je fis un test : je recrutai des artilleurs dont la pièce était en réparation pour faire installer un faux canon en bois dans un endroit isolé à l'arrière, là où les Allemands n'avaient aucune raison d'expédier le moindre gramme d'explosif.

Deux jours plus tard, mon leurre avait été transformé en copeaux.

— Il n'y a plus de doutes, les gars, on nous espionne, expliquai-je à mes hommes un soir.

— Ce ne serait pas tout bêtement un avion ?

— On n'en a pas vu. Et le faux canon était dans un endroit à peine visible. Évidemment que les Allemands ont des espions : le mois dernier, pourquoi à votre avis ont-ils attaqué en force ? Parce que leurs oreilles chez nous avaient entendu parler des mutineries qui contaminaient les régiments.

— Peut-être que, parmi les mutins, y en a qui accueilleraient Guillaume II à bras ouverts ?

Ça m'ennuyait de le penser, mais le petit test m'avait permis de tirer des conclusions. Si ce n'étaient des observateurs allemands qui avaient repéré le canon, ça venait de chez nous. J'aurais bien accusé des civils, mais ces derniers temps ils restaient plus loin des tranchées que jamais. Même les marchands ambulants savaient qu'il ne faisait pas bon traîner près du Chemin des Dames.

— C'est un gars qui est au front, puisqu'il informe rapidement les Boches et voit tout. Mais qui serait assez con pour indiquer ses propres positions aux salauds d'en face ?

— Quelqu'un qui sait qu'il n'y sera pas quand ça tombera, suggéra un pointeur.

— Bon, vous savez quoi ? On est artilleurs et déjà qu'on nous prend pour des cons, faudrait pas qu'on s'improvise enquêteurs et qu'on ne transmette pas une information essentielle. Je vais donc aller informer les messieurs d'en haut de ma petite découverte.

Le soir même, j'étais reçu au quartier général du château. Où mon message fit l'effet d'une bombe : après tout, les Allemands pouvaient trouver un canon capable de pulvériser ce vieux monument, non ?

Colonel Étienne Main, 7 juillet 1917

La France compte un nombre extraordinaire de monuments. Des témoins du passé dont les pierres polies par la pluie ont vu les heures de gloire du pays comme ses moments les plus sombres. Parmi ceux-ci sont les châteaux, reliques d'une autre époque, mais qui, s'ils ont perdu leur roi, ont conservé leur majesté. Celui du comte avait traversé le temps et les épreuves, et s'il portait les stigmates des révolutions, il ne s'en dressait pas moins toujours aussi fier au bout de son allée de hêtres.

J'étais aussi bien décidé à le préserver en raison de son intérêt historique que parce que monsieur le comte et madame la comtesse nous y hébergeaient gracieusement, et que monsieur chassait en personne pour que nous puissions profiter de gibier régulièrement.

— Sommes-nous en danger ? m'interrogea-t-il. Ma demeure aussi ? Car si l'ennemi la bombarde, je préfère mourir sous le toit de mes ancêtres que partir.

— Pas d'inquiétude. Mes hommes enquêtent et nous neutraliserons cet espion.

J'avais confié l'affaire au chef de bataillon Trouet, qui faisait preuve d'un zèle certain pour rétablir la solidité des troupes, ébranlée par les mutineries. Ma théorie personnelle était celle d'un déserteur, pris par l'ennemi et renvoyé dans nos lignes avec mission d'en rapporter tout ce qu'il observait. J'avais demandé, en toute discrétion, à ce que l'on liste les Juifs et les Alsaciens, n'ayant jamais été dreyfusard et me méfiant des premiers, qui ont leurs propres intérêts. Quant aux seconds, un soldat avec de la famille de l'autre côté de la frontière pourrait changer de camp pour quantité de raisons, de l'idéologie au chantage.

Qu'importe d'ailleurs le motif ou le coupable, le résultat serait le même : je m'assurerais personnellement qu'il passe devant un peloton d'exécution avant qu'il distille son venin.

J'espérais que Trouet mettrait rapidement la main sur le coupable.

Je ne fus pas déçu.

Lieutenant Stéphane Ducas, 10 juillet 1917

— Je suis déçu !

Le chef de bataillon Trouet soupirait en tournant dans le jardin derrière le château. Moi, je suivais les ordres. Je marchais avec lui en portant sa boîte à cigares et son briquet. Il avait beau les fumer l'un après l'autre, il ne décolérait pas.

— Le capitaine Philippe n'a rien trouvé. Pas l'ombre d'un soldat aimant un peu trop écrire, pas même la copieuse qu'ils utilisent. Ça doit pourtant pas être compliqué ! Je le redis : je pense qu'il le fait exprès. Oui, exprès. Il sabote mes efforts. Comme un jour, dans ses rêves, il ira à l'Assemblée voter tout ce qui tirera la France vers le bas, ce socialiste, il joue contre moi.

J'étais habitué aux crises du commandant. Moins il obtenait de résultats de ses hommes, plus il s'imaginait entouré d'incompétents. Et quand il se lassait de cette explication, la traîtrise était la suivante sur la liste.

— Et les hommes chargés de trouver l'espion ?

— Toujours rien, dis-je. On a même demandé au lieutenant Boniface s'il avait eu des confessions. Rapport qu'il est prêtre.

— Prêtre ? Celui-là, toujours fourré dans la tranchée d'en face à couper des gorges ? Je l'avais presque oublié. Et ?

— Il nous a dit, je cite : « Je vous emmerde. »

Le commandant écarta cette grossièreté d'un grand geste, lui qui passait tout à Boniface. Il faut dire que chaque fois qu'il avait besoin d'un prisonnier ou d'autre chose, il envoyait le curé et les résultats étaient là. Tant pis si, le reste du temps, Boniface regardait au fond d'une bouteille ou l'envoyait paître. Le prêtre était son exception à son obsession de la bonne tenue de la ligne.

— Il devait ramener des prisonniers, d'ailleurs ?

— Il a juste trouvé deux fantassins qui ne savaient rien. C'est dans votre dernier rapport, mon commandant.

Je le vis lever les yeux vers le château. Derrière une fenêtre, le colonel l'observait. Figé, comme un fantôme en partie caché par les rideaux, il surveillait son subordonné. Et cela ne faisait qu'aggraver l'irritation du commandant.

— Si je résume, on n'a rien ?

— Rien, mon commandant.

— Eh bien, je ne peux pas rapporter au colonel que nous n'avançons pas !

C'était pourtant vrai. Et ses hommes à lui, eux, lui disaient la vérité. Il accusait le capitaine Philippe de n'être là que pour sa carrière ; or, lui, il était bien pire. Il finit par frapper la paume de sa main du poing, et se tourna vers moi en dévoilant toutes ses dents.

— Mais si ! Nous l'avons, notre espion !

— Mon commandant ?

— Allons ! Que savons-nous ? Que le traître est sur la ligne de front, mais n'y reste pas assez longtemps pour risquer sa peau lorsque les canons boches tirent. Les officiers ont comparé les rotations des unités avec les bombardements et n'ont rien trouvé. Ce n'est donc pas un homme qui demeure en ligne plusieurs jours, mais quelqu'un qui a le droit d'aller et venir.

— Vous ne pensez pas à…

— Mais si, Philippe ! Le capitaine Philippe !

Son obsession était passée d'inquiétante à dangereuse.

— Mon commandant, je crois que vous vous fixez un peu trop sur…

— Et le journal ! Le journal qu'il laisse publier ! Il aurait pu se montrer plus autoritaire, plus dur, mais non ! Il est mou et mauvais volontairement ! Il travaille pour les Allemands. Il laisse d'autres mutineries se créer, c'est sûr !

— Mon commandant, je ne pense pas que…

Il me coupa. Encore.

— C'est notre seule piste ! S'il n'y en a pas d'autre, il est forcément notre coupable ! Un simple procédé par élimination. Allez me réunir les rapports. Rassemblez tout ce qui concerne le capitaine, ce sera suffisant.

— Mon commandant, je dois vous signifier que je m'oppose formellement à cette décision.

Le chef de bataillon changea d'attitude. De l'homme en pleine révélation, il devint méprisant.

— Seriez-vous en train de défendre un espion ? Combien d'obus doivent encore tomber et faucher de braves soldats, lieutenant ? Vous qui semblez si instruit sur l'espionnage, soudain, qu'en pensez-vous ?

Je me mis à suer. Il reportait ses soupçons sur moi si vite que je préférai, lâchement, rentrer la tête et me contenter d'un :

— Non, mon commandant. Je comprends, mon commandant. À vos ordres, mon commandant.

— Et de vous à moi, mon petit Ducas, si l'on se trompe, le résultat sera le même. Si c'est Philippe, tout est parfait. Si ce n'est pas lui, le véritable espion verra que nous avons procédé à une arrestation. Et comprendra qu'il a là l'opportunité parfaite de disparaître dans la nature. Après tout, s'il cesse de renseigner l'ennemi et que les bombes ne tombent plus avec tant de précision, on croira que l'arrestation de Philippe a fonctionné. Donc, que nous avons le bon coupable. Bref, que nous envoyions en prison le bon ou le mauvais, nous avons toutes les chances d'obtenir les résultats espérés et d'arrêter l'hécatombe. Voulez-vous sauver des vies, Ducas ?

Je n'étais pas sûr que le raisonnement tienne, mais si une vie pouvait en sauver d'autres, à commencer par la mienne...

J'ai fait ce qu'il a dit.

Moi, je suivais les ordres.

Adjudant-chef Julien Forge,
15 juillet 1917

Tout le monde a suivi les ordres.

Je me souviens de ce soir-là. Un orage avait éclaté et la nuit s'illuminait tantôt des éclairs tombant du ciel, tantôt du feu des canons au sol. L'artillerie répondait aux cieux, et le grondement des canons roulait comme le tonnerre.

J'essayai, et je parvins à graver le tableau dans ma mémoire. Je sens encore l'odeur de la pluie tombant du toit pentu qui m'abritait à grand peine des éléments déchaînés. Le goût âcre du mauvais tabac dont je bourrais ma pipe. Avez-vous déjà ressenti le bonheur d'être à l'abri, au fond d'un lit, par une nuit d'orage ? Imaginez qu'aux éléments des cieux déchaînés s'ajoutent ceux des hommes en colère. Voilà quel était mon sentiment à moi, sous mon toit, à penser aux troufions dans les tranchées inondées là-bas. Ce bonheur fait de confort et d'égoïsme, mâtiné d'une admiration pour le spectacle de la Création déchaînée.

J'en étais à mes rêveries quand la silhouette courbée du lieutenant Ducas me fut révélée dans un coup de tonnerre. La sinistre apparition courait vers moi, son casque d'acier luisant à chaque éclair. Lorsqu'il m'atteignit, il n'y avait plus ni grade ni armée. Seulement deux hommes abrités des éléments, les yeux levés vers le ciel. C'est peut-être ce qui le poussa à se confesser.

— C'est terminé, dit-il. Il sera fusillé demain.

Il est des moments où nul n'est besoin de poser des questions : il faut écouter. Le lieutenant ne me regardait pas. Peut-être s'adressait-il à une autorité derrière les nuages noirs au-dessus de nous.

— Le faisceau d'indices était faible. Très faible. Des suspicions, tout au plus. Le général a à peine écouté le capitaine se défendre. Tout ce qu'il a vu, c'était que la troupe avait besoin de se remonter le moral. Et que cela lui ferait du bien d'apprendre que ses soucis étaient causés par un espion, désormais hors d'état de nuire. Trouet pensait que le capitaine Philippe serait tout au mieux dégradé, humilié et jeté en prison. Mais ce n'était pas l'avis du général. Depuis l'affaire des mutineries, dans le secteur, tout gradé qui se montre faible peut dire adieu à sa carrière. Alors, pour sauver la sienne, il a condamné le capitaine à mort.

Les cieux en colère continuaient à nous éblouir et à frapper le sol, pendant que par intermittence, un canon leur répondait et envoyait vers les nuages un obus rageur.

— Je n'ai rien dit. Le chef de bataillon n'a rien dit. Le colonel a ouvertement approuvé la décision du général, comme toujours. Il rêve d'une promotion. Quant au général, il a déjà fait communiquer à Paris qu'il procédait à l'exécution d'un espion.

Nous n'avons pas prononcé un mot pendant les vingt minutes qui s'ensuivirent. Les seules choses que nous échangeâmes furent du tabac. Je crois, mais je ne saurais le certifier, que le lieutenant a pleuré. Parce que c'était un homme. Et qu'à cet instant précis, son âme refusait d'être un rouage.

Moi-même, j'ai suivi les ordres.

Le lendemain matin, la pluie avait tiré du sol des odeurs oubliées. Le monde sentait l'herbe, et l'aube fut saluée par un vent frais qui se faufilait jusque sous nos casques. C'était une belle journée. Un très beau matin.

Mon revolver brilla au soleil avec une cruelle majesté lorsqu'en tant que commandant du peloton d'exécution, je dus le pointer sur la nuque du capitaine Philippe qui agonisait dans la rosée.

Soldat Alphonse Édouard Kessler, 17 juillet 1917

— Le capitaine Philippe ?

J'en revenais pas. Putain, faut vraiment jamais suivre une idée de Désolier ! Ah, qu'est-ce qu'il s'était marré avec ce numéro du *Choc désarmé* ! Se moquer d'une huile, juste après tout le bazar dans le secteur, c'était sûr, ça pouvait que bien se terminer, hein ? Ben voilà. Il avait rigolé du cap', et maintenant, le cap' s'était fait trouer la couenne. Et malgré tout, Désolier était surpris.

— Ouais, le capitaine ! que je lui ai dit. Un gars que je connais qui connaît un juteux qui a vu le rapport dit que sa « bienveillance » envers notre canard a pesé dans l'affaire ! T'as bien rigolé, j'espère, gros con ! Parce qu'ils lui ont fait la peau. Et ça, c'est grâce à ta grande gueule ! C'était un brave type et tu l'as crevé.

— Du calme, Kessler, on était tous d'accord.

— Laberge, quand je voudrai ton avis, j'irai chier.

Ah, ça l'a bien chauffé ! Il s'est levé et on s'est mis sur la gueule, même que c'est Désolier qui nous a séparés. J'en ai profité pour lui coller un pain dans la tronche, cadeau.

On l'aimait bien, le capitaine. Quand le sergent Monvoisin a débarqué dans la cagna, il était furax de savoir qu'on se tapait dessus. Après, il a appris pourquoi, et ça lui a scié les jambes. Il est tombé sur le cul. Pas longtemps, parce que, vite, il a ouvert sa gnôle, s'en est enfilé un coup, et s'est levé.

— Voilà ce qu'il se passe quand j'arrête de vous botter le cul pour vous aider ! Ah, je vais vous en donner, moi, du boulot ! Kessler, tu veux taper sur des gens ? Tu es de petit poste ce soir ! Tu iras dans un entonnoir taper du Boche.

— C'est le boulot du lieutenant Boniface, sergent.

— Eh ben maintenant, c'est le tien !

Depuis un mois, les Boches nous menaient la vie dure dans les petits postes d'observation. C'était donc devenu salement risqué. J'ai eu du bol : à partir du moment où j'y suis allé, les Allemands ont arrêté de nous rendre visite au couteau et à la pétoire. À la place, ils ont lancé leurs avions et l'artillerie et sont restés bien planqués. En revanche, leurs obus tombaient plus aussi juste. P'têtre que c'est pour ça qu'ils envoyaient autant de bidules volants nous observer.

Être dans mon trou, à la nuit tombée, me laissait le temps de réfléchir.

Si les artiflots du père Fritz n'étaient plus rencardés, est-ce que ça prouvait que le capitaine Philippe était bien leurs yeux chez nous ?

Sinon, je me demande bien qui c'était, l'espion.

Comte Henri-Louis, 18 juillet 1917

L'espion ? C'était moi.

Si je le regrette ?

Certainement pas. Espionner pour les Allemands fut un labeur dont je ne tire aucune fierté, mais que l'honneur me commandait d'accomplir. Voyez plutôt.

En 1789, mon ancêtre, comte dans ce même château, fut décapité par les paysans sur lesquels notre famille veillait depuis des siècles. Pour la comtesse et ses enfants, ce fut l'exil. Et la pauvreté. La Restauration après les frasques de Bonaparte nous permit de revenir, pour découvrir le château pillé et ravagé par les sauvages qui avaient revendu des pièces magnifiques contre quelques sous. Le temps que les miens rebâtissent ce qu'ils avaient perdu, la République revenait. Et avec elle, les excès d'agitateurs qui poussèrent de nouveau notre lignée à l'exil. Pour la seconde fois, nous devions trouver refuge dans les États saxons. Puis les Bonaparte reparurent, et ce n'est qu'en 1871, après la victoire allemande, que nous pûmes retrouver les terres de nos ancêtres. Et nous remettre à l'ouvrage pour reconstruire ce qui avait été perdu.

Nous y parvînmes.

La République, jalouse et haineuse, n'en avait pas fini de massacrer tout ce qui n'était pas elle-même. En 1905, elle s'en prit à notre sainte Église. Et, de nouveau, des agitateurs surgirent sur nos terres, hurlant que tout ce que nous avions réalisé, acheté, payé, était leur : il suffisait à ces bougres de répéter « le peuple, le peuple ! » pour exiger tout ce qui était à nous. Le forfait commis, par la suite, je retrouvai dans des fermes des portraits et statues provenant des collections de mes ancêtres, et même, dans un cas, du caveau du dernier comte.

Je fis appel à la justice, exigeant qu'on rende ce qui avait été dérobé : le juge républicain se fit un plaisir de donner raison aux paysans et se moqua.

Quand la guerre a éclaté, qui devais-je soutenir ? Ceux qui avaient pillé et volé nos biens ? avaient décapité mes ancêtres les plus respectueux ? nous haïssaient pour ce que nous étions ? Devais-je lutter contre l'Allemagne, pays qui offrit l'asile aux miens chaque fois qu'ils en eurent besoin, et qui était un empire, ennemi de cette République qui nous avait tant fait de mal ?

Oui, j'espionnais. Et aisément : les officiers républicains français étaient attirés par les châteaux comme les insectes par la lumière. On conspuait la noblesse mais on la singeait joyeusement. J'offris donc à ces vautours ce qu'ils désiraient : mon gîte et ma table. Je proposai même de les prendre avec mon appareil photographique afin qu'ils puissent prouver à leurs familles qu'ils dormaient à l'ombre de l'histoire de France.

Les photos, je les envoyais en double aux Allemands. Quant à ma table, je versais assez de vin et de cognac pour délier les langues, et je n'eus rien à faire pour que ce brave colonel Main m'explique qu'une grande offensive se préparait au Chemin des Dames. Le reste ? Les positions exactes de chaque nouvelle tranchée, chaque nouveau canon ? Les vieilles demeures sont très mal insonorisées. Et puis, toutes ces cartes qui traînaient... chez moi ! où j'allais et venais comme bon me semblait ! Qui serait allé soupçonner le généreux hôte aux cheveux blancs ? Je transmettais le tout *via* mon cocher, lui-même fils d'un comte déshérité, qui portait les informations à un agent à bonne distance.

Ainsi, non : je ne regrette rien.

La République m'a offert toute sa haine : ma bonne éducation m'impose de lui retourner un présent équivalent.

Soldat Gilles Rabel, 30 septembre 1917

— La République sait faire de beaux cadeaux à ceux qui l'aident ! C'est con que *Le Choc désarmé* ne paraisse plus, ça aurait fait une histoire du tonnerre !

Je venais à peine d'être muté dans ce régiment. Or, quand t'arrives, il faut une bonne histoire. Un truc quelconque à raconter sous peine d'être « le nouveau ». Avoir fait Verdun, les mecs s'en cognent. Heureusement, j'avais un truc qui les faisait pousser des « Oh ! » et des « Ah ! » et m'avait attiré leur intérêt.

Vous vous souvenez que les Russes avaient envoyé des troupes chez nous parce que le tsar voulait montrer qu'il était notre copain ? Eh ben, c'est comme ça qu'on s'était retrouvés avec des Ruskofs au front. Qui pigeaient pas grand-chose, mais étaient gentils.

Sauf que, quelques mois après leur arrivée, vlan ! révolution en Russie ! Avec des rouges qui veulent refaire la Commune chez eux ! Quand les Russes des tranchées l'ont appris, ils ont sauté sur l'occasion ! Quoi, le gouvernement a giclé ? Quoi, le pouvoir au peuple ? Mais alors, camarades, hissons le drapeau rouge ! À bas les officiers ! À bas la guerre ! Formons des Soviets, là, des espèces de cercles où on vote nos décisions !

L'état-major, évidemment, n'a pas apprécié de voir des petits malins agiter le drapeau rouge et inciter à l'insurrection. Merci d'avoir aidé, les gars, mais maintenant, vous faites chier. Alors on les a dégagés de la ligne, et de là, plus grand monde ne savait où ils se trouvaient.

Eh bien c'était La Courtine. Un coin paumé où on leur a suggéré de se calmer. Très fort.

Mais vlan ! ils ont remis le couvert ! Avec des Soviets, du drapeau rouge, et même *La Marseillaise* jouée pendant que mon propre régiment encerclait le camp pour qu'ils n'aillent pas balancer leurs idées ailleurs ! Et comme ils ne voulaient pas arrêter les conneries, on leur a donné l'assaut !

Pas de rouges chez nous ! Ça s'est fini au canon et à la mitrailleuse.

Merci d'être venus aider, hein !

Alors quand ici je raconte cette histoire, les gars disent : « Mais attends ! Moi, je les ai connus, les Ruskofs ! Il y en avait un, avec une face de fouine, Youri, il était con comme un bout de pain boche, mais gentil ! », et ils me demandent si j'ai des nouvelles de Youri le bout de pain ou de Boris, le mec à qui ils refilaient le gros Q, le tabac dégueu de l'intendance. J'en sais foutre rien, mais ça, quelle bonne histoire ! C'est triste pour ces gars, mais c'est moche, la guerre.

Savez-vous le mieux ? La même année, les Américains sont entrés en guerre. Et devinez ce qu'on leur a refilé comme camp ? La Courtine !

J'aurais voulu voir leurs gueules quand ils ont débarqué dans un camp au milieu de nulle part, qui avait mangé de la balle et de l'obus.

Ils n'ont rien dû piger.

Sergent Fernand Coisnon, 11 novembre 1917

J'avais pigé.

Et c'était un problème. L'histoire du capitaine Philippe salaud, c'était du pipeau. « Ah ben oui, sergent, mais pourquoi que les Boches ils tirent plus aussi bien depuis qu'on l'a zigouillé ? », « Et puis le journal aussi s'est arrêté, c'est qu'il était mouillé comme les chefs l'ont dit. » De semaine en semaine, le capitaine Philippe était devenu une histoire qu'on colportait. Parce que ça faisait bien de dire aux popotes qu'on avait connu un brave capitaine qui travaillait, en fait, pour les Boches.

Un soir, on me demande de trouver une voiture pour transporter des cantines du quartier général vers l'arrière. Rien de bien difficile. J'attrape un camion du régiment, le charge comme une mule, et en route vers l'ouest ! On n'avait pas fait trois bornes qu'une roue a claqué dans un trou de la route, et fini au fossé. J'avais tellement bourré le camion que des cantines sont tombées, et une s'est ouverte. Elle contenait les papelards de l'affaire Philippe. J'en ai lu un peu pendant que je rangeais et que mon cabot, un caporal, pas un chien, réparait la roue. Eh bien, ça puait l'affaire de galonnards, les petits arrangements entre copains à ficelles pour balancer un coupable tout trouvé.

Le pire, c'est que je m'en foutais. C'était injuste, d'accord, mais qu'est-ce que je pouvais y faire ?

Le caporal a dû balancer que j'avais regardé de près le contenu des paperasses car, la semaine suivante, le colonel m'a envoyé en ligne. Moi qui n'y foutais quasiment jamais les pieds, merci ! Et comme au bout de trois semaines j'étais encore vaillant, on m'a carrément expédié aux petits postes. Ah, les salauds voulaient qu'il m'arrive une tuile !

La tuile est arrivée en pleine nuit quand cinq Boches m'ont bondi dessus et emmené chez eux. Ils m'ont posé des questions sur les défenses, le régiment, les tranchées, mais j'ai rien dit. Je savais pourtant que personne ne viendrait me chercher, puisque c'était ce que le QG voulait, pas vrai, que je ne puisse plus raconter ce que j'avais lu !

J'ai été envoyé en Allemagne, où j'ai bossé dans une ferme en tant que prisonnier jusqu'à la fin de la guerre.

Quand je suis revenu, vous savez ce qui m'a fait le plus mal au bide ? Pas qu'on m'ait salement dégagé, mais que j'apprenne que le chef de bataillon Trouet s'était présenté comme député. Dans la circonscription d'où venait le capitaine Philippe. Où il racontait que ce socialiste était un Boche. Alors j'ai cherché ce qu'était devenue la caisse de papiers du procès.

On m'a appris qu'elle avait été « perdue sur la route ». Soi-disant que, suite au petit accident, elle n'avait jamais été retrouvée ! Alors que je jure l'avoir remise dans le camion.

On m'a pris pour un con.

1918

Soldat Denis Blanc, 5 janvier 1918

On m'a pris pour un con.

On m'avait dit que le truc pour éviter d'être mobilisé et envoyé dans l'infanterie, c'était de s'engager volontairement. Comme ça, tu choisissais ton arme !

— Faut aller dans l'artillerie, gamin ! Tu ne vois jamais le Boche. Tu es à l'arrière, tu ne dors pas dans la boue et comme c'est une guerre d'artilleurs, tu fais quand même un boulot important !

Voilà ce qu'avait raconté le père Émile, revenu du front en 1915 sans ses jambes. Et qui, depuis, assurait à ceux qui voulaient l'entendre qu'ils ne devaient surtout pas foutre un pied dans les tranchées. Après tout, les siens y étaient encore.

J'ai suivi son plan. Et ça a marché, je suis devenu artilleur.

Sauf que le père Émile avait oublié de préciser qu'il y avait des pièces « avancées » directement dans les tranchées. Je vivais donc comme un fantassin, mais collé à un mortier que tous les Allemands voulaient détruire. Il fallait se planquer dès que des avions survolaient la ligne pour nous débusquer, courir aux abris après les tirs dès que les Boches marmitaient notre trou en retour et, le pire, c'était le gaz.

Quelle saloperie de guerre ! Et moi, je la vivais exactement là où je ne voulais pas être.

Lorsque le Fritz nous envoyait sa moutarde, tout le monde gueulait : « Gaz ! Gaz ! », alors on enfilait nos masques. Dedans, on étouffait, on s'entendait respirer, la buée collait aux verres et on ne voyait plus rien. Le gaz moutarde, lui, cramait ta peau, masque ou pas. Au moins, tu ne finissais pas aveugle ou à cracher tes poumons par morceaux dans un hôpital de l'arrière.

Et dire que je venais d'arriver alors que des gars étaient là depuis 14. Y en avait plus beaucoup, des vénérables du régiment, de ceux qui connaissaient toutes les histoires, mais quand même.

Les vétérans ont rigolé quand, début janvier 1918, on a reçu un beau courrier nous annonçant que bon, d'accord, les Russes s'étaient rendus, que bon, certes, les Boches envoyaient toutes leurs troupes à l'ouest, et qu'on allait déguster, mais que les Américains étaient avec nous, et que cette année, promis, c'était la dernière : à Noël, on serait chez nous.

— Quelle belle connerie ! ont grommelé les vieux. Tous les ans ils disent ça !

Et pourtant, nous étions en 18.

L'année où nous avons frôlé la défaite, puis la victoire.

Soldat Aimé Gourdin, 15 janvier 1918

Si près de la victoire, c'était pas de chance de s'en prendre une.

André Muller avait roulé sa bosse sur toute la ligne depuis 1915. Il avait survécu à plus de balles et de chaudes-pisses que le reste de sa section. Avant finalement, en allant chercher du rab à la popote, de se prendre une balle de mitrailleuse tirée en cloche par les Boches, qui lui avait salement traversé la jambe.

À l'hôpital, ils ont fait ce qu'ils pouvaient mais ça s'est infecté salement. Le Muller devenait moins bavard et plus jaunâtre de jour en jour. Quand on venait lui rendre visite, chaque fois, il avait l'air un peu moins vivant que la dernière.

Fallait pas être un génie pour comprendre que c'était fini. Même lui, il l'a pigé. Alors il a réuni toutes ses forces pour nous dire au revoir à sa manière.

— C'est un sale accroc qu'il m'a fait, le pruneau prusco. Le santard dit qu'ils vont m'envoyer à Troyes. P't'être même que ma famille pourra venir avant que… enfin. Parlons pas de mon cafard. Les copains, j'ai pas trouvé un gratteux pour mon testament, alors on va le faire entre nous. Faudrait pas qu'un tringlot me pique mon bazar. Dans mes affaires, il y a un gros pétard boche, un Mauser piqué sur un Fritz kaput. Blanc, ce flingot, il est pour toi. T'auras qu'à dire que c'est toi qu'as dézingué le Uhlan. Le tord-boyaux et les cibiches que je planquais dans le cul de mon sac ? Vous vous les partagez en bons copains. Et vous trinquerez à ma santé. Enfin ma santé… au voyage, quoi. Gourdin, mon gros, tu peux récupérer mes gants. C'est du cuir, pas de la merde ! Maintenant, mes godillots…

Dans les tranchées, rien ne se perdait : quand un copain tombait, tout ce qu'il avait réussi à acheter, piquer, piller finissait sur les potes. On se retrouvait à porter tout un petit mausolée sur nous, souvenirs de ceux partis à l'arrière pour les chanceux, au cimetière pour les autres.

Aujourd'hui, Muller et les autres sont tous dans mon grenier. Des fois, je monte leur parler. Je me doute bien que, quand j'irai les rejoindre, mes garçons mettront ça à la poubelle.

Après tout, ces objets portent des souvenirs. Et les souvenirs, ça ne s'hérite pas.

Caporal Quentin Lefier, 30 janvier 1918

— C'est pas le moment de méditer sur vos souvenirs, mon lieutenant !

Boniface. Ce foutu lieutenant Boniface. Un héros de guerre cité pour tous ses prisonniers, bardé de médailles, mais bon Dieu, quel emmerdeur ! En 17, il avait sombré dans la bouteille, hanté par tout ce qu'il avait fait. Et quand son organisme s'était habitué à l'alcool, il avait fini par tuer son cafard en allant chercher le danger. Ce qui lui a rapporté plus de médailles, d'accord. Mais les chefs ont fini par se dire qu'il ferait bien de partir en permission. Un séjour à Paris avec un peu d'argent à dilapider devait lui changer les idées. Au lieu de se ruiner dans les claques de Pigalle, ce con de templier moderne s'est contenté de broyer du noir à droite et à gauche. On m'avait ordonné de l'accompagner. Pis de veiller sur lui, et j'avais réussi à le sortir d'une fumerie d'opium avant qu'on ne lui fasse les poches, mais, ce soir du 30 janvier, il décida de finir la soirée à Montmartre, à regarder la lune. Ça paraît tranquille, hein ? Mais jamais avec lui ! Je me fumais une cigarette en le regardant avec sa tête de chien battu dans l'herbe, quand on a entendu des canons. S'il paraît que des gars entendent encore l'artillerie dans leurs rêves, là, c'était du sérieux. Ça canardait aux abords de la capitale.

C'est quand les sirènes se sont mises à hululer qu'on a compris. Les Boches venaient d'envoyer un gros paquet de bombardiers géants Gotha souhaiter le bonsoir aux Parisiens.

— Allez lieutenant, faut se trouver une cave !

Il ne m'écoutait pas. J'ai tiré sur sa capote, mais arrêté quand les premières bombes ont sifflé. À l'oreille, on a compris que ce n'était pas pour nous, mais pour ce Paris qui s'étendait à nos pieds. Elles étaient bizarrement belles, ces boules de feu qui illuminaient les rues. Je sais que c'est pas bien, mais j'ai pensé que ça secouait les planqués de voir la guerre chez eux. Pour une fois, ce n'était pas pour nos gueules.

— C'est beau, hein ? a marmonné Boniface qui regardait les bombes tomber.

Mon avis un peu honteux, je le gardais pour moi. Plus lui. Il avait dépassé ce genre de conventions depuis longtemps.

— C'est pas chic de dire ça, lieutenant.

— Le mensonge est péché.

La nuit s'illuminait. Sous la lune, les incendies succédaient aux bombes. La sirène continuait à hurler, et sortant de l'obscurité, la tour Eiffel se fit entendre. Des mitrailleuses installées à ses étages crépitaient. Les projecteurs, eux, fouillaient la nuit et accrochaient parfois un énorme appareil que la DCA[1] encadrait aussitôt de gros nuages noirs.

Quelle vue !

Je me suis assis à côté du lieutenant. Et lui et moi, on a regardé Paris brûler au son lugubre des sirènes aériennes.

— C'est beau, a-t-il redit. Beau comme la fin du monde.

---

1. Défense contre l'aviation : il s'agit de l'artillerie et de l'ensemble des moyens de défense chargés de la défense contre les attaques aériennes ennemies.

— Vous êtes un joyeux, lieutenant, lui ai-je répondu.

— Que veux-tu, caporal ? Les Allemands visitent de nouveau Paris. À ton avis, qu'est-ce que cela signifie ? Que toutes leurs troupes en Russie sont revenues à l'Ouest. Et maintenant, c'est la fin : ils nous écrasent ou nous les écrasons. La question sera de savoir qui remuera en premier.

L'Arc de triomphe apparut à la lumière d'une explosion.

— Et moi, poursuivit le lieutenant, je parie sur eux.

Marlène Didier, 25 février 1918

Je savais que les Allemands attaqueraient. Je l'aurais même parié.

En février 18, je tenais à Lille la boutique de liqueurs de mon père. Que je n'avais pas revu depuis qu'il était parti à la guerre en 14. Mais comme il avait rejoint les soldats les plus âgés de la territoriale, j'aimais à l'imaginer gardant une voie de chemin de fer au milieu de nulle part, tranquille, à rêver du pays. En territoire occupé, les nouvelles ne nous parvenaient pas toujours.

J'avais cependant décidé de mener ma guerre. Pas seulement pour mon père, mais aussi parce que c'était, pardonnez-moi l'expression, *facile.*

La boutique de liqueurs était installée face à la gare. En temps de paix, elle accueillait les voyageurs. En temps de guerre, elle était encombrée de soldats allemands au point que l'on me qualifiait de « profiteuse de guerre ». Eh quoi ! J'aurais dû faire cadeau de ma marchandise aux Boches ? Non ! J'ai pris leur argent. Mais surtout, des renseignements.

J'ai longtemps pensé qu'espionne était un métier. En réalité, il suffit d'un peu de sens de l'observation et de déduction.

Quand des Fritz entrent dans la boutique, il faut d'abord lire le numéro de régiment qu'ils portent généralement sur eux. Pour les services français, ce détail est une information majeure : il permet de savoir où se trouve telle unité. Juste grâce à une boutiquière qui sait lire quelques numéros.

Ensuite, les jours où la boutique marche, c'est quand il y a beaucoup de mouvement en gare. Donc qu'une affaire se prépare. Et puisqu'on voit la gare depuis le magasin, on peut compter les canons qui passent sur les wagons. On apprend vite à les distinguer et à donner le calibre exact de ce qui part pour le front.

Des aviateurs ? Une escadrille est en ville ! Des officiers vous demandent quelle quantité d'eau-de-vie la moins chère vous avez en réserve ? C'est qu'ils font le plein pour gaver la troupe avant un assaut ! Eux-mêmes viennent réclamer vos meilleures bouteilles ? En quelques mots, vous pouvez comprendre que c'est pour « l'anniversaire du général » et là encore, vous obtenez une information cruciale.

Or, avec l'approche du printemps, on ne comptait plus les régiments dont on n'avait jamais vu les numéros passer en ville : sûrement des troupes revenues de l'Est. Alors quand des files interminables de canons ont défilé en gare, je n'avais plus de doutes : les Allemands préparaient leur grande offensive.

Je l'ai dit à un ami qui savait à qui en parler. Ensuite, j'ai prié.

Prié pour que tout le monde soit prêt, en France.

Capitaine Ferdinand Pinault, 21 mars 1918

Nous n'étions clairement pas prêts à affronter une offensive d'une telle ampleur.

Tous les rapports qui remontaient du terrain annonçaient que quelque chose de grand se préparait, mais les coups de fil paniqués parvenant au quartier général étaient en partie couverts, et même parfois interrompus, par le bruit des obus qui tombaient. Les dernières paroles d'un lieutenant qui appelait pour rapporter une importante activité ennemie furent « Maman ! » avant que la ligne ne soit coupée. Son abri s'était probablement effondré sur lui.

Moi, je courais.

Comme tout le monde, je fonçais déposer des rapports encore confus sur le bureau du général. L'un après l'autre, ils dessinaient une évidence : les Allemands lançaient l'ensemble de leurs forces dans la bataille. Tout ce qu'ils avaient rapporté de l'Est était devant nous, et se précipitait sur nos lignes. Nos alliés britanniques signalaient même l'apparition de chars. Une nouveauté : jusqu'ici, l'ennemi se contentait de capturer les tanks anglais qui tombaient entre leurs mains.

Le quartier général n'avait jamais connu pareil chaos depuis Verdun.

Les rapports évoquaient une concentration de moyens titanesque du côté de Saint-Quentin. Soit le point de jonction entre l'armée française et les forces britanniques. Il n'était pas compliqué de comprendre que le plan du Kaiser était de nous diviser pour mieux nous écraser individuellement.

Je croisai brièvement un ancien de Saint-Cyr de ma connaissance, qui agitait un papier fraîchement sorti d'une machine à écrire.

— Ce n'est plus une simple offensive : l'avancée boche se compte en kilomètres ! Ces salopards viennent de percer le front, c'est la débandade chez les Anglais !

Nous comprîmes aussitôt de quoi il retournait. Les Fritz n'allaient pas se contenter de nous diviser.

— Ils foncent sur Paris, dis-je d'une voix apeurée.

Albert Quincaille, 23 mars 1918

— Les Allemands n'atteindront jamais Paris.

Il fallait être un idiot ou un bolchevik, variante du premier, pour penser le contraire. En tant que journaliste, je baignais dans les récits militaires depuis quatre ans. Et je pouvais l'assurer : jamais les Boches ne verraient la tour Eiffel de près. Le seul moment où ils avaient eu la chance d'y parvenir, c'était en 1914. Depuis, ils s'écrasaient contre nos vaillants poilus à chaque offensive. Ainsi l'expliquais-je à Josette, ma femme, pendant que nous marchions sur les quais de Seine. Un vent agréable soufflait sur le fleuve où les péniches avançaient paresseusement.

— Les Allemands ont tout de même réussi à nous bombarder plusieurs fois, me contredit-elle. Combien de morts ?

— Des attaques de lâches qui touchent juste les imprudents. Nous avons ce nouveau système de sirènes qu'il est difficile de ne pas entendre : dès qu'il retentit, on gagne une cave ou une station de métro, rien ne doit nous arrêter. Ne tombez pas dans leur jeu, ma chère. Ils veulent nous faire peur et n'y parviennent qu'en tuant les curieux qui restent le nez en l'air lorsque l'on signale des Boches dans les nuages.

— Et des canons ? Pourraient-ils nous atteindre avec des canons ?

La sotte ! Des canons ! Il n'existait aucun canon au monde capable de cela ! La ligne de front se situait à des centaines de kilomètres, et seuls les appareils spécialisés parvenaient à survoler Paris avant de filer. C'était bien là une remarque de femme. La guerre se résumait pour elle à une discussion de salon. On y échangeait autour d'un thé les mêmes rumeurs infondées que celles sur les infidélités supposées du voisinage. Mais on n'y connaissait rien et on usait de mots prétentieux pour parler de sujets que l'on ne comprenait pas.

— Ma chère, le jour où des canons seront capables de tirer à des centaines de kilomètres, nous serons morts depuis longtemps, vous et moi. Alors cessez de vous inquiéter inutilement, et profitez de la promenade. Pas de sirène, pas de danger.

Nous nous éloignâmes de la Seine, laissant derrière nous des nageurs qui se chamaillaient dans l'insouciance que nous procurait notre éloignement du front. Je riais encore intérieurement de la naïveté de ma compagne. D'ailleurs, lisait-elle seulement mes articles pour oser proférer pareilles stupidités ? Le jour où elle verrait un obus de près, nous…

L'air paisible s'agita. Un vrombissement d'un genre nouveau grandit, au point de couvrir le bruit des moteurs d'automobiles qui passaient près de nous. Je levai les yeux pour apercevoir un point noir, qui, soudain, se transforma en éclair.

Devant moi, les pavés s'envolèrent, les lampadaires furent pulvérisés, et je sentis une vague de chaleur s'emparer de mon corps tout entier.

Un instant, j'étais là ; l'autre, j'étais mort.

Inspecteur Paul Pujol, 24 mars 1918

Encore un mort.

Le rapport que l'on venait de déposer sur mon bureau était identique aux autres. Depuis la veille, tous les quarts d'heure, avec une précision diabolique, un obus tombait sur Paris. Et un obus de gros calibre avec cela. Il tombait parfois au milieu d'une rue, détruisant les charrettes et autres automobiles qui s'y trouvaient, parfois sur un immeuble dont il éventrait la façade avec aisance. Plus personne n'était à l'abri.

— Faites démarrer la voiture, on y va.

J'avais à mon actif la résolution de quantité de crimes plus ou moins insolites. Or, dans le cas présent, c'était une affaire militaire. Parce que l'armée ne parvenait pas à identifier la source de ces tirs, nous étions aussi mobilisés. Je grimpais dans notre Renault cabossée pour aller quai de Jemmapes, là où la dernière explosion avait été signalée, quand bien même nous l'avions tous entendue et avions vu la fumée s'élever au milieu des toits au loin.

— Qu'est-ce que vous en pensez, inspecteur ? demanda Berthier, qui me conduisait ce jour-là.

— Que nous avons quinze minutes pour aller sur place avant que ça tombe ailleurs. Autant dire que nous ferions bien de réfléchir dans la voiture.

Berthier était habitué à me voir taiseux, les bras croisés, sur le siège passager. Les temps de trajet dans Paris étant ce qu'ils étaient, mieux valait en profiter pour cogiter. Que savait-on ? Que les obus étaient de gros calibre. Que des pièces conçues pour défoncer des murs de forteresse pleuvaient sur une ville dont l'architecture était plus agréable à l'œil que solide sous les coups. Que les pièces allemandes capables de tirer des engins pareils ne pouvaient atteindre la capitale. Alors quoi ?

Nos aviateurs cherchaient des bombardiers cachés au-dessus des nuages, sans succès. Si les obus ne venaient ni du front ni du ciel, restait une option inquiétante : et si un canon se cachait *dans* Paris ? Une sorte de mortier pneumatique, capable de tirer sans produire le moindre son ? Des agents allemands au sein de la capitale pouvaient-ils être à l'œuvre ? Mais quelle logistique il leur faudrait ! Apporter ce canon et le monter dans une cour sans se faire repérer, disposer d'une quantité suffisante d'obus, parvenir à réaliser chaque tir sans éveiller l'attention du voisinage…

Je partageai l'idée d'un canon dans Paris avec Berthier.

— Ils auraient forcément été repérés, me dit mon chauffeur.

— Sauf s'ils étaient dans un endroit où l'on ne veut surtout pas que la police vienne. Comme certains quartiers malfamés.

— Pas comme ici.

Nous venions d'arriver. Quai de Jemmapes, la bâtisse voisine d'un magasin de charbon avait été littéralement écrasée par la puissance de l'impact. Ne restaient que quelques murs et une montagne de gravats devant laquelle des policiers plantaient des piquets et tendaient des cordes afin de tenir les badauds à distance. Mais l'attraction du jour n'était déjà plus l'explosion en elle-même : c'était qui était sur place. Car, comme le soulignait Berthier, il y avait du beau monde : lourdement escorté, le président de la République, M. Poincaré, venait de descendre de son automobile et contemplait la destruction. Je soupirais.

— Voilà qui ne va pas nous aider à inspecter les lieux en paix. Mais Berthier, tu as raison : s'il y a un canon caché quelque part et qu'il est là où l'on n'aime guère la police, je connais un homme qui saura nous en parler.

Berthier leva un sourcil. Il n'était pas dans la police depuis assez longtemps pour connaître la légende souterraine à laquelle je faisais référence.

— Nous devrions rendre visite au roi de Thunes.

Caporal Jules Poinçon, 25 mars 1918

Une petite visite avait suffi.

Les galonnés avaient reçu des coups de fil furibards de Paris. Les planqués leur demandaient d'où ils se mangeaient des obus : ça devait déranger leur digestion après un bon restaurant. Et quand les planqués demandent, les galonnés font redescendre les ordres et exigent. Si les Allemands avaient un nouveau type de canon capable de tirer sur la capitale, il fallait savoir. Aussi, ils ont demandé à leurs corps francs d'aller chercher des Boches pour leur poser des questions.

Le lieutenant Boniface avait repéré une tranchecaille d'Alboches à peine surveillée au milieu de la nuit. Il se la gardait pour une occasion, ça a été celle-là. En deux coups de couteau, il a fait son affaire à la sentinelle, et on s'est faufilés dans le secteur jusqu'à un 210 allemand dont les artiflots ne s'attendaient pas à recevoir une visite nocturne derrière les lignes. Pareil, au couteau. Les coups de feu, ça fait du ramdam, alors qu'un grand sourire en plein milieu du cou, c'est un bonsoir qui ne réveille pas la fête. Un des gradés boches nous a suppliés de ne pas le zigouiller. Et en français s'il vous plaît ! C'est celui-là qu'on a ramené.

Mais pas au capitaine, eh ! Non, car Boniface n'avait pas de temps à perdre. Il lui a dit qu'il l'emmenait « faire sa confession ». Le pauvre Alboche s'est retrouvé attaché à un pied de lit dans une cagna dégueu chez nous, et le curé a sorti son tourne-Boche bien aiguisé.

— Vous être lieutenant l'armée française. Vous me torturer interdit !

Sans rire ! Comme ça qu'il nous dit ça, le Fritz ! Avec son gros accent et son air pincé. Ben tiens ! Ce genre d'ordure qui t'envoie de l'obus à gaz pour le petit déjeuner mais qui t'explique que, ah non !, en guerre, il y a des règles.

— Et un prêtre, ai-je ajouté en me marrant.

Le Boniface m'a regardé, un peu fatigué, avant de passer son doigt sur son arme. Il parlait d'une voix épuisée. C'est peut-être ce qui le rendait si inquiétant.

— Le droit est une affaire d'hommes. Tu en parles aux hommes. Moi, je veux que tu me parles d'artillerie. Qu'est-ce que tu sais du canon qui tire sur Paris ?

— Rien.

— Tu en es sûr ? Tu es en confession, mon fils. Mentir aurait de graves conséquences.

— J'assure que pas savoir !

Boniface a alors carré sa baïonnette dans la cuisse de l'autre et il a commencé à tourner. Le Schleu hurlait comme un goret. Mais quoi ? On aurait respecté le bon droit d'un brave petit Prussien payé pour nous tuer, et sacrifié des gamines à Paris, qui se recevaient des obus lourds sur la tête et se faisaient pulvériser devant papa et maman ? Je m'en fous de ce qu'on peut penser. Et nous, le sale boulot, on l'a fait.

Je suis sorti repousser les curieux qui venaient voir.

— C'est une confession, c'est secret.

La réplique faisait marrer les copains du corps franc, moins les curieux qui savaient de quoi il retournait. Au bout d'une bonne heure, le Boche a fini par céder : le canon, il ne savait pas ce que c'était, mais il y avait bien de nouvelles pièces à longue portée pas loin. Et elles pétaient tellement fort chaque fois que lui et ses camarades devaient tirer en même temps pour couvrir leur bruit.

L'artiflot alboche a perdu sa jambe, à ce qu'on m'a dit. M'en fous, ça valait le coup.

Soldat César Robbe, 29 mars 1918

— Coup !

Le 77, ça aboie. Le 210, ça gueule. Le 420, ça rugit. Mais là, malgré tous les autres canons qui tiraient en même temps, j'ai clairement entendu un bruit de tonnerre. Ça ressemblait à ce que ferait un éclair qui taperait dans une caverne.

— T'es sûr ? m'a demandé le sergent.

— Certain.

J'avais l'oreille. Deux ans de front, c'est plus qu'il n'en faut pour apprendre à distinguer les différents sons des canons. Celui qui vous dit qu'on confond un départ de 75 français avec un 77 allemand est soit un sourd, soit un menteur. Moi, monsieur, j'étais musicien. À la fanfare du régiment, oui, mais justement parce que j'avais une bonne oreille et que j'avais joué dans toutes les guinguettes de Paris. On m'avait appelé pour faire office de guetteur « auditif ». Et repérer si c'était par chez nous que se cachait l'arme secrète de Guillaume II qui ravageait Paris.

— Tu situerais ça par où, mon gars ?

— Vers les bois là-bas, sergent. De toute manière, si ce sont de gros canons, je les mettrais dans un bosquet pour éviter qu'ils n'en dépassent.

Le sergent me gratifia d'une grande tape dans le dos.

— T'es pas la moitié d'un con, toi ! En attendant, faut confirmer que c'est le canon qu'on cherche qui a tiré. Eh, le téléphoniste !

Il donna un grand coup de pied dans le cul de notre collègue des communications. Assis au fond de la tranchée, celui-ci lisait un journal en fumant la pipe et leva vers le sergent un regard furieux.

— Ça va, j'y vais.

Il partit en grommelant. L'obus devait encore être en route pour Paris. On appela l'arrière, qui appela Paris. Et une demi-heure plus tard, on nous confirma qu'un obus venait bel et bien de tomber sur la capitale. J'avais vu juste.

L'explosif s'était écrasé sur l'église Saint-Gervais.

Quatre-vingt-douze morts.

Une confirmation pareille, je m'en serais bien passé.

Adjudant Gilbert Lucot, 30 mars 1918

Il fallait une confirmation photographique.

Je me retrouvai ainsi aux commandes de mon avion, à 4 000 mètres d'altitude, à guetter mon escorte. Six points noirs apparurent à l'horizon. Derrière moi, à son poste, Bleuet les regardait avec inquiétude. Lorsqu'ils furent assez proches, nous échangeâmes un bref signe de tête rassuré : c'étaient les nôtres. Ils virevoltèrent autour de nous avec une agaçante désinvolture, avant de remonter loin au-dessus pour se dissimuler. Encore une bande de chasseurs qui voulaient pas tant nous protéger que se servir de notre avion d'observation comme d'un appât à Boches.

Et ce n'était pas ce qui manquait.

L'arme secrète allemande était là, quelque part au-dessous. De précédents vols avaient déjà aperçu les deux « kolossal canons » qui bombardaient Paris depuis la campagne française. Mais le haut commandement voulait toujours plus de photos, de coordonnées, d'éléments pour contrebattre ces canons avec nos propres armes à longue portée.

Je mis le cap sur l'objectif, la petite commune de Crépy et ses alentours directs. Un bref regard au-dessus de moi et je découvris que nos chasseurs avaient disparu derrière un gros nuage. Je fus assailli par une bouffée de solitude : si je ne les voyais plus, comment nous verraient-ils, eux, en cas de problème ?

Bleuet, déjà, astiquait soigneusement son appareil photographique et se penchait régulièrement par-dessus la carlingue pour deviner où nous nous trouvions exactement. Fleuves, rivières et clochers servaient de repères à notre navigation.

Nous n'étions plus très loin.

Un gros nuage noir apparut sur notre gauche, puis un second sur notre droite. Les défenses antiaériennes allemandes, en rangs serrés devant leurs canons, ne comptaient pas nous laisser faire le repérage en paix. Je balançais l'appareil de droite à gauche pour dérouter les artilleurs d'en bas et ne surtout pas leur offrir une cible facile. Je piquais, remontais, les larges épaules de Bleuet tapaient sur les bords de son poste à chacune de mes manœuvres. Comme toujours, il se plaindrait de mon pilotage brutal à l'atterrissage. Comme toujours, il s'excuserait plus tard dans la soirée en me remerciant de mes précautions devant l'ennemi.

Il me donna un coup sur l'épaule droite et, de sa main gantée, indiqua nos trois heures.

Sur la droite venait d'apparaître une autre formation d'appareils. Six avions se rapprochant à bonne vitesse : aucun doute, la couverture aérienne allemande venait faire ce que leurs artilleurs n'avaient su réaliser.

Au-dessus, le même nuage blanc et solitaire nous suivait lentement. J'attendais donc, anxieux, de voir les chasseurs de notre escorte en sortir. Avaient-ils vu ? Attendaient-ils, les idiots, que les Boches soient à nos trousses pour enfin s'attaquer à eux ? Mais nous serions peut-être déjà en flammes, tombant vers le sol comme une boule de feu !

Tant pis : je ne changeai pas de cap. Un éclair jaune au sol ainsi qu'une déflagration si puissante que j'en entendis le son au travers du rugissement de notre moteur, et nous y étions : les fameux canons étaient au-dessous.

Bleuet, déjà penché avec son appareil, prenait cliché sur cliché. Je décrivis un arc de cercle au-dessus de la cible, avant de tourner brusquement en sens inverse : les chasseurs allemands étaient sur nous.

Une rafale passa au-dessus de la carlingue, et un premier appareil entreprit de nous couper la route. Je virai de nouveau, et entrai dans ce combat pour lequel mon avion n'était pas conçu. Je pouvais simplement gagner du temps en tournant, virant, piquant et jouant sur la psychologie de mes adversaires afin de les tromper quant à mes intentions.

— Bleuet ! Bleuet, la mitrailleuse !

Bleuet était si concentré sur ses clichés qu'il n'avait pas saisi nos armes. Il était en fait plus terrifié par l'idée d'avoir seulement de mauvaises photos et de devoir revenir ici que par le danger immédiat. Lorsqu'il se redressa enfin, les appareils à nos trousses se dispersèrent : l'un d'entre eux venait de prendre feu ; notre escorte, enfin réveillée, venait de tomber sur l'ennemi.

J'entendis la mitrailleuse claquer dans mon dos, mais je ne pouvais ni me retourner, ni demander à Bleuet quels résultats il avait. Mon attention était sur les commandes et le cap du retour. Aucune envie de passer une minute de plus dans ce secteur aux défenses serrées. C'est en récitant toutes mes prières d'enfance que j'amenai mon avion à franchir la ligne de front. Ce n'est qu'alors que je remarquai que notre aile supérieure avait été décorée d'une série de poinçons qui ne trompaient guère. Nous avions été touchés et je ne m'en étais même pas rendu compte.

Le terrain apparut enfin au loin, vision angélique après cet enfer, et je nous y posai avec toute la délicatesse que permettait mon coucou. Nous roulâmes jusqu'au bout de la piste, où Bleuet sauta de son poste, l'appareil dans une main, l'autre levée et fermée en poing.

— Lucot, espèce de corniaud ! Me balader comme ça quand j'essaie de faire mon boulot ! Je te jure qu'un jour, je vais changer de pilote !

— T'as pas remarqué les Boches qui nous coursaient ?

— Je peux pas tout faire, monsieur l'adjudant ! Et sans les photos, on retournait les voir ! Alors c'étaient les photos d'abord, ça ensuite ! Tu pouvais pas voler droit trois secondes ?

Le soir même, il s'est excusé, comme toujours.

Quant à l'escorte, on ne se permit pas de l'engueuler : sur six appareils, seuls quatre étaient revenus.

Mais peu après, notre artillerie, enfin, mettait à mal les « canons de Paris ».

Marcelle Eaufort, 10 avril 1918

Paris.

C'était le seul mot de français que connaissaient tous ces garçons venus des quatre coins du monde. Anglais, Écossais, Néo-Zélandais, Australiens, Canadiens, Américains… je n'ai jamais appris aussi vite la langue de Shakespeare. Ce qui m'a valu de servir d'interprète pour les soldats en vadrouille. En échange d'une pièce, je les emmenais à l'estaminet ou à la maison close, selon qu'ils gesticulaient pour désigner une bouteille ou une fille.

Ça payait un peu, mais j'avais 13 ans et un père revenu estropié, alors que faire ? J'ai acheté des cartes postales et, tous les jours, je trouvais une voiture montant vers le front, qui m'emmenait y vendre ma marchandise. C'était bien, mais je pouvais faire mieux : tous les hommes pensent à l'amour. Même moi, à mon âge, j'y pensais ! Je me suis donc mis en tête de ne leur apporter que des cartes pour ces situations. Pour sa femme, il faut une carte fleurie. Pour sa maîtresse, quelque chose de plus coquin. Pour sa conquête du moment ? Des mots doux. Même pour ceux qui se séparaient, j'avais ce qu'il fallait. Des cartes moqueuses, genre : « Profite de tes fesses à l'arrière, je risque les miennes à l'avant. » Elles étaient faites par ma cousine plus âgée.

C'est qu'ils avaient tous une histoire d'amour, ces hommes ! Et sans cesse quelque chose à écrire à celle qu'ils aimaient. Quand j'arrivais, j'étais prise d'assaut car ils savaient que dans ma besace, on trouvait toujours un petit quelque chose. Je frottais même les papiers contre des fleurs pour qu'ils arrivent parfumés.

En 1918, j'étais donc devenue *Mademoiselle Facteur*, leur vendeuse ambulante préférée. Oui, mes tarifs étaient largement au-dessus de ce que valaient mes marchandises, mais tout était préparé, travaillé, pensé pour eux. Car j'avais vite compris que l'amour n'ayant pas de prix, un homme était prêt à se ruiner pour sa femme.

Voilà, puisque vous posiez la question, comment j'ai compris que l'avenir était dans le luxe.

Et cela m'a très bien réussi, merci.

Lieutenant-Colonel Gaston Matz, 20 avril 1918

Nous pouvons dire merci aux Allemands.

Sans eux, nous n'aurions certainement pas réussi à nous rassembler. Depuis quatre ans, les unités de tous les pays qui se battaient en France le faisaient sous les ordres de leurs chefs respectifs. Avec leur grande offensive de mars 1918, les Allemands nous avaient fait tellement peur qu'ils avaient réussi l'exploit de mettre tout le monde d'accord : le général Foch devait devenir le grand patron de l'ensemble des opérations.

N'est-ce pas ironique ? Ils auraient attaqué moins fort, nous auraient grignotés plus lentement ; peut-être que, sans urgence immédiate, nous aurions continué à bavarder des mois et des mois sans jamais parvenir à une entente.

À présent, nous étions unis. Et nous aussi, prêts à déployer nos armes secrètes. Pas des canons géants, non. Quelque chose de bien plus utile.

Devant moi se tenait une assemblée d'officiers venus de tous les pays alliés. Un Italien offrait des cigarettes à un Japonais, pendant qu'un Portugais interrogeait un Gallois sur la gronde populaire en Irlande.

Je donnai deux grands coups sur la coque du véhicule derrière moi, et les regards se posèrent sur la machine que je leur présentais.

— Messieurs, dis-je solennellement, vous avez sûrement été mis au courant de son existence, mais laissez-moi vous présenter en détail ce qui va renverser le cours de la bataille que nous livrent les Allemands… le char Renault. Contrairement à tous ses cousins, il est petit, léger, facile à produire, peu coûteux, demande un équipage de seulement deux personnes, et surtout, dispose d'une véritable révolution : sa tourelle rotative. Il peut tirer dans toutes les directions sans problème. Je crois donc, sans arrogance aucune, vous l'affirmer : voici ce qui sera le modèle de tous les chars modernes.

J'avais raison. Ce char était, je l'affirme encore, une pure merveille.

Sergent Augustin Choiseul, 31 mai 1918

Une pure merveille ?

Je sais pas qui est le fils de catin qui vous a raconté ces conneries, mais il s'est foutu de vous ! J'étais chef de char dans un de ces engins, et je vais vous dire ce que c'était vraiment, la « merveille » !

Déjà, c'était petit. Et comme ça remuait dans tous les sens, tu te foutais la gueule contre la coque toutes les trois secondes. À la première manœuvre, je suis revenu avec un pif énorme ! Je pouvais fumer sous la pluie avec un tarin pareil. Ensuite, ça puait. Le moteur grognait au moindre effort et te pétait au nez ses effluves d'huile. Et tu crois qu'on s'entendait ? Nan ! Comme dans un avion ! Moi, dans la tourelle, je filais des coups de latte à mon conducteur en gueulant :

— À gauche, Goudinot ! Y a un entonnoir droit devant ! Putain, j'ai dit à gauche !

Goudinot, je lui ai refait le dos à coups de godillots et de genoux. Ah, c'est sûr, c'était du solide. Les Boches devaient baisser leurs canons pour tenter de nous envoyer un gros pruneau en plein dans les ratiches. Quand ça tapait et que ça ricochait, ça faisait un zing ! qui arrachait les tympans. Et avec du bol, tu te retournais pas au passage.

Bon, je râle, mais au moins, je suis revenu en un seul morceau. C'était donc pas des merveilles comme on veut bien le répéter, plutôt une brouette à moteur avec une mitrailleuse, mais au moins, ça envoyait du Boche au paradis des Uhlans sans problème, pendant que tu entendais la mitraille ricocher sur la coque. Avec la tourelle, plus de problème de sapeur prusco qui tentait de t'arriver par le côté : tu te tournais, une rafale, et il allait rejoindre ses copains et expliquer à saint Pierre qu'il avait fait une connerie plus grosse que lui.

Comme une mule, t'iras pas la qualifier de « merveille » : tu gueules quand elle fait des siennes, mais t'es bien content de l'avoir quand tu en as besoin.

Au moment de la grande offensive de 18, on en avait besoin.

Soldat Valentin Prince, 7 juin 1918

J'avais besoin de ce char !

Il était mon seul espoir. Laid, silencieux, immobile, mais blindé. L'unique moyen en effet de me ramener seul dans mes lignes. Autour de moi, tout le monde était kaput. Je rampais sur les cadavres des autres troufions. Pourquoi est-ce que j'étais le seul à ne pas être mort ?

J'ai rampé jusqu'au Renault. Frappé sur le blindage aussi fort que possible pour qu'on m'entende.

— Y a quelqu'un là-dedans ? Les gars ? Je suis blessé !

C'est quand j'ai rampé vers l'avant que j'ai compris : le char avait été touché de plein fouet. Les trappes de l'équipage étaient éventrées, et à l'intérieur, c'était noir de mouches. Et ça commençait à sérieusement schlinguer !

Une pluie de balles a ricoché sur l'engin détruit et m'a obligé à ramper en arrière.

— Est-ce qu'il y a quelqu'un ? Les gars, me laissez pas seul ! C'était ma première attaque, je ne peux pas mourir comme ça ! J'ai qu'une balle un peu au-dessus de la jambe, venez me chercher !

Personne ne m'a répondu. Les Allemands attendaient que je lève la tête, les copains évitaient de se faire repérer. J'ai appelé, encore. La troisième fois, une voix m'a répondu.

— Ta gueule, le bleu ! Fous-toi un pansement et attends qu'il fasse sombre !

Mon uniforme était noir de sang et le trou dans le tissu, gros comme mon doigt. Mes pansements limitaient l'écoulement, sans l'arrêter totalement. J'allais pas crever comme ça ? C'était pas possible !

— Les gars ! j'ai crié. J'ai 18 ans ! Je peux pas crever maintenant !

— Ta gueule ! Putain, ferme ta gueule !

— J'ai pas envie de mourir…

Dans ma tête, les images de la maison m'empêchaient de réfléchir. Plus j'essayais de penser à un moyen de rentrer, à si le moteur du char fonctionnait encore, qui sait, plus je repensais à maman qui me préparait le souper. J'ai commencé à voir flou à cause des larmes.

— Je veux revoir ma mère ! Et mes frères ! Je vous en supplie ! Je donne ma solde à qui vient me chercher !

Seul un gros rat est apparu pour me renifler, avec des yeux d'un rouge écarlate. Il a entrepris de boulotter le pied de Durant, étalé près de moi, la face dans la boue. Je lui ai mis un coup de crosse rageur. Pas tant contre lui que contre le destin.

— Je veux pas me vider comme ça ! J'ai peur ! J'ai peur, les gars !

— On viendra si tu fermes ta gueule !

D'accord. D'accord, je me suis tu. Je n'ai plus rien dit. Tellement que mes lèvres sont devenues sèches. Où était passée ma gourde ? Ma main raclait le sol au-dessous de moi. Où était-elle ? Pas loin, c'était sûr. Voilà, je l'avais. Ma cuiller. Je pouvais manger ma soupe. Hein, maman ? Je mange bien, hein ? Oh non, je ne partirai jamais. Je suis trop bien ici. Je vais aller me coucher, parce que je suis fatigué, maman. Très fatigué.

Maman.

Sergent-major Édouard Giron-Pradet, 8 juin 1918

— Maman…

C'était un murmure près de nous. Un des macchabées qui n'en était pas encore vraiment un. Je me penchai et je vis un gamin tout trempé de sang. Dans l'obscurité, difficile de voir où était le trou.

— Eh, lieutenant ? Il y en a un qui n'est pas tout à fait clamsé.

Le lieutenant Boniface rampa jusqu'à moi et vint coller son oreille aux lèvres du mourant.

— C'est tout comme, il s'en va.

— Vous allez lui donner l'extrême-onction ?

— *Extrême-onction*, c'est le nom de mon revolver, grinça Boniface. Il part tranquillement. S'il est avec sa mère, ne le dérangeons pas avec du catéchisme.

Je me souvins qu'on nous avait dit avant de sortir des tranchées qu'un gamin avait appelé une bonne partie de l'après-midi. Que si on le croisait, on ferait bien de le ramener. Il n'en aurait pas besoin.

Une fusée monta au-dessus de nous et la nuit devint jour sous cette lune artificielle qui retomba lentement. Luther baissa la tête et feignit, comme nous, d'être un mort parmi les autres. Prudence. Sitôt que la fusée s'éteignit, il reprit son carnet et poursuivit son dessin des défenses boches. De mon côté, je me remis au travail : je ramassais les plaques d'identité des morts pour prévenir les familles. Du moins, pour ceux qui en avaient encore. Un pauvre bougre, touché par un obus, avait perdu son visage comme ses plaques. C'était un inconnu complet. Je repoussai le trou qui lui servait de face et rampai jusqu'au cadavre suivant pour le fouiller, avant que lui aussi ne serve de bouffe aux gaspards qui rôdaient dans le coin, énormes, noirs, avec des queues longues comme des baïonnettes.

— J'ai terminé, mon lieutenant. J'ai une bonne vingtaine de plaques. Ça fait pas beaucoup, rapport à tous ceux qui sont encore allongés par là-bas.

— Bien. Et vous Luther ?

— J'ai presque fini, mon lieutenant.

— Préparez-vous à retourner à l'arrière.

— Et vous, lieutenant ?

C'était une question absurde. Boniface se moquait de savoir si on l'envoyait recueillir des informations ou faire sauter des postes ennemis. Il avait besoin de faire sa petite guerre, et si vous voulez mon avis, il cherchait la mort. C'était un intellectuel, un qui avait fait le séminaire. Et les types comme lui, ça pense trop, ça se torture. Et puisque l'alcool ne lui suffisait plus pour faire taire ses doutes, il espérait qu'une balle ennemie, le suicide lui étant interdit, viendrait lui régler son compte. Enfin, je crois, parce qu'il n'était pas obligé de poignarder et de flinguer tout ce qui passait. Peut-être qu'il se noyait simplement dans sa mission. J'en sais foutre rien.

À part qu'il est parti tout seul jusqu'aux lignes boches, qu'il y a généreusement distribué des grenades, et qu'il est revenu chez nous une paire d'heures plus tard. Même que ça lui a valu une médaille.

J'ai entendu dire que les médailles, il les fondait pour en faire des balles.

Caporal Émilien Faral, 13 juillet 1918

— Est-il vrai que certains soldats fondent leurs médailles pour en faire des balles ?

Voilà le genre de questions que nous posaient les petits garçons. Comme on était logés chez le maître d'école, on avait accepté de passer une matinée de repos à aller rencontrer sa classe de petits villageois, réunie pour cette occasion très spéciale. C'était une mauvaise idée, mais il avait insisté :

— Mais si, mais si, messieurs. Ces enfants vous adulent, ils ont mille questions, et tous n'ont pas un membre de leur famille à la guerre.

Et voilà comment Pindot et moi, on s'était retrouvés comme deux couillons devant des mômes qui nous demandaient des choses pas toujours joyeuses. Un grand dadais voulait savoir combien nous avions tué de Boches. Un autre, si les chars d'assaut, c'était aussi « bath » qu'on le disait. On nous demandait si nous avions peur, faim, froid, et certains comparaient ce que l'on racontait aux lettres écrites par leurs familles. Un marmot au nez retroussé n'arrêtait pas de nous servir : « Moi, mon papa, il est adjudant-chef et… » Et Pindot, ça lui a fait monter la moutarde au nez.

— Gamin, ton vieux, il commence à me courir. Dans quel régiment il est, ce planqué ?

Ce petit con n'attendait que ça, parce qu'il a pointé le numéro brodé sur nos cols.

— Le vôtre ! C'est votre chef ! L'adjudant-chef Remiremont !

Merde. J'ai changé de couleur. Pourquoi a-t-il fallu que l'on tombe sur ce gosse ? Et pourquoi ce jour-là ? J'ai regardé Pindot, je l'ai imploré silencieusement. Ferme-la, Pindot ! Garde tes commentaires ! Ne dis rien ou on va avoir des emmerdes !

Sauf que Pindot, deux jours plus tôt, il avait vu son partenaire aux cartes se ramasser une marmite. Et avait été couvert des cartes comme des boyaux. C'est d'ailleurs pour ça qu'on l'avait mis au repos. Et que j'avais dit que c'était une idée de merde de nous laisser voir une classe. Patatras : Pindot, il a vu rouge.

— L'adjudant-chef Remiremont, hein ? Baisse la tête et fais ta prière, parce que je l'ai vu pas plus tard qu'il y a deux jours, étalé sur un séchoir. Tu sais ce que c'est, un séchoir ? Ce sont les barbelés. Quand un type se prend dedans, il se retrouve accroché comme un vieux linge à sécher au soleil. Ton paternel s'est fait tuer, oui, mon garçon. Ah, tu te marrais il y a une minute, trou du cul ? Tu peux dire à ta mère qu'elle va recevoir la belle lettre lui disant que son mari, il s'est battu avec « énergie » et qu'il a été « exemplaire ». Sauf que ton papa, gamin, on ne voit que son cul devant la ligne, et qu'il ne sert plus aux armées comme adjudant, mais comme repère pour les patrouilles de nuit. Tu pleures ? C'est bien, tu pisseras moins !

S'est ensuivie une succession de cris et de larmes. Le maître a fait venir les gendarmes, qui ont emmené Pindot et moi avec. Soi-disant que j'étais responsable et qu'on avait brisé le moral de petits Français. Je l'avais dit, moi, que c'était une idée de merde.

Je suis quand même bien désolé. Quand je repense aux pauvres gosses hurlant et chialant dans leur salle de classe, bizarrement, je crois que c'est le truc le plus dur que j'aie vu de tout 14-18.

Drôle de guerre, pas vrai ?

Lieutenant Adrien Wagram, 15 août 1918

— Drôle de guerre.

J'étudiais les rapports de première ligne, et ça sentait la fin. À quoi on le savait ? À un détail tout bête : les Allemands avaient cessé leurs opérations d'envergure et désormais, on rapportait quantité de coups de main très ciblés sur les cambuses. Le Boche en était réduit à risquer sa vie lors de brefs assauts pour faire main basse sur nos réserves de pain et de viande. Ce n'était pas la première fois que cela arrivait, mais jusqu'ici, c'était plutôt du fait d'initiatives aussi isolées qu'audacieuses. Maintenant, cela se généralisait.

Le Boche avait faim.

Le blocus sur l'Allemagne continuait à porter ses fruits, et si les récits de civils affamés nous parvenaient, savoir que les soldats prussiens en étaient réduits à essayer de s'emparer de nos réserves était un excellent signe. Qui confirmait une situation très mauvaise de l'autre côté du Rhin.

Car ça y était : l'ennemi reculait.

L'échec de leur offensive de printemps avait permis à Foch de lancer une grande contre-offensive, et les Allemands se repliaient désormais largement vers les fortifications de la ligne Hindenburg. Ce qui ne devait servir, selon nos renseignements, qu'en dernier recours.

Mon automobile longeait une longue ligne de soldats français qui avançaient dans un tintamarre de gamelles et de fusils en train de s'entrechoquer. À mon passage, ils levaient des yeux fatigués. Oui, même si nous étions vainqueurs, il était temps que tout cela se termine. Le sergent qui me conduisait souriait.

— Il y a une semaine encore, tout ce que vous voyez ici était occupé, mon lieutenant !

— Je le sais, sergent.

— Ça va être la joie quand les villageois apprendront qu'ils peuvent rentrer chez eux ! Tout ça, c'est bientôt fini !

— Ne le criez pas trop fort, sergent.

— Parce que ça porte malheur ?

Je n'étais pas superstitieux. Je ne croyais pas à ce genre de sottises. Non, le problème était tout autre. Enfin, nous poussions l'ennemi. Et pour transformer cette poussée en victoire totale, il fallait avancer avec énergie. Or, quoi de plus démoralisant que l'idée de tomber au feu à quelques jours de la fin de la guerre ? Nous ne devions pas inciter nos soldats à se montrer inutilement prudents dans la perspective de la victoire. Il fallait donc tout donner. Maintenant.

Trois avions à cocarde nous survolèrent à basse altitude. Au loin, des territoriaux près d'un camion jetaient des cordes pour désembourber l'un de nos chars. Tout le monde était en mouvement.

Enfin nous avions l'espoir de dire adieu aux tranchées et de nous lancer dans la bataille finale.

Soldat René Moucheroud, 25 août 1918

C'était pas loin de la fin.

J'étais affecté à un groupe de territoriaux qui déchargeaient les trains pour aider les Australiens. Des types curieux. À ce qu'on dit, c'est une grande île peuplée d'anciens bagnards. Mais en vrai, ils étaient plutôt chic. Costauds, taiseux, le genre bûcheron, un peu, mais chic.

Quand on décharge des munitions à n'en plus finir, on sait bien que ça sent l'attaque. Les Australiens aussi le savaient, et ils buvaient tout ce qui leur passait sous la main. Une paire de fois, ça s'est fini à la savate. J'étais plus tout jeune, mais en 1901, j'avais gagné le championnat régional. Alors Australiens ou pas, ils ont vite compris. De toute manière, après la castagne, c'était la picole, et tout le monde redevenait copain.

Un des officiers était professeur de français dans son patelin. Il n'arrêtait pas de vouloir épater ses soldats en nous parlant de tout et de rien. Et un jour, voilà qu'il nous raconte un truc pas banal.

— Pour attaquer les Allemands et leur mettre une raclée à coup sûr, on a un truc.

— Ah !

Ça sentait la blague.

— Le secret, c'est de ne surtout pas faire de préparation d'artillerie. Pas un coup de canon. Rien.

Ben voyons ! Et pourquoi pas y aller à poil ? Quatre ans qu'on jouait du canon, que c'était une guerre entre ceux qui en rapporteraient le plus, du plus gros calibre, et voilà qu'il me racontait ce genre de bobards ! J'avais peut-être pas beaucoup vu le front, mais je n'étais pas con non plus.

— Nous prends pas pour des billes, l'Australien. Si on pouvait gagner la guerre sans canon, ça se saurait.

Eh ben, le soir même, lui et ses gars montaient à l'attaque contre les Allemands. Et comme il a dit : rien ! Pas un obus ! Les Australiens sont partis dans la nuit, et après, on a entendu des cris, comme des bêtes. C'étaient les gars qui sortaient de l'obscurité pour tomber sur les Boches.

Vous vous rendez compte ? Quatre ans à dresser le Boche. À lui apprendre qu'on va le bombarder avant l'attaque. Alors à la fin, pour lui, c'est presque un réflexe : quand ça commence à tomber, c'est que ça va attaquer. Si ça ne tombe pas, tu peux ronfler.

Les Australiens avaient compris.

Et ils faisaient des percées extraordinaires avec ce truc tout con : Boche bien dressé, Boche qu'on peut tromper.

C'étaient vraiment des types bizarres.

Caporal Cheikou Diouf, 5 septembre 1918

Bizarre.

Un soir, les Américains se sont retrouvés à camper pas loin de nous. Comme on était au repos, on a décidé d'aller les voir. Désolier disait qu'ils avaient des bouteilles de bourbon, et que c'étaient des petits bleus qui ne verraient pas qu'on leur refilait du mauvais vin en échange. On est partis chargés comme des mules, jusqu'à les trouver installés près des fermes d'un petit village. Quand ils ont vu notre troupe s'approcher avec le vin, les guetteurs eux-mêmes ont levé les bras.

Wine ! Wine !

Fallait pas être un expert pour comprendre qu'ils avaient vu les boutanches. Désolier a gesticulé : « Bourbon, bourbon ! » en retour, et l'alcool s'est transformé en langue internationale. Jusqu'à ce qu'une des sentinelles venues à notre rencontre me regarde méchamment. Elle m'a désigné du doigt.

— Je crois qu'ils ne veulent pas de toi, a traduit Désolier.

— C'est quoi, leur problème ?

— À ton avis ?

Ces connards avaient visiblement un sérieux problème avec les Noirs. Tous les copains pouvaient parler bouteille, mais moi, si j'approchais à moins de vingt mètres, ils faisaient une tête comme si je puais.

— C'est parce que je suis noir ? Je suis d'Aubervilliers, tas d'abrutis !

— Laisse, Diouf, ils ne pigent pas un mot.

— Et pourtant, moi, je comprends bien qu'ils me traitent de sale nègre !

Ça a fait du ramdam, et un attroupement s'est formé. Pas par curiosité mais parce que les Américains faisaient ouvertement signe que je devais dégager, et vite. Finalement, un de leurs officiers a écarté les rangs et s'est dirigé vers moi. Tout ce qu'il a dit c'est :

— Pas couleur homme ici.

Ça aurait pu s'arrêter là. J'avais compris qu'ils avaient un gros souci de race, du pioupiou au galonné chez eux. Une belle nation de crétins. Mais l'officier a ajouté :

— Tu jouer jazz, pas faire guerre.

Je lui ai pété une dent au premier coup de poing.

Je ne savais pas ce que c'était du « jazz », mais ça valait le coup.

Dix jours de prison, qu'est-ce que c'est ?

Soldat Hector Rochette, 21 septembre 1918

Dix jours que nous montions et descendions des camions.

Les tranchées, c'était fini. On passait notre temps à nous rassembler pour aller là où on avait besoin de nous. Les anciens qui racontaient les marches du début de la guerre soupiraient d'aise en retirant leurs godillots. Je ne les aimais pas trop, d'ailleurs. On m'avait brossé le portrait de poilus courageux, honorables et prêts à se sacrifier pour les autres mais ils avaient surtout des récits de débrouille, de coups de chance, voire de comment ils avaient réussi à dépouiller une bourgeoise en permission.

Il y avait des histoires de chasse à l'espion qui sortaient du lot, mais c'était du passé. On le sentait : la guerre était gagnée.

J'espérais quand même tomber sur un des fameux infiltrés boches. Si je ne montais pas en ligne, au moins pourrais-je avoir une médaille avant la fin en débusquant un agent du Kaiser ?

Mes soupçons se portaient sur Thiriet.

À chaque rassemblement, le caporal était le dernier à arriver. Un air coupable dans les yeux, il rejoignait le rang non sans être agité de tics nerveux. Je me demandais aussi ce qu'il faisait de ses permissions : la dernière, nous étions à trente kilomètres de la première voie de chemin de fer et il était resté dans le coin, nous avait-il assuré, alors que personne ne l'avait vu.

C'était sûr, il bossait pour les Schleus. Si j'arrivais à le prouver, je pouvais rentrer à la maison, auréolé de gloire. Peut-être même décrocher la Légion d'honneur. T'imagines, seulement quelques mois après être arrivé au front !

À plusieurs reprises, j'ai essayé de le suivre. Mais toujours, il m'a repéré. Une fois, derrière la voiture du dentiste, il m'a même attendu pour me jeter par terre.

— Qu'est-ce que tu veux ? Pourquoi tu me suis partout ? T'es une sorte d'agent boche ? qu'il m'a dit.

— Ah ! Moi, boche ? Pourquoi tu ne me dis pas ce que tu fais en douce, plutôt ?

— Je m'occupe de mon cul et tu ferais bien d'en faire autant.

Le dentiste est sorti de son camion pour nous séparer parce qu'il ne pouvait pas arracher de dents avec deux types qui gueulaient et se bousculaient contre son cabinet roulant. J'ai quand même fait part de mes doutes aux copains : Thiriet, il cachait un truc.

J'en étais sûr.

Soldat Romain Thiriet, 2 octobre 1918

J'étais sûr que Rochette n'allait pas en rester là.

Quand je suis descendu du camion, on faisait étape près d'un hameau fraîchement libéré encore pavoisé de drapeaux tricolores. L'atmosphère de fête dispersa les hommes qui partirent en quête d'alcool. Moi, je pris le chemin de l'arrière du convoi.

Les fossés au bord de la route étaient toujours remplis de gens. Du territorial au convalescent ayant filé de l'hôpital, c'était une vraie haie d'honneur. Il était facile de s'y faufiler, et d'y semer ce crétin de Rochette. Complètement hystérique, le gamin. Un titi parisien qui rêvait de gloire à peu de frais.

Je retrouvai Maxence, le chauffeur du dernier camion, qui, à ma vue, grimpa sur le marchepied et s'exclama :

— Thiriet ! On se fume une cibiche ?

— Allez. Mais avec ce vent...

— T'inquiète.

Maxence tira un bout de bâche qui, autrefois, avait porté le nom de tente. Il marcha avec moi jusqu'au bord de route, là où les entonnoirs d'obus formaient des abris parfaits pour s'en fumer une. Il renifla l'un d'entre eux, des fois que du gaz stagnant soit resté au fond, et m'invita à le suivre.

Je fis un dernier tour d'horizon : le convoi ne repartirait pas tout de suite, et personne ne nous prêtait attention.

J'aidai Maxence à installer la bâche au-dessus du trou, histoire de nous abriter.

Nous prîmes notre pause.

Jusqu'à ce qu'une main arrache la tente, et qu'au-dessus de l'entonnoir se dresse le lieutenant Boniface, son revolver coincé dans la ceinture. Pour la première fois depuis que je le connaissais, il eut l'air surpris. Il faut dire que voir un poilu en train d'en prendre un autre à quatre pattes, ce n'était pas commun. Mais merde, c'était pas ma faute si j'aimais les garçons. J'avais déjà eu du bol de tomber sur Maxence.

On eut l'air de deux idiots, dans cette position, à bredouiller du « Mon lieutenant ». Mais Boniface se contenta de hausser les épaules.

— C'est donc ça, dit-il.

— Mon lieutenant, je…

— Je m'en fous. Quitte à planter un type, si c'est avec une bite plutôt qu'une baïonnette, c'est sûrement mieux. Allez, Dieu est amour.

Il laissa la tente retomber sur nous. Maxence et moi, on a aussitôt tout laissé tomber et on est retournés au convoi, rouges de honte. Quand je suis revenu à mon camion, Rochette avait l'air mécontent.

Boniface avait refusé de lui raconter ce qu'il avait vu. Il lui avait juste lancé :

— Vous aviez raison, Rochette. Thiriet fait de la politique : je viens de le surprendre imitant Clemenceau et Guillaume II.

Philippe Demontreuil, 9 octobre 1918

Guillaume II veut la paix !

La poussée de nos forces sur tous les fronts donne à celui qui a embrasé l'Europe une soudaine poussée de pacifisme. Nos alliés américains, avec qui il a entamé des pourparlers, ont d'ailleurs souligné non sans malice l'hypocrisie de cet empereur qui, lorsqu'il est fort, marche sur la Belgique neutre, et lorsqu'il va mal, annonce qu'il souhaite la paix des peuples.

Les États-Unis d'Amérique demandent donc d'abord ceci : que l'Allemagne reconnaisse son rôle dans le déclenchement de la guerre !

Voilà qui fait d'ores et déjà bouillir les ambassadeurs allemands qui se posaient en victimes du blocus allié sur leurs ports. Bientôt, ils gémiront que nous avons osé tirer sur leurs soldats !

Deuxième point essentiel dans les discussions américaines : les puissances centrales sont-elles prêtes à retirer leurs troupes des territoires occupés ? Car qui veut la paix doit le montrer ! Pour l'instant, les seuls territoires libérés l'ont été à la force des baïonnettes. Il ne manquerait plus que l'Allemagne prétende qu'elle bat en retraite en signe de bonne volonté !

Enfin, les États-Unis ont interrogé les représentants allemands quant à la position de leur pays sur les quatorze points proposés par le président Wilson en janvier.

Que conclure de tout cela ?

Simplement que la fin de la guerre est proche, cher lecteur. La victoire tant espérée est à portée de main, et c'est parce que nos soldats et ceux des nations alliées continuent à faire courir le Boche que chaque heure qui passe nous rapproche de la paix.

Bientôt, nous cueillerons les lauriers de la victoire, et c'est à l'ombre de ceux-ci que dormiront nos héros tombés pendant quatre ans.

Philippe Demontreuil pour L'Impertinent

Capitaine Alfred Lajoie, 26 octobre 1918

La mort de héros n'était pas pour moi.

C'était un samedi après-midi. Je passais en revue ma compagnie quand je fus pris d'une quinte de toux. Depuis le matin, j'avais la gorge sèche et l'impression que quelque chose s'y terrait. Je pensai à du gaz, et quand j'arrivai chez le médecin à la fin de la revue, j'étais déjà fiévreux. Il m'examina avec inquiétude.

— Je vous envoie immédiatement à l'hôpital. Et je veux la liste de tous ceux de votre entourage qui ont récemment été pris de toux.

J'avais pensé à du gaz : j'avais tort. J'avais attrapé cette mauvaise grippe qui avait ravagé les rangs de nos travailleurs annamites, et qui touchait à présent ceux des troupes américaines. On m'emmena à l'arrière, dans un hôpital fait de tentes sous lesquelles d'autres comme moi toussaient à s'en arracher la gorge. Les infirmiers eux-mêmes portaient masques, gants et lunettes, et ne nous touchaient qu'avec mille précautions.

— Je vais m'en remettre ?

Le goût de sang dans ma bouche en posant la question était une réponse en soi. Le docteur, lui, me donna le discours habituel.

— Battez-vous, capitaine. J'ai vu des patients revenir de très loin.

Autant dire qu'il n'en savait rien. Jour après jour, mes poumons se mirent à devenir plus faibles, et ma bouche à puer comme si je pourrissais de l'intérieur. Je n'avais même plus la force de me tourner pour regarder les infirmiers refermer les draps sur ceux qui étaient morts durant la nuit. Nous nous empêchions mutuellement de dormir avec nos quintes, et nos rêves fiévreux se transformaient en bonne raison de ne plus espérer le sommeil.

J'étais en quarantaine, sans avoir le droit aux visites. J'allais mourir au milieu des grippés, tué par une stupide maladie après avoir survécu trois ans au front : quelle ironie ! Mon ultime lettre à ma femme fut écrite sous la dictée par un infirmier dont je bénis la patience.

Un autre nous lisait chaque matin les nouvelles et, pensant nous transmettre son optimisme, accentuait joyeusement chaque article traitant de l'armistice qui approchait. C'était au contraire une torture, puisque nous savions bien, dans cette tente, qu'aucun de nous ne la verrait. Nous allions mourir à quelques jours de la paix. Bêtement.

J'étais donc mourant, malade et furieux quand j'ai fermé les yeux une dernière fois, le 9 novembre 1918.

Lothar Fischer, 9 novembre 1918

Le 9 novembre 1918, tout a basculé.

La guerre était perdue. Chacun savait. Les seuls qui voulaient encore y croire juraient que la France allait demander grâce, épuisée avant nous. Et puis, pourquoi se rendre quand le pays n'était pas véritablement envahi ?

Mais quelque chose s'était brisé. Le moral, peut-être ? L'empire ? Les deux ?

La Russie avait connu sa révolution. C'était à notre tour de subir ce sort. Nos ouvriers avaient faim et les grèves éclataient. Nos marins, las, avaient refusé de retourner affronter la flotte anglaise. Des révolutionnaires s'emparaient des bâtiments publics. Et quand Guillaume II envoya l'armée, je vis dans la rue les soldats mettre crosse en l'air et fraterniser avec ceux qu'ils devaient arrêter.

C'en était terminé de l'empire. La guerre, elle, n'était plus qu'une question de jours, de semaines tout au plus.

— On a gagné ?

Mon plus jeune frère, un petit train en bois à la main, essayait de comprendre ce qu'il se passait. Que pouvais-je expliquer à un enfant de 8 ans ? Il ne voyait que les drapeaux rouges dans les rues, entendait les foules chanter des slogans révolutionnaires. Il ne comprenait pas que ces gens appelaient à se battre contre le régime, et non contre la France.

— On a perdu, Theo.

— Mais pourquoi les gens chantent, alors ?

— Ils sont contents parce que ce sera bientôt la paix. Nous allons revoir papa.

Papa est apparu moins d'un mois après. Il était parvenu à profiter du chaos général pour sauter dans un train, avait troqué son fusil pour des fleurs, et était rentré à la maison nous retrouver, enfin. Il s'était bien battu, et tant pis si nous avions perdu.

Le seul qui n'accepta jamais cette défaite qu'il n'avait qu'à peine vécue fut Theo.

En avril 1945, vêtu de son uniforme de SS, il se tira une balle dans la bouche, dans un immeuble de Berlin.

Sergent Adolphe Delmart, 11 novembre 1918

Je ne sais pas comment c'était à Berlin, mais je peux vous raconter à Paris.

J'étais en permission. Du côté de gare de l'Est, je connaissais une fille bien. Et pas très chère. Mais d'abord, je devais faire le plein de tabac. Voilà qu'au moment d'aller en acheter, je vois une foule rassemblée devant l'échoppe. Un gamin se retourne, me pointe du doigt et s'exclame :

— Là ! En voilà un !

Et les Parigots qui s'élancent vers moi. J'ai pas réfléchi : j'ai couru. Je me demandais ce qu'ils me voulaient. Avec tout ce qu'on entendait venant d'Allemagne, c'étaient peut-être des ouvriers révoltés qui souhaitaient me faire la peau, un truc du genre. Comme un con, j'ai fini par tourner… dans une impasse. En moins de deux, la bande de braillards était sur moi. Alors j'ai fermé les yeux, prêt à encaisser.

Mais j'ai senti des bras qui me soulevaient. Ces braves gens m'ont ensuite fait défiler dans les rues. Ils s'exclamaient :

— Gloire aux vainqueurs ! On a gagné ! La guerre est finie !

J'ai dû avoir l'air drôle, à me tortiller pour m'adresser à un type qui me portait et lui demander :

— Bien vrai ? C'est fini ?

— L'armistice est signé ! m'a répondu un gars au visage rougeaud. Bravo monsieur, c'est grâce à vous !

Ils m'ont emmené chez un limonadier. Hector, qu'il s'appelait. Il m'a servi tout ce que je voulais, à l'œil ! Ça a été un peu moins rigolo quand d'autres permissionnaires ont été ramenés dans le bar par la même foule qui hantait les rues à la recherche de vainqueurs, mais bon Dieu, quelle journée ! Et quelle soirée ! J'ai jamais pris une cuite pareille. Et ça, c'est sans parler des cigares qu'on me passait.

Le dites pas trop fort à ma femme, mais je crois bien que ça a été le plus beau jour de ma vie. Oui, devant même mon mariage. On m'a jamais autant aimé que ce jour-là.

Évidemment, j'ai pas précisé que moi, j'étais une simple estafette et que la guerre, je l'avais vue de loin. Ça fait du bien d'être, pour une fois dans sa vie, au centre de l'attention.

Soldat Marius Chopin, 11 novembre 1918

C'était un événement comme on n'en connaît qu'une unique fois dans son existence.

Je me trouvais dans une tranchée de seconde ligne à nettoyer mes chaussures quand j'ai appris que la paix était signée. Et de manière pas très formelle. Un type était passé en clamant : « C'est fini ! C'est l'armistice ! On ne tue plus ! » Je l'ai pris au sérieux. C'était trop grave pour être une plaisanterie, et, de toute façon, nous commencions aussi à entendre crier dans les boyaux d'à côté. Les officiers sont passés nous confirmer que non seulement il ne s'agissait pas d'une blague, mais que, ce soir, nous défilerions devant le drapeau du régiment. En vainqueurs.

J'ai posé mon séant au fond de la tranchée, et moi, le fils de bonne famille amateur de belles lettres, tout ce que j'ai trouvé à dire, c'est :

— Bon. Eh bien voilà.

Une chaussure au pied, l'autre à la main, j'ai levé les yeux au ciel. Passé les premiers hourras, la tranchée est restée assez calme. Personne n'osait vraiment y croire. Après des années de guerre, était-ce réel ? Est-ce que les mêmes soldats qui nous envoyaient des obus au gaz une semaine auparavant voulaient à présent la paix ? La question agitait la première ligne : étaient-ils au courant, en face ? C'eût été trop bête de mourir en grimpant au parapet pour fêter le truc, et finir abattu par un tireur pas averti.

Dans mon secteur, ce ne fut pas une fête. Nous étions heureux, c'est vrai, mais soulagés avant tout.

Or comment oublier les copains tombés ? C'était donc ça, la plus grande guerre de tous les temps ? Celle qui entrerait dans les livres d'histoire sous le nom de « Guerre de 1914-1918 » ? Un jour, des enfants qui ne nous auraient jamais connus l'apprendraient. S'ennuieraient-ils en le faisant ? Comprendraient-ils seulement ?

Pour ma part, moi qui avais été mobilisé dès que mon âge l'avait permis, je me perdis dans mes pensées. Cette guerre, sous la couche de peur et de dégoût que j'avais ressentis, était ce qui resterait la première et la plus grande aventure de ma vie. C'est elle qui m'avait fait quitter l'enfance pour devenir un homme. Elle qui m'avait défini, façonné, moulé. Jusqu'à la fin de mes jours, je serais donc un « poilu ». Et rien de ce que je pourrais construire après ne pourrait l'éclipser.

Qu'est-ce qu'atteindre le sommet de son existence quand on a vingt ans ? Savoir que, désormais, tout ne sera plus qu'une longue pente à l'ombre d'un sinistre et glorieux pic ?

Le soulagement se mêlait à la gravité du futur qui nous attendait. Une vie à commencer, une vie à laquelle je ne connaissais rien. Dans un pays qu'il fallait en partie reconstruire. Les combats étaient terminés, certes, pas nos efforts.

J'avais peur que cette journée s'achève, car j'avais peur de la gâcher. De ne pas la fêter autant que j'aurais dû. De ne pas la faire durer jusqu'à ce qu'elle devienne la plus longue, la plus grande de ma mémoire. Le jour était important, solennel, et je redoutais de ne pas me montrer à la hauteur.

La guerre était finie, mais nous ne rentrions pas pour autant chez nous. Je m'oubliai dans les corvées. Trop puéril pour prendre de grandes décisions, je suivis les ordres afin de ne pas me retrouver de nouveau seul avec mes pensées. Et comme convenu, le soir même, la tenue impeccable, je défilai devant le drapeau qui saluait notre arrivée de l'autre côté de cette ligne invisible séparant les survivants des morts, qui pour toujours seront de l'autre côté, existant uniquement dans nos souvenirs de cette effroyable guerre.

Jusqu'au restant de mes jours, je n'ai jamais connu de sentiments aussi forts que ceux ressentis au front. Ni forgé d'amitiés aussi puissantes, aussi sincères.

J'avais connu le feu, j'en portais à vie l'indélébile brûlure.

Adjudant-chef Octave Piat, 11 novembre 1918

J'étais sur le point de faire feu.

J'ai ajusté, tranquille. Pas besoin de se presser. Bien planqué sous ma grosse couverture roulée dans la boue, j'étais impossible à repérer. Deux jours que j'attendais mon client. C'est que le tir de précision demande de la patience. Comme la chasse. Alors on emmène son manger, son pinard, et on guette.

C'était un beau Boche. Enfin, pour 1918. Les bien gras, on n'en trouvait plus depuis un moment. J'avais sa binette en plein dans ma lunette. Il devait avoir une trentaine d'années, avec un visage jovial. Le genre qui tenait une auberge à Munich. C'est ça : je l'aurais bien vu en train d'astiquer ses verres. Il agitait les bras, mais pas comme les autres, pas la trouille au ventre en gueulant « *Kamerad !* » parce qu'il voulait se rendre, non ; lui, il avait vraiment l'air content, ce crétin, au milieu du *no man's land*. Mieux, il y restait.

Je me suis dit : « Il doit être bien bourré pour se promener comme ça. Tire pas trop fort, tu vas foutre le feu au schnaps qu'il a dans le bide. »

Joyeux, debout entre les tranchées, gesticulant comme un diable : le Schleu était forcément rond comme une queue de pelle.

Quand il s'est assis - oh ! quel brave garçon ! allez, ça ne méritait pas de souffrances –, j'ai tiré dans la tempe. Puis j'ai glissé en arrière sur le toboggan de boue que je m'étais aménagé, et, en un clin d'œil, me suis retrouvé à l'abri dans mon trou ! Les tireurs d'en face pouvaient me chercher, j'étais parti. Un tour d'horizon avec mon périscope de tranchées, et j'ai vu mon Boche effondré contre le remblai d'un entonnoir. Un de plus !

— Eh ! Tu tirais sur quoi ?

Thiriet venait de me rejoindre, un papelard à la main. J'allais lui répondre quand j'ai flairé les ennuis. Je l'ai laissé causer.

— L'armistice est signé depuis ce matin. On ne canarde plus.

Dans ma poche, ma belle montre indiquait un peu plus de 4 heures de l'après-midi. C'était donc ça qu'il fêtait, le Boche ? Merde.

Évidemment, quand les Allemands ont demandé qui était le con qui avait fait ça, j'ai prétendu que ce n'était pas moi. Une paire d'heures avant, j'avais une médaille. Là, un procès. C'est marrant l'administration quand même, non ?

Bon, c'est vrai qu'elle est pas drôle mon histoire. Je me demande si les Boches ont annoncé à la famille du gaillard qu'il n'était pas mort au combat, mais assassiné ?

Joseph Schneider, 27 novembre 1918

J'avais peur d'être traité d'assassin.

Depuis des jours que les journaux titraient « Strasbourg est libérée », la ville était le point de rendez-vous des vainqueurs. Les rues débordaient de capotes bleu horizon, que les commerçants accueillaient à bras ouverts. Les boutiques recevaient de nouveau de l'approvisionnement venu de France, et l'on se pressait pour acheter tout ce qui avait manqué ces dernières années.

Des drapeaux tricolores pavoisaient toits et fenêtres quand, sous l'un d'entre eux fait à partir de draps cousus, j'aperçus un groupe de jeunes filles en tenue traditionnelle alsacienne. Plus personne ne s'habillait ainsi, et à en croire les plaintes de ces adolescentes, elles ne supportaient particulièrement pas la coiffe.

— Ça suffit. Souriez pour les photos, c'est tout, ordonna leur mère, une belle femme aux cheveux roux en chignon, qui les replaçait sans cesse sous le drapeau et invitait les soldats français qui passaient à se prendre en photo avec ces Alsaciennes « authentiques, tout juste libérées ». En échange de quelques pièces, bien sûr.

Ma canne à la main, je me dirigeai vers l'hôtel de ville. La place était pleine, et le drapeau tricolore dansait au-dessus des têtes, agité par des dizaines de mains. Toutes les fenêtres avoisinantes étaient grandes ouvertes. Des curieux s'y pressaient pour écouter le généralissime Foch qui, depuis le balcon de l'hôtel de ville, présentait celui qu'il qualifiait de « premier soldat de France ». Un petit chasseur alpin, crêpe en biais, que j'imaginais sourire. J'étais bien trop loin pour le voir et, de toute manière, je m'éloignai rapidement. La curiosité m'empêchait d'aller plus loin, mais à chaque soldat que je croisais, une peur viscérale s'emparait de moi.

Allaient-ils me reconnaître ?

Car si tout le monde acclamait l'Alsace libérée, il s'agissait d'un pieux mensonge. Qui ignorait que nous étions côté allemand quelques semaines auparavant ? Que, par notre position entre deux empires, nous avions eu des soldats dans les deux camps ?

Au début de la guerre, j'avais été mobilisé dans l'armée allemande et mobilisé sur le front de l'Est. Je m'étais distingué comme mitrailleur. Et en 17, quand la Russie avait quitté le conflit, j'avais été envoyé à l'Ouest. Et des beaux uniformes bleus, j'en avais troué des dizaines. Il n'y a rien de plus simple que de tirer à la mitrailleuse. Tant que la hausse est bonne, vous n'avez qu'à balayer devant vous, et les hommes tombent. Un vrai sentiment de toute-puissance vient avec. Et j'aurais continué à appuyer sur la détente à chaque assaut si une grenade n'avait pas eu raison des muscles de ma jambe gauche. J'étais désormais un simple civil. Boiteux. Dans une Alsace présentée comme étant dans le camp des vainqueurs, quand bien même j'avais été dans celui des perdants, n'en étais-je pas moins alsacien ?

J'étais un vainqueur et un perdant.

J'étais alsacien.

Soldat Pascal Ribelle, 24 décembre 1918

— On s'en fout de l'Alsace !

C'est vrai, quoi ! Le service cinématographique de l'armée ne nous passait que ça. Nos troupes entrent ici, nos troupes arrivent là… Moi, je voulais voir des filles. J'avais gagné la guerre, c'était pas pour me geler le cul sous une tente à regarder des défilés !

— C'est Noël et on a gagné ! ai-je crié. Elle est où, la fête ?

Désolier a sauté sur le banc où nous étions et a gueulé :

— La fête ! La fête ! La fête !

En un rien de temps, toute la compagnie hurlait et chantait. Les officiers assis devant souriaient en coin. On était déjà assez mécontents de ne pas retourner chez nous, on pouvait bien faire du ramdam ! Soi-disant que, comme c'était qu'un armistice, on devait rester au front des fois que les Boches auraient changé d'avis. Une fois la paix signée, on irait à la maison. En attendant… Noël au front !

— Allez, les amis ! Sus au cuistot, il doit avoir du pinard planqué quelque part !

C'était un vrai charivari. Les officiers se taisaient, les soldats gueulaient pour lancer cet « assaut ». À la roulante, les cuisiniers nous ont vus arriver. Effrayé, l'un d'entre eux nous a repoussés à grands coups de louche dans les dents, un colosse avec des cheveux épars, qui n'avait pas l'air d'accord avec l'idée de se faire piller sa cambuse.

— Le premier qui essaie de prendre une bouteille, j'en fais le prochain repas !

— Cuistot, les soldats ont soif ! Fais ton devoir et sers-les !

Qu'est-ce qu'on m'acclamait ! C'était quand même pas mal de pouvoir enfin rigoler un peu. Le dernier Noël, je l'avais passé dans un trou individuel à compter les fusées.

Le cuisinier a sifflé pour rameuter ses sbires, d'autres rois de la cuistance venus défendre leur territoire. Nous, on a commencé à remuer les poings, à montrer les muscles. Je ne sais pas si on allait boire, mais en tout cas, on allait se marrer !

Et puis l'emmerdeur de Boniface s'est pointé.

Six semaines qu'on ne se mettait plus sur la tronche au front, et il était déjà complètement mélancolique. Il continuait à se promener avec ses armes au ceinturon comme s'il pensait que les Allemands allaient nous attaquer par surprise. Et le pire ? C'était exactement son idée.

— Cela suffit, messieurs.

Il épousseta ses galons de lieutenant pour montrer qui était le chef. Et dire qu'à une époque, ses gars et lui s'étaient retrouvés encerclés par les gendarmes ! C'était plus drôle quand il picolait.

— On peut avoir besoin de nous à tout instant. Alors restez alertes.

Ouais, alertes ! On avait gagné la guerre, qu'est-ce qu'il lui fallait de plus ? Si on ne nous laissait pas rentrer chez nous, on pouvait bien boire, nan ?

Noël 1918 était pas aussi marrant qu'on veut bien le croire.

1919

Soldat Denis Mangin, 15 janvier 1919

C'était pas bien marrant, l'Occupation.

Je m'étais endormi dans le train qui m'emmenait en Rhénanie. Je me souviens de la Belgique que nous avions traversée comme d'un rêve. J'ouvrais les yeux, j'apercevais un village qui apparaissait dans l'aube, et je me rendormais.

— Aix-la-Chapelle ! Tout le monde descend, les bleus !

La voix du capitaine m'avait éveillé pour de bon. Ça y est, on y était ! L'Allemagne ! Le pays des salauds qui nous avaient déclaré la guerre ! Les assassins d'enfants, les destructeurs de cathédrales, les barbares modernes ! On allait voir qui allait rire, maintenant !

Le capitaine nous fit rectifier nos tenues trois fois avant de nous laisser sortir de la gare. Il fallait impressionner le Boche, lui montrer que la grande armée française était là. J'étais fier comme un paon. Un gamin avec un bel uniforme, un fusil et le camp des vainqueurs derrière lui l'est toujours. J'ai vite déchanté en voyant les habitants.

Des gens habillés de gros manteaux avec des cols en fourrure et d'élégants chapeaux. De la marmaille qui nous suivait de loin avec curiosité, sans la tenue traditionnelle ou je ne sais quoi. Juste des gosses. Comme à la maison. Un petit monde qui ne nous quittait pas des yeux, pas impressionné pour un sou. Nous étions juste un autre convoi de militaires arrivés en ville. Et eux, juste des civils qui n'avaient rien de monstrueux. C'était presque décevant.

— Tu crois qu'ils ont un claque ? Ça prend combien, une catin boche ? a demandé un type derrière moi.

— Évidemment, même le vieux Fritz a besoin de tremper sa saucisse ! Pour les tarifs, dis-lui que c'est les réparations pour la France !

— Désolier, ta gueule !

J'étais arrivé sur le front en 18, et comme j'étais de la classe d'âge la plus jeune, cela signifiait que j'allais devoir passer un long moment ici, au milieu des Allemands, loin de chez moi. On m'a collé dans une espèce de guitoune en bois devant la caserne à monter la garde. Du matin au soir, et du soir au matin, je restais comme un crétin, le fusil à l'épaule, à regarder les gamins me montrer du doigt et les femmes chuchoter en passant. Ce n'était pas la peine : je ne parlais pas un mot de boche.

Un jour, l'une d'elles est venue me supplier de l'aider. Du moins, je crois. Elle pleurait et s'est mise à genoux devant mon poste de garde. Je n'ai pas compris ce qu'elle disait, mais un gros bras avec une gueule à plier des barres de fer à mains nues s'est approché, l'a attrapée par l'épaule et l'a traînée en arrière. J'ai pris mon fusil, mais aussitôt, l'adjudant est arrivé.

— Range ton arme.

— Mais, cette Allemande…

— Range ton arme, tu n'es pas policier. Toi, tu empêches les gens de rentrer. C'est tout. Laisse ça aux flics boches. Vu ?

J'étais quand même emmerdé. J'ai regardé la femme continuer à me supplier et disparaître au coin de la rue, traînée par son bourreau. C'était pour ça que j'étais ici ?

Pour ne rien faire ? Maintenant que je ne haïssais plus les Allemands comme avant d'être chez eux, ne pas agir était d'autant plus dur. Non, l'Occupation n'était vraiment pas marrante.

On était loin de chez nous… juste pour regarder.

Sous-lieutenant Jules Napoli, 2 février 1919

C'étaient les ordres : regarder et ne pas bouger.

Il faut comprendre que l'Allemagne s'était effondrée sur elle-même. Et que, comme lors de chaque révolution, une période de chaos s'était ouverte. Chaque parti voulait s'emparer de la colère et du désespoir populaires pour se hisser au pouvoir. Et tout était bon pour y parvenir.

Il n'était pas rare, le matin, d'être informés d'une grève qui venait d'éclater dans une usine proche et qui pouvait tourner à l'émeute à tout instant. Lorsque nous sortions en ville, la vue d'un révolutionnaire, casquette vissée sur le crâne et perché sur un socle de lampadaire, haranguant la foule, était d'un commun désarmant. Les scènes de violences entre opposants politiques, aussi. Mais les ordres étaient les ordres : regarder et ne pas bouger.

Le colonel avait été très clair sur le sujet.

— Les nouvelles autorités allemandes doivent asseoir leur souveraineté. Si nous les aidons à maintenir l'ordre, elles passeront pour des pantins français et une révolution nationaliste risquerait de les écraser. Nous aurions alors de nouveau une Allemagne hostile à nos portes. Et puis, le ministère ne le dit pas ouvertement, mais ce pays est un gigantesque bazar, si vous me passez l'expression. Si nous mettons le doigt dans l'engrenage, nous serons entraînés dans une situation aussi complexe que peu enviable. Nous avons un État à reconstruire, c'est déjà bien assez. Ne nous occupons donc pas de celui d'à côté.

Il était cependant difficile de dire à nos hommes de garder l'arme au pied quand ils assistaient à des bastonnades ou trouvaient le matin, dans des ruelles, le corps d'agitateurs de la veille.

Comme me le fit remarquer un vieux poilu du nom de Désolier :

— C'est un drôle d'animal, le Boche. Quand on arrête de le tuer, il commence à se massacrer lui-même.

Ah ! C'était malheureux, mais au moins, ce n'étaient plus nous, les victimes.

Caporal Antonin Piquet, 21 février 1919

Je pris mon air malheureux.

— S'il vous plaît, un lit suffira. Vous verrez, vous ne l'entendrez pas.

Je désignais derrière moi le lieutenant Boniface. Avec ses yeux vides, il faisait peine à voir. Tour à tour prêtre, soldat, alcoolique, suicidaire et héros de guerre, il avait été totalement anesthésié par la paix. Le capitaine m'avait dit : « Trouvez donc au lieutenant un endroit tranquille où loger. Il a besoin de se réadapter. C'est un brave, qu'on en prenne soin. »

La bonne sœur à la porte du couvent était plus grande que moi. Les poings sur les hanches, elle me regardait avec un mépris non dissimulé. J'avais beau parler avec mon plus bel accent allemand, elle ne voulait rien entendre.

— Pas d'hommes ici.

— C'est un prêtre, ma sœur.

— C'est un soldat.

Avez-vous déjà essayé d'expliquer les subtilités de la séparation entre l'Église et l'État dans une langue étrangère ? Moi non plus. Je finis par abréger le débat.

— C'est un prêtre aux armées. Il a besoin de repos.

— Allez voir ailleurs.

Non ! Ce couvent était parfait. Légèrement à l'écart de la ville, ce refuge catholique en terre protestante me semblait l'endroit idéal pour que Boniface trouve un peu de paix et se réadapte à ses missions religieuses. Le capitaine serait fier de moi. Je n'allais pas laisser tomber aussi facilement. Je vis que le toit du couvent était endommagé.

— Ma sœur, que diriez-vous que je vous propose un marché ? Vous avez besoin d'hommes pour réparer ce toit, non ? J'ai des soldats qui s'ennuient. Donnez un lit à ce père catholique, et je vous enverrai dès demain de jeunes gens pour refaire votre toiture.

Les voies du Seigneur sont impénétrables, mais le toit d'un couvent ne l'est pas. Et puisque les sœurs ne roulaient pas sur l'or, ce langage, elles le comprirent mieux. La sœur posa le regard sur le trou entre les tuiles d'où un pigeon nous regardait, puis s'excusa.

Elle revint une dizaine de minutes plus tard.

— C'est bon.

Boniface se laissa placidement guider à l'intérieur du couvent. Ce fut la dernière fois que je le vis.

Et que j'entendis parler de lui.

Soldat Gustave Carré, 3 mars 1919

On entendait parler d'une grève générale en Allemagne.

Moi, j'étais pour. Ces types étaient comme nous : ils avaient passé les dernières années à se faire zigouiller d'est en ouest pour des gros bonshommes restés à vendre des armes dans leurs usines. Le problème, c'est que les pauvres n'étaient pas tous morts au front, et qu'ils étaient rentrés avec une dent contre les riches. Ça s'agitait sérieusement, et on nous demandait d'être prudents. Par exemple, moi, je fermais ma gueule. C'était pas le moment d'aller soutenir le camarade ouvrier international.

J'en ai quand même parlé à Renaudot, principalement parce que, durant les patrouilles, on n'avait pas grand-chose de mieux à faire.

— C'est de la connerie, tout ça, a-t-il dit.

— Ah ouais ? Ces gars se sont battus pour un empereur. Maintenant, ils veulent le pouvoir au peuple. C'est pas plus idiot que notre révolution de 1789. Si on s'est battus pour la République, pourquoi ils n'auraient pas la leur ?

— Ils ont déjà une République depuis quelques mois.

— Une République bourgeoise.

Renaudot a tapé dans une boîte de conserve vide coincée entre les pavés de la rue où l'on patrouillait. Et il a marché sur un tract ouvrier et fait exprès de bien l'écraser.

— Carré, tu me brises les rouleaux avec tes histoires de bourgeois. Tu ne comprends pas le problème ? On est chez les types qui ont dépouillé nos usines et celles des Russes, qui ont rapporté chez eux un tas de machines et d'armes. Un gigantesque magasin de canons, voilà sur quoi on est assis.

— Et alors ? Ces armes appartiennent au peuple !

— Communard de mes deux ! Tu t'entends ? Tu oublies qu'on a encore des bolcheviks à l'Est contre nous ? Et des copains qui tombent là-bas ? Qu'est-ce que tu crois qu'il va se passer si l'Allemagne devient rouge ? Elle va gentiment leur filer les armes, et tous les fusils, aéroplanes et canons qu'on a cloués hier, on les retrouvera en face de nous demain !

Renaudot, il était bien gentil, mais à aucun moment il ne voulait entendre que les « rouges » se battaient pour libérer le peuple et pas l'asservir. Pour lui, c'étaient forcément de sales types. Oui, ils se battaient contre nous. Et alors ? On n'était pas une République bourgeoise, nous aussi ?

Le ton a commencé à monter, et à un moment, on s'est arrêtés brutalement de râler et de marcher.

Parce que dans une ruelle, on a retrouvé Mangin, un bleu du régiment, l'air tout étonné, la tête sur les pavés, un couteau de tranchée planté dans le dos.

Soldat Henri Renaudot, 4 mars 1919

Je vais vous dire pourquoi je l'ai fait dans le dos des chefs.

Parce que ça traînait. C'est bête, hein ? Mais eux étaient plus intéressés par savoir comment gérer ça diplomatiquement que par coller une balle dans la tête du coupable. Moi, j'étais sûr que c'était un coup des rouges. Carré me disait le contraire, mais c'était un sale bolchevik aussi. Si je l'aimais bien, parler politique avec lui m'énervait. Je devais me retenir.

Mais revenons à Mangin.

Le gamin avait juste assez vu la guerre pour avoir le droit à sa gamelle à la table des vainqueurs, et il se faisait tuer par des Boches qui ne voulaient pas reconnaître la défaite. Mais moi, je savais un truc : Mangin avait une montre. Une belle montre dorée, avec une chaîne argentée parce que celle d'origine avait cassé. Et les gars qui l'avaient tué avaient pris la tocante.

Et moi, j'avais repéré un Boche avec la *même*.

Il rôdait devant la caserne avec ses copains. Des ouvriers, des mutilés, et d'autres types qui n'étaient pas bien contents de nous voir chez eux. Ah, c'était une autre chanson quand ils s'installaient dans nos champs, ces salauds.

Évidemment, le sergent m'a ordonné de laisser pisser.

Comme si j'allais le faire ! Je suis allé trouver des anciens du corps franc. Depuis que Boniface était retourné en religion, à ce qu'on disait du moins, ils s'emmerdaient sec. Alors je leur ai proposé de suivre l'assassin et de lui régler son compte dans un coin tranquille. On a récupéré des affaires civiles, on s'est fait des gueules d'ordures pour faire couleur locale, on a attendu pendant une pause. Le Boche à la montre est passé agonir d'injures le factionnaire, puis s'est barré.

On l'a suivi. C'était autre chose que les tranchées, mais quand on sait se faire discret face à une mitrailleuse dans la boue, on sait se planquer dans une rue encombrée pour suivre un suspect.

Le type est rentré dans une petite maison de plusieurs étages. Et a ouvert la fenêtre du troisième peu après. Une porte, un étage, nous étions partis ! En moins de deux, on cavalcadait dans l'escalier, on cassait sa porte d'un coup de barre, et on lui tombait dessus. J'ai planté mon couteau dans son bide.

— Alors, le bolcho ! Le tueur de Français ! Ça fait quoi ?

Il m'a regardé avec des yeux pleins de surprise. Pas parce qu'on était chez lui, plutôt parce qu'il ne pigeait pas. J'ai supposé qu'il ne parlait pas français : dans le doute, j'ai pris la montre et je l'ai mise sous son nez, qui commençait à saigner.

— Et ça ? « DN », c'est gravé dessus ! Denis Mangin, petit enfoiré ! Tu l'as pas prise sur le macchabée ? On va les retrouver, tes copains !

Le Boche devait parler français parce qu'il a gargouillé :

— Acheté… marché noir…

Merde. Celle-là, je l'avais pas vue venir.

Dans le doute, on a mis les voiles. Je ne sais pas si la police locale a résolu l'affaire, mais j'ai jamais été emmerdé.

Je me demande quand même ce qu'est devenu le vrai assassin. Enfin, l'autre assassin, quoi.

Capitaine André Noirot, 5 avril 1919

— Vous m'assassinez !

Voilà en peu de mots comment j'ai formulé mon opinion au disgracieux fonctionnaire posé de l'autre côté du bureau. Avec ses airs de grand prince, il m'écoutait en jouant avec son porte-tampons.

— C'est la règle. Pas de papiers, pas de pension.

— Comment diable voulez-vous que je vous fournisse mes papiers militaires ? Tout ce que je possédais est enterré avec mon aide de camp dans ce qui reste de mon abri en Champagne. On ne les retrouvera jamais !

— Ce n'est pas mon problème. Si tous les prisonniers qui se présentent à mon bureau se disent capitaine, je devrai verser une solde d'officier à ce petit monde. Alors fournissez-moi vos papiers.

Je crois que je préférais encore affronter les Prussiens plutôt que l'administration française. Une horreur tout en papiers et en tampons qui transformait n'importe quelle demande raisonnable en quête arthurienne. Chrétien de Troyes aurait voulu conter une telle absurdité qu'il n'y serait pas parvenu.

— Votre indélicatesse est impressionnante. Et si je venais à vous introduire auprès de quelques-uns de mes compagnons de régiment ? Ils pourraient sans nul doute témoigner de mes fonctions.

— Et si c'étaient des complices ? Non, il me faut des papiers.

— Sainte Vierge ! Vous êtes donc toujours aussi têtu ! Un papier lui aussi pourrait être l'œuvre d'un faussaire, si nous suivons votre raisonnement.

— C'est vrai, mais c'est plus difficile. Et puis, un papier, ça se tamponne. Un témoin, cela dépend.

Le scabreux personnage gloussa de sa propre plaisanterie.

— Monsieur, en quelques mots, laissez-moi faire le point avec vous. J'ai fait la guerre. La plus grande de toute la Création. Par mes efforts, j'ai aidé à décrocher la victoire. Le malheur a voulu qu'une mauvaise blessure me fasse tomber aux mains du Prussien. J'ai passé les années suivantes, prisonnier, à espérer revoir mon foyer, celui pour lequel j'ai tout donné. Me revoici. Et lorsque je me présente à un représentant de la France, celui-ci m'annonce sèchement que c'est à moi de trouver une solution pour toucher ma solde due ?

— Vous parlez bien, mais ça ne prend pas. Allez donc voir votre régiment, il débrouillera tout cela.

— Et en attendant, de quoi dois-je me sustenter ? Vous enverriez donc un capitaine de l'armée française mendier son pain, alors que la paix n'est pas signée ?

— C'est votre problème. Allez, suivant.

Je quittai les lieux, outré. Officiers et sous-officiers dans la file saluèrent mon propos dont ils n'avaient pas perdu une miette. Je retrouvai devant la porte mon fidèle Sancho, dénommé René.

— Alors mon capitaine ? Cette solde ?

Je relâchai mes épaules, laissai tomber les grands mots. Et lui répondis :

— Ah, les enculés ! Ils m'ont refait le coup du papelard. Bon, allez, à ton tour mon Riton : le capitaine perché, ça ne prend pas. Essaie de faire le gros sergent qui claque un esclandre.

Louise Dariège, 25 avril 1919

Un esclandre ! Voilà ce que j'aurais dû faire !

Mais ils ne voulaient rien écouter. Je leur disais : « Mon mari est mort au Chemin des Dames. J'ai tout : la date, le lieu d'inhumation, le courrier officiel, ses médailles… », mais non, rien de rien. Les exhumations étaient interdites ! Il fallait attendre que les autorités se décident à rendre les corps ! Elles m'avaient déjà pris mon mari, qu'allaient-elles faire d'un corps ? Marcel avait sa place dans le caveau familial, entre ses parents. Tout était payé ! Et on osait dire à une veuve de patienter, encore ? N'avais-je pas assez souffert ? Et nos enfants ?

— Madame, je suis désolé mais je ne peux rien y faire, c'est interdit. La dépouille de votre mari vous sera rendue dès que possible. Maintenant, sortez-moi ces enfants en pleurs de mon bureau, on ne s'entend plus.

J'ai écrit au maire, puis au député. Comme cela ne suffisait pas, j'ai écrit au ministre, puis au président. J'ai envoyé des copies de la lettre au colonel du régiment de mon mari. Sans retour ! Alors tant pis. C'est la cousine du docteur qui m'a dit qu'il y avait une solution.

— Je connais une société : pour une petite somme, ses hommes vont chercher votre mari. Ils le rapatrient de nuit, l'enterrent dans votre caveau, et l'affaire est entendue. L'armée a mieux à faire, et, à vrai dire, ferme un peu les yeux, si vous voulez mon avis.

J'ai rencontré M. Demiras la semaine suivante. Un monsieur des pompes funèbres très gentil qui m'a expliqué avoir monté ce triste commerce parallèle presque par obligation. Il ne m'a posé que deux questions : qui il devait aller exhumer, et où il fallait le ramener.

Cinq jours plus tard, Marcel reposait entre ses parents. J'ai pu pleurer sur son cercueil, lui dire tout ce que j'avais toujours voulu lui dire, puis nous avons baisé le bois avec les enfants. Nous sommes sortis du caveau, reconnaissants. Mon mari, leur père, était enfin chez lui.

J'ai remercié mon sauveur pour son professionnalisme.

Alain Demiras, 30 avril 1919

C'est mon frère, le professionnel.

Lui, dès 14, il a compris qu'il fallait récolter ces graines d'un nouveau genre que la guerre semait sur les chemins. Les tombes regorgeaient de bidules balancés avec les pauvres types qu'on mettait en terre à la va-vite. Oh, Émile s'est bien fait surprendre une paire de fois, mais il s'en est toujours tiré.

Quand la guerre s'est terminée, il était emmerdé. Et puis, il a trouvé un nouveau marché : les familles qui voulaient récupérer leurs macchabées.

Au début, il a été honnête : il allait chercher le corps. Mais quel bordel ! Il fallait trouver la tombe, et Dieu sait qu'il y en avait, des paumées au milieu de nulle part, certaines même dans des zones encore pourries d'obus. Rien que ça prenait du temps et c'était risqué.

Ensuite, fallait rouler avec le camion, des fois durant deux jours sous le soleil, avec un foutu cercueil à l'arrière ! C'était pas discret, ça fouettait, et un jour, dans un virage, le bois a craqué. Ça a dû leur faire drôle, aux gendarmes, de trouver un soldat décomposé à deux cents kilomètres de la ligne de front.

Émile, il a alors eu une autre idée : pourquoi faire des kilomètres à chercher le bon zigue quand, de toute façon, personne n'irait ouvrir le cercueil ?

Au début, on voulait faire avec des sacs et du sable pour lester la boîte. Mais Émile a dit que ça risquait de s'entendre durant le transport, et qu'en plus, un cercueil trop neuf serait suspect.

Alors on a fait plus simple. Les familles voulaient de vrais morts ? Elles en auraient ! On prenait la route, on s'arrêtait dans un village à la nuit tombée, et on cherchait dans le cimetière un cané à peu près à la même date que notre client. On déterrait un vrai cercueil, qui avait la bonne tête, la bonne odeur et tout ! Y avait plus qu'à le ramener.

Le secret, c'était de pas taper trop près de chez les commanditaires. Émile, il disait que si les rupins lisaient dans les journaux que des tombes avaient été pillées pas loin, ils pourraient faire le lien.

Quand je pense à tous ces couillons qui chialent sur des tombes sans savoir ce qu'il y a dedans. L'autre jour, Mme Dariège, elle n'arrêtait pas de nous dire merci. Alors que nous, on lui avait livré le cadavre d'un conscrit asiatique mort de la grippe.

Comme il n'avait sûrement personne en France, ça lui ferait de la compagnie à lui aussi, non ?

Lieutenant Georges-Émile Besse, 8 mai 1919

La compagnie des bonnes sœurs allemandes me mettait mal à l'aise.

Je n'étais pas bien religieux, et ces femmes couvertes de pied en cap enfermées toute la journée, ça ne m'avait jamais paru très sain. Mais puisque j'étais l'officier germanophone de service quand elles sont venues signaler la disparition du lieutenant Boniface, me revenait d'aller faire un tour sur place.

La cellule qu'elles avaient attribuée à notre prêtre-soldat était dans le plus grand désordre. Ses effets militaires avaient été jetés dans un coin, son habit religieux, dans l'autre. Sur son lit, sa plaque d'identité ainsi que ses papiers confirmaient mes craintes : Boniface n'avait rien emporté. Il voulait disparaître.

Nous avions encore de rares désertions. Souvent celles de jeunes gens impatients de rentrer chez eux sans attendre que ce soit au tour de leur classe d'âge d'être démobilisée, ou de ceux qui en avaient trop vu et refusaient de partir à l'Est combattre les révolutionnaires russes. Mais le lieutenant Boniface ? Je ne m'attendais pas à ça de sa part.

— Il a dit quelque chose avant de partir ?

Le troupeau de bonnes sœurs collées à la porte se mit à bruire de chuchotis. L'une d'entre elles prit la parole.

— Il se faisait déposer les journaux de France. Il en lisait un quand il s'est exclamé : « Je sais pourquoi je suis là ! C'est l'Appel ! » Il est parti dans sa chambre, et ce matin, il avait disparu.

Cela ressemblait fortement à l'une des crises de foi qui poussaient des gens à tout quitter pour entrer au monastère. La vie au couvent l'avait-elle séduit et incité à se retirer du monde ? Avait-il abandonné sa défroque militaire pour devenir un frère anonyme ? Avais-je vraiment envie d'envoyer mes hommes frapper aux portes des cloîtres d'Allemagne, de Belgique et de France pour y chercher un officier que ses nouveaux frères ne donneraient sûrement pas ?

Le lieutenant Boniface en avait bien assez donné. Il méritait un peu de calme. Je haussai les épaules.

Peut-être l'un d'entre nous avait-il enfin trouvé la véritable paix.

Thomas Rastagnac, 20 mai 1919

C'est paisible, un cimetière.

Je n'y passerais pas mes journées non plus. De toute manière, on aura bien le temps quand on sera mort, pas vrai ? Moi, j'y venais uniquement parce que les frères Demiras me payaient pour les aider à exhumer des morts. Je posais pas de questions : on y allait, ils désignaient une tombe, on creusait et on sortait le cercueil. C'est qu'à deux, ils auraient eu du mal à faire tout ça avant que le jour ne se lève. Et puis ils payaient bien.

Mais ce soir-là, j'ai fait une exception.

Le chef, c'était Émile.

— Il nous faut une tombe qui date à peu près d'octobre 18, comme notre bon Gaston que sa famille veut revoir. Alain, trouve-moi ça.

Son frangin a parcouru les allées avec une lampe électrique. Il a gloussé quand il est tombé presque du premier coup sur ce qu'il cherchait.

— Émile ! Regarde celle-là ! Michelle Duremy. Décédée en octobre 18. Pas bien vieille ! Elle avait… alors attends…

Alain n'était pas le plus malin des deux, et les soustractions n'étaient pas son fort. Émile l'empêcha de se faire un nœud au cerveau en venant lui taper sur l'épaule.

— On s'en moque. Sûrement une autre victime de la grippe. Vraiment, cette maladie fournit les corps qui remplacent ceux des victimes de guerre. La nature est bien faite. Thomas, approche avec ta pelle, on s'y met.

C'est pas son mauvais esprit qui m'a fait désobéir mais le fait que la Duremy, je la connaissais.

— Patron, c'est pas que je veux pas, mais celle-là, j'y touche pas. Choisissez-en une autre.

— Et pourquoi donc ?

— Vous savez, le quartier où j'étais quand vous m'avez engagé, à Paris ?

Émile était rusé. Il avait compris que, dans les quartiers bardés de criminels, il n'aurait aucun mal à débusquer quelqu'un qui soit prêt à déterrer des morts en cachette contre un peu d'argent. J'étais la preuve qu'il avait raison.

— Il est dirigé en douce par un type qui s'appelle « le roi de Thunes ». Qu'est pas un rigolo.

— Quel rapport avec la bonne Mme Duremy ?

— Ben, le roi de Thunes, il est parti à la guerre et à ce qu'il paraît, il est mort là-bas. Mais dans le quartier, tout le monde sait qu'il est revenu d'une manière ou d'une autre. C'est pas un type normal.

— Et à aucun moment il ne vous est venu à l'idée, bon peuple de Paris, que votre miraculé était quelqu'un d'autre qui avait tout bêtement repris le titre ?

— Bah…

— Et la Duremy ? Quel rapport ?

— Je sais juste qu'il fallait pas la toucher. Alors moi, j'y touche pas.

— Pourquoi ? Le roi de Thunes, c'est son amant ?

— Ah non, elle était mariée ; pis fidèle, avec ça. À un brave poilu.

Émile s'est énervé.

— Bon, tes racontars, je m'en fous ! Creuse !

— Nan, si le roi de Thunes, il veut pas, moi j'y touche pas !

— Mais c'est de la superstition ! Une histoire de délinquants qu'on se raconte en comptant le butin ! Creuse !

— Nan !

— Eh bien, dans ce cas, tu peux rentrer chez toi et t'asseoir sur ta paie.

J'ai lancé ma pelle et je suis parti. Je ne voulais rien avoir à voir avec ça.

Et la suite a montré que j'avais raison.

Nicolas Flannet, 24 mai 1919

— La suite, garçon !

C'étaient deux messieurs. Bien habillés, et assis à la meilleure table de notre auberge. Le plus âgé s'appelait Émile, je crois, et il parlait pour les deux. Ils faisaient souvent des arrêts ici pour leurs repas. De temps à autre, ils nous achetaient aussi des produits pour conserver de la viande. Ils ont ri quand je leur ai demandé s'ils étaient charcutiers.

Ce jour-là, une jolie voiture s'est arrêtée devant l'auberge, dont quatre hommes sont sortis. Deux grands costauds, un vétéran complètement défiguré et borgne, et un type qui ressemblait à un notaire de province, avec une moustache en brosse à dents. Les baraqués sont restés debout près de la table, et le vétéran et son secrétaire se sont assis. Je dis « son secrétaire », parce que le poilu avait la bouche toute déformée, et c'était l'autre monsieur qui parlait. Ils n'ont rien commandé : ils ne restaient pas, m'ont-ils dit quand je me suis approché. Mais j'ai tendu l'oreille.

— Messieurs Demiras & Demiras frères ?

Nos deux habitués ont eu l'air surpris. Celui qui s'appelait Émile a parlé d'abord.

— Vous avez besoin de mes services ?

Le secrétaire a joint les mains.

— Non, mais c'est au sujet de ceux-ci que je viens vous voir. Il se trouve que Mme Michelle Duremy a été exhumée récemment, sans autorisation. Et que le client que je représente est particulièrement remué par cette nouvelle.

Le frère d'Émile a grommelé.

— Je t'avais dit que Thomas balancerait.

— Tais-toi ! Ahem. Je suppose que monsieur, ici présent, est le mari de Mme Duremy ?

Il s'était tourné, tout sourire, vers la gueule cassée. Le secrétaire a poliment approuvé.

— En effet.

— Eh bien, monsieur Duremy, vous aurez été mal informé. Mais je suis prêt à vous dédommager pour cet inutile déplacement, bien sûr.

Le regard donné aux deux costauds montrait qu'il avait compris être dans une situation très compliquée. Ledit Duremy a poussé une espèce de grognement qui s'est terminé en chuchotis dans l'oreille de son secrétaire.

— M. Duremy me dit qu'il est inutile de le dédommager et qu'au contraire, c'est lui qui est désolé du dérangement. Il vous offre le repas.

— Ah ! Vraiment ? s'étonna l'Émile.

— Cependant, je tiens à porter à votre attention que je ne représente pas ici M. Duremy, mais le « roi de Thunes ». Ce dernier m'a demandé de vous transmettre le message suivant : « Quand je fais une promesse, je la tiens. »

Émile s'est mis à glousser, expliquant que, vraiment, il y avait bel et bien méprise, puisque lui-même et ce monsieur « de Thunes » ne s'étaient jamais rencontrés. La gueule cassée, son secrétaire et les deux gros bras se sont levés et sont partis en payant l'addition, comme convenu.

Mes deux habitués sont rapidement montés dans leur propre automobile et s'en sont allés.

Ils n'ont pas dû se rendre bien loin parce que le lendemain matin, on les a trouvés dans le cimetière, chacun au fond d'un trou fraîchement creusé. Ils avaient une balle dans la nuque.

Alors toute cette histoire, la gueule cassée, ses costauds, le notaire et le roi de Thunes, j'ai préféré oublier.

Soldat Benjamin Luzerne, 25 mai 1919

Qu'on ne l'oublie pas : je suis un artiste, moi !

Je travaillais dans le théâtre. Mes décors étaient si réalistes que l'on demandait à me féliciter après les représentations. Les metteurs en scène se battaient pour mes plus belles pièces ! Et quand les militaires sont venus me chercher durant la guerre, eux aussi se sont pâmés d'admiration. Et je dis ça sans exagérer ! J'ai tout fait pour eux. Des camouflages si parfaitement brisés que l'ennemi s'y cassait l'œil. Des faux arbres où cacher des guetteurs d'un tel réalisme qu'un colonel en a gardé un pour son jardin après ! Et ma fausse gare ? De nuit et vue d'avion, les Allemands auraient juré celle de l'Est et y auraient lâché toutes leurs bombes si on m'avait laissé finir le projet !

Quand on m'a rendu à la vie civile, savez-vous ce qu'il s'est passé ?

Des vauriens sans talent avaient piqué ma place au théâtre ! Des fats avaient repris les ateliers de décors ! Pire, on se pâmait désormais pour les barbouillages des nouveaux artistes, on s'arrachait leurs tableaux puérils pour des fortunes ! Et quand je m'en offusquais, on osait – oui, on osait ! – me dire que je ne connaissais rien à la valeur de l'art. Petits jean-foutre de galeristes ! Je vais vous dire, ce que vaut l'art !

Combien de soldats peuvent remercier la perfection de mes camouflages, le réalisme de mes décors ? Additionnez ces personnes sauvées et vous avez la valeur de mes pièces ! À combien estimez-vous une vie humaine ? Inestimable ? Alors chacune de mes productions est plusieurs fois inestimable !

Et pourtant ! On se bat pour les collages crottés de Picasso ou les tartines de Monet ! Qui ne valent que les verres d'absinthe qui ont permis pareilles folies !

Ce sont des commerçants, des vendeurs d'images pour m'as-tu-vu.

Moi, je suis un artiste. Un artiste de guerre, un artiste de feu, en un mot : flamboyant !

Marguerite Boismaison, 30 mai 1919

Le feu nous avait pris notre foyer.

Je n'étais qu'une enfant lorsque nous sommes retournés chez nous.

Du village, il ne restait pas grand-chose. L'église avait perdu son clocher. La mairie était devenue une pile de gravats et de poussière. Nous avons eu du mal à reconnaître les rues, et avons pleuré lorsque nous avons compris que les quelques bouts de murs branlants devant lesquels nous étions passés plusieurs fois étaient la maison que nous avions laissée en 1914. Je compris alors que le foyer de mon enfance n'existait plus que dans ma mémoire.

La cave, seule, avait en partie résisté. Des traces de suie marquaient l'endroit où les soldats avaient brûlé leurs bougies. Nombre d'entre eux avaient gravé sur les murs des initiales, des noms, des mots, anglais et allemands.

Pour mon père, paysan quasi illettré, le dossier de l'État à remplir en vue des réparations fut une telle plaie que je dus moi, à dix ans seulement, l'assister. Je lisais à voix haute les formulaires, et écrivais ses réponses sous sa dictée. Il dessinait ce à quoi ressemblait la maison autrefois et ce qu'il en subsistait pour expliquer l'étendue des dégâts.

Après un temps qui nous parut sans fin, à vivre sous des tentes récupérées auprès de l'armée dans les décombres de notre ancien chez-nous, la reconstruction fut lancée. Il ne resta rien des ruines de notre ancienne demeure, une nouvelle vie commençait. Le village se repeuplait et les familles racontaient leur exil dans différentes régions de France.

Notre maison neuve fut un réconfort sur un point : je craignais les fantômes. Et mon esprit d'enfant était rassuré par la ridicule superstition qui voulait que les spectres ne hantent que les bâtisses anciennes.

Pourtant, partout autour de nous, il ne se passait pas une semaine sans que l'on ne retrouve un corps. Mais pour moi, ces âmes oubliées rôdaient dans les champs que je quittais avant la nuit tombée.

L'aube était claire, ce jeudi matin, lorsque la pioche de mon père cogna sur un obus défectueux enterré sous sa parcelle. Je trouve un maigre réconfort à l'idée que sa mort a été instantanée et qu'il a fermé les yeux sur les terres qu'il aimait.

Bien plus tard, dès que je serais en âge, je revendrais notre maison neuve.

Car elle devint la demeure du spectre de mon père.

Adjudant Ignace Duval, 6 juin 1919

La guerre ne m'avait pas pris mon innocence.

Elle me l'avait fait haïr. J'avais vu tant d'horreurs qu'elle était devenue mon opposé. J'exécrais ceux qui n'avaient pas vécu l'enfer. Je tremblais de colère à la seule idée que l'on ait été préservé de cette saloperie.

Enfin, la colère, c'est ce que j'ai cru au début.

C'est quand j'ai commencé à avoir envie de massacrer des petites filles que j'ai compris que ça allait plus loin. Dès que j'apercevais une gamine, je voulais lui faire des trucs que je préfère pas décrire. J'étais comme un putain de clébard devant un os. Elles étaient innocentes, je ne l'étais plus, et ça me donnait envie de…

Je savais que c'était pas normal. Mais les médecins, ils ne pouvaient pas m'aider. Ils m'auraient envoyé du jus, m'auraient trépané, mais jamais vraiment réglé mon problème. Parce qu'on peut transformer un être humain en monstre, mais pas un monstre en être humain.

J'ai quitté Lyon pour m'installer dans un petit coin de campagne. Ça a marché un peu, au début, et puis les gens font des gosses, et il y a eu des gamines. Des gamines qui venaient jusqu'à ma porte afin de vendre des trucs pour leur école. Alors je me terrais tout au fond de chez moi et je ne répondais pas.

Le monstre me disait de leur faire ce que je voulais. Que ça me calmerait, comme un verre de gnôle apaise l'alcoolique. Mais putain, je pouvais pas faire ça ! L'ennemi, à la guerre, il peut se planquer tant qu'il veut, il est en face. Et je l'ai toujours débusqué avant de lui trouer le bide.

Et là, l'ennemi se cachait dans ma tête.

Putain de guerre qui m'a transformé en saloperie. En bouffeur d'innocence. Il me fallait ma dose. J'allais craquer, je le savais. J'avais repéré que la fille du boulanger jouait souvent seule derrière la maison de ses parents et qu'ils ne rentraient jamais bien tôt. J'avais même mesuré mon poêle pour voir si le corps y rentrerait. Je n'aurais plus qu'à enterrer les restes dans les bois.

Le monstre avait tout prévu. Il allait gagner.

Moi, le héros de guerre, le décoré, j'allais finir tueur de mioches ?

Je décidai de vaincre mon dernier ennemi. Même bien planqué, je savais comment m'en débarrasser.

Et me voilà.

Tu la sens la corde, putain de monstre ? Hein ? Elle m'écorche le cou ! Et c'est que le début ! Tu penses que je ne vais pas le faire ? Eh ben tiens, saloperie !

Regarde, je balance le tabouret !

Sergent Gauthier Treize, 14 juillet 1919

Un lieutenant avec un porte-voix avait grimpé sur un tabouret.

— En route !

Quelle excitation ! Enfin ! Devant nous, l'Arc de triomphe nous attendait. Voilà ! Le couronnement des vainqueurs ! Toutes ces années de merde, de poux, de boue, pour ce moment. Est-ce que ça valait le coup ? Sûrement pas. Mais c'était la récompense.

Les trottoirs débordaient. La France entière était là. Du fin fond des Pyrénées aux mines du Nord, on venait acclamer ceux qui avaient arraché la victoire. Une jolie femme faisait de grands signes, et des soldats lui répondaient en sachant très bien qu'ils n'étaient pas son mari. Un adjudant les fit vite rentrer dans le rang : on arrivait sur la zone d'où partait le défilé officiel.

J'ai commencé à pleurer avant même d'atteindre le point de départ.

Vous savez comme les coureurs ont le sourire alors qu'ils sont épuisés de la course ? C'était pareil. Nous avions franchi la ligne d'arrivée. Et en regardant en arrière, on repensait aux copains avec qui on était partis et qui ne reviendraient jamais. Les conversations au coin du feu dans un moulin d'un patelin inconnu. La fille du paysan avec qui on a échangé un baiser sans la revoir. Les moments où l'on s'est dit : « Ça y est, c'est fini pour moi ! » avant de s'en sortir. Toute une vie défilait devant mes yeux embués. Mes aïeux ! Quel parcours ! Je me souvenais avoir lu que les grognards de Napoléon pleuraient à la fin. J'avais le même sentiment. Celui de voir la fin de la campagne et de se souvenir que nous l'avions vécue.

On m'a applaudi. Moi, l'orphelin, le gosse des rues engagé à l'armée pour bouffer ! Tant de gens qui ne me connaissaient pas et me regardaient avec la bienveillance du monde. Oh, je les ai aimés. Aimés au point de vouloir quitter ce défilé et les laisser me tenir dans leurs bras. Je leur aurais dit : « Je m'appelle Gauthier Treize, et j'ai très envie que nous allions boire ! » et nous aurions ri.

Les officiers, les généraux, tout le monde nous saluait. Et toutes les nations du monde étaient là. Je n'avais jamais vu un Japonais, mais des soldats de là-bas paradaient. Et des Portugais ! Des Serbes ! Le monde entier à vos pieds, qui vous applaudit ! Pas pour un livre ou pour une pièce de théâtre, non, parce que vous avez changé l'avenir !

Je chialais. Je devais avoir l'air ridicule. Et plus je pleurais, plus les gens applaudissaient.

Les drapeaux s'inclinaient. Les sabres s'abaissaient à notre passage. Même les maréchaux de France passaient derrière nous.

Une pile de canons allemands entassés place de la Concorde servait de promontoire à un gosse qui nous lança : « On les aura, on les a eus ! »

Oui, gamin. On les a eus !

Bon Dieu, j'ai cru que j'allais pleurer tout ce que j'avais. Toutes les nationalités, tous les âges, tout le monde pour moi ! Pour nous !

J'ai à peine remarqué qu'on s'était arrêtés.

— Eh ben ? On n'avance plus ?

— On est arrivés au bout, sergent.

J'ai regardé autour de moi. La foule s'était largement dispersée. C'était la zone de relâche, la fin du défilé. Je l'avais vécu avec mon âme, parce que mes yeux mouillés n'y voyaient plus.

J'ai regardé Anatole, appuyé derrière moi, avec sa gueule à moitié brûlée.

— C'était bien, Anatole, pas vrai ?

Ce rabat-joie s'est contenté de sourire du côté encore mobile de sa face. Je lui ai fait un clin d'œil.

— J'ai plus de bras ni de jambes, mais j'ai défilé comme jamais !

Soldat Antoine Drouot, 14 juillet 1919

Le défilé était terminé, je rentrais à la caserne, j'étais démobilisé.

La cour était calme, et mes pieds résonnaient sur le pavé. À cette heure, la plupart des autres troupiers s'encanaillaient dans les cafés de la capitale. Les Allemands avaient signé le traité de Versailles le 28 juin. C'était donc la première fête nationale en paix depuis des années.

Je passai la porte de l'intendance et y trouvai un caporal à demi endormi, les coudes sur le comptoir. Sa moustache se soulevait au rythme de chacune de ses respirations. Je tapotai doucement son poste de travail et mon dormeur s'éveilla en bâillant.

— Je viens récupérer mes effets.

Le militaire ne cacha pas un seul instant que ma présence tardive l'incommodait. Il prit cependant mes nom et matricule, et s'en alla dans une arrière-salle remplie de valises chercher la mienne. J'aperçus par la porte entrouverte une malle grise à la poignée brisée que je reconnus sans peine.

C'était celle de Jules. Amis d'enfance, nous étions arrivés à la caserne le même jour de 1914. En partant, il avait promis à ma famille de prendre soin de moi. Il avait tenu parole, avant de disparaître à Verdun en 1916. De ce que j'en sais, il dort encore là-bas, aujourd'hui.

— Donnez-moi aussi cette valise, dis-je. Elle est à mon ami.

— Il viendra la chercher. C'est le règlement.

— Il est mort.

Le caporal s'est redressé.

— S'il est mort, sa famille a eu ses affaires.

— Parce que l'armée n'a jamais de ratés ? Vérifiez. Je peux vous donner son matricule.

Le dormeur fraîchement éveillé n'avait guère envie d'aller fouiller des montagnes de paperasses. Il prit un bout de papier.

— Non, ça ira, j'ai ton matricule, mon gars. Si on vient me dire que cette valise manque, je saurai qui est le voleur. Sinon, va.

Mes affaires civiles enfin miennes, je me changeai. Et me sentis pris d'un inconfort étonnant. Ces vêtements de ville gris, ce canotier usé, tout cela appartenait au jeune homme que j'étais près de cinq ans plus tôt. J'avais changé, et je me sentais désormais trop grand pour la petite vie attachée à ces frusques. J'avais survécu, je n'étais pas mutilé, le monde était en paix. L'avenir s'ouvrait devant moi, immense, vertigineux.

Je sortis de la caserne et marquai une pause. Le ciel prenait des teintes roses et un vent frais soufflait. Un vent d'été agréable qui me fit sourire. Dans moins d'une heure, je retrouverais le quartier de mon enfance. Mon père, ma mère et ma sœur et aussi la famille de Jules. Et à jamais, je serais un rappel de sa disparition, chaque fois qu'ils me verraient.

Je pris ma valise, ainsi que la malle à la poignée brisée, plus lourde de souvenirs que de vêtements. Et je chuchotai pour moi-même :

— Viens, Jules. On rentre à la maison.

Soldat Francis Rabouin, 2 août 1919

Quand je suis rentré à la maison, il y avait ma bonne femme à la porte avec la marmaille.

Cette fois, c'était plié : je revenais pour de bon. Plus de permission qui se termine ou de train à attraper. On avait tout le temps du monde. Ma femme avait vu grand. Elle avait invité mes parents, les siens, les frères et les cousins, et on s'est tous retrouvés autour d'un gueuleton à s'en faire péter la ceinture. J'avais plus mangé comme ça depuis des années ! Ni bu. Ah, mes aïeux ! Bu ! J'étais tellement bien que, dans la soirée, je suis monté avec madame, et lui ai fait un quatrième petit. Pierrot, il sait quand il a été conçu !

J'avais pas prévu un truc : le matin suivant. Et celui d'après. Passé la fête, le soleil continuait à se lever. Et maintenant ?

Je suis allé voir au dépôt de démobilisation ce qui était prévu. Ils m'ont filé un tas de papelards presque impossibles à remplir. Mais attention, hein, si je faisais bien mon boulot, j'aurais un beau « casque souvenir » ! Merci de m'offrir le casque que j'ai trimballé pour vos beaux yeux de la Belgique à l'Alsace, bande d'enfoirés !

Je me suis rendu à l'usine pour retrouver ma place. Ça aussi, on m'avait dit que c'était prévu. Le contremaître m'a expliqué que ce n'était pas aussi simple, parce que mon poste avait été supprimé, remplacé... J'ai pigé : ils m'enfumaient pour pouvoir garder une donzelle moins payée.

Ce que j'avais gagné à l'armée, ça n'a duré qu'un temps. Avec tous les gosses, c'est vite parti. Le gouvernement a promis qu'on ne serait pas oubliés, mais il n'était visiblement pas pressé de se souvenir de nous. J'ai vendu la maisonnette et j'en ai acheté une plus petite en attendant des jours meilleurs.

Et chaque fois que j'allais frapper aux portes de l'armée, on me disait : « C'est pour le mois prochain, monsieur Rabouin ! Vous aurez votre pension ! » ou : « Encore un petit papier à remplir, et tout sera débloqué ! »

J'aurais bien voulu les voir si, au moment de grimper aux échelles dans la tranchée, j'avais dit : « Ah, pas aujourd'hui, revenez demain, je n'ai pas encore pris la décision d'attaquer ! Et où est mon ordre signé ? Ici ? Non, il est mal tamponné, revenez demain, là, je ferme les bureaux ! »

Alors j'ai dû attendre, attendre, mais il faut bien nourrir son homme.

Alors, vous auriez pas une petite pièce pour un poilu ?

Caporal Denis Courtalon, 5 août 1919

Où est l'argent de nos poilus ?

Où sont les arriérés ? Les primes ? Pourquoi sont-ils si difficiles à obtenir ? Je vais vous le dire, moi. Ils sont sous le pied du gouvernement, qui ne lâchera le moindre sou que si on vient le lui arracher. Nous nous sommes battus pour ces gens, et voilà comment ils nous remercient.

Nous autres des tranchées, si nous ouvrions la bouche, il y avait toujours quelqu'un à l'Assemblée pour s'en offusquer. Comment ? Ils osent ? Ils parlent ? Se plaignent ? Qu'on les censure ! Qu'on les fusille ! Au feu ! Au front ! Qu'ils meurent pour nous !

Ils engraissaient sous les moulures de leurs beaux appartements pendant qu'on se faisait petits sous les balles. Et savez-vous qui travaillait avec eux ? Bien sûr que vous le savez ! Les banquiers, main dans la main avec ces corrompus ! Car pendant que nous étions au front, eux faisaient courir leurs intérêts ! Combien de soldats devaient, entre deux bombardements, tenir la comptabilité du foyer ? Envoyer de l'argent pour payer monsieur le banquier qui, pleurant à chaudes larmes, expliquait que c'était dur pour lui aussi ! Eux ne nous ont pas fait de cadeaux ! Et pour cause ! Les armes ne se produisent pas gratuitement ! Qui a financé ces usines ? Ces canons ? Ces mitrailleuses qui nous tuaient ? Les banquiers ! Qui finance les campagnes des hommes politiques ? Les banquiers ! Les communistes vous disent que c'est le capitalisme, ah ! Eh bien ! Voyons plutôt ! Qui se cache derrière tous ces banquiers ? Un système ? Une idéologie ?

Non, messieurs. Il s'agit d'une race. La même race qui engendra le capitaine Dreyfus.

Je veux bien sûr parler des Juifs.

Madame Vénus, 5 septembre 1919

— La religion et la race n'ont jamais eu leur place chez moi.

C'est ce que j'ai répondu à ce petit couple dans mon cabinet. Ils étaient touchants, serrés l'un contre l'autre, comme si j'allais les mettre dehors. Mais pas de cela ici. Non. Pour qui vient l'esprit ouvert, ma porte n'est jamais fermée. Je les ai invités à me suivre dans le petit salon et à me raconter leur histoire. Ils se sont collés ensemble sur la banquette et la femme n'a jamais osé lever les yeux. Au début. Les femmes sont plus sensibles à ces sujets, vous savez ? Lui, avec un air gêné, faisait tourner son chapeau entre ses longs doigts.

— C'est pour mon fils Ahmed.

J'ai pris un papier et j'ai noté phonétiquement A-M-E-D-E. Je n'avais que rarement ce genre de prénoms dans mon cabinet.

— Et que pouvez-vous me dire sur Ahmed ?

— Ça a toujours été un gentil garçon. Plein d'énergie. Très attaché à nous. Il était gentil, ça oui…

La femme commença à sangloter, et serra si fort le bras de son mari que ses doigts en blanchirent.

— C'est pour cela qu'on est venu vous voir. Il ne serait pas parti comme ça.

— Vous êtes musulmans ?

— Oui, madame.

— Votre fils l'était aussi ?

— Oui, madame. Pour tout vous avouer, madame, notre religion ne dit pas grand-chose sur le sujet, et je ne crois pas aux fantômes, mais comme plusieurs dames du quartier m'ont expliqué que vous étiez extraordinaire…

C'est vrai, j'étais extraordinaire. Dix-neuf ans d'ésotérisme à cette époque. Les premières années avaient été un peu dures, mais la guerre avait fait exploser mes affaires. Toutes les familles désespérées rêvaient de contacter leurs disparus. Au point que les autorités voyaient cela d'un mauvais œil. Je pris la table ouija posée près de moi et la plaçai sur le guéridon situé entre nous.

— Souhaitez-vous que nous contactions Ahmed ?

Ils hochèrent la tête. C'était le geste le plus énergique que la femme ait fait jusqu'à présent. Elle avait probablement entraîné son mari ici, un peu honteuse. Je commençai les incantations habituelles. J'allumai de l'encens. Et je donnai des coups discrets dans le guéridon.

— Entendez-vous ? Il y a quelqu'un ! Qui es-tu ?

J'avançai doucement le pion sur la table, et lettre après lettre, j'écrivis : « A-M-E-D-E ».

Le père se figea.

— Ça ne s'écrit pas comme cela.

— Je peux l'entendre… il me dit que là où il est… il est difficile de lire… Oui, c'est pour cela qu'il a fait erreur. Il vous salue.

— Un instant ! m'interrogea le père. Peut-il nous déclarer quelque chose dans notre langue pour prouver que c'est lui ?

Je regrettai aussitôt mon discours sur la bienveillance envers la religion et la race. Après eux, je ne pris plus que des clients parisiens.

— Il parle désormais la langue des esprits. Elle m'apparaît sous forme d'idées plutôt que de mots.

— Ah.

Le ton était dubitatif, mais la femme poussa quelques exclamations dans son sabir. Elle s'en prenait à son mari. Elle finit par se tourner vers moi, désespérée.

— Est-ce qu'il va bien ? Est-ce qu'il va aller auprès d'Allah ? Pourquoi n'y est-il pas encore ?

— Arrête ! Tu vois bien que cette femme nous ment ! Partons !

Le mari était toujours l'élément gênant dans ce genre de situations. Mais j'avais ce qu'il fallait.

— Il me parle d'une femme brune… aux yeux marron…

— Oui, oui ! s'est exclamée la mère en pleurs. C'est Fatima ! Ils devaient se marier !

Ça marchait à tous les coups.

— Peut-il donner son nom de famille ?

Dommage. Ça aurait pu durer plus longtemps. Mais à un moment ou à un autre, le mari allait finir par me coincer. Alors j'ai levé les mains et me suis exclamée d'une voix horrifiée :

— Ah ! Les mauvaises ondes ! Elles ont coupé la communication ! Il est parti… il est parti fâché…

— C'est à cause de toi ! Toi et tes commentaires ! Je t'avais dit de te taire ! Tu as tout gâché, et maintenant, il est prisonnier avec les djinns !

Ma cliente tapait l'épaule de son homme à coups de poing. Elle était furieuse. S'excusait auprès de moi. Ce n'était pas grave, je m'en tirais. Je leur ai facturé la totale : la communication avec leur fils, une heure complète même s'ils m'avaient interrompue au bout de dix minutes, et bien sûr, un « nettoyage des ondes » à cause des mauvaises pensées du mari.

Quand ils sont partis, j'ai passé la tête par la porte. Deux familles attendaient sur le palier de mon appartement. Je leur ai souri.

— Suivant.

Soldat Marius Kleber, 9 octobre 1919

— Tu étais le suivant. Et le seul autre.

C'était la déclaration d'amour la plus étrange que je puisse imaginer. Ma Rose, ma princesse, celle dont j'étais amoureux depuis que j'étais gamin… elle me l'a dit comme ça. Je l'ai embrassée, et j'ai senti avec bonheur ses lèvres contre les miennes, son petit nez retroussé qui m'effleurait la joue. Elle fermait les yeux, mais moi, j'aimais trop la regarder. Elle avait des taches de rousseur juste sous les yeux. C'était beau comme tout.

Rose, c'était pourtant mal engagé. Mon copain Yann et moi, on l'aimait tous les deux. C'est lui qui avait fini par l'emporter. Faut dire qu'il était beau et bath. Il lui avait fait tout un numéro avant le départ au front, pour qu'elle accepte de se fiancer. Elle avait dit oui, et pendant la guerre, ils s'étaient mariés. J'étais le témoin de mon copain. Un peu jaloux, mais qu'est-ce qu'on ferait pas pour les amis, hein ?

Yann était artilleur, mais sur la Marne, son 75 lui avait pété à la gueule. Un bras tranché net, l'autre jusqu'au coude à peu près. Et la face salement amochée. Rose, depuis, elle arrivait plus à lui faire l'amour. Et lui non plus d'ailleurs. Elle voulait des enfants, ils étaient malheureux. Et Yann, il ne supportait plus de la voir malheureuse.

Quand je suis rentré de la guerre, y m'a invité chez lui. Il avait de belles prothèses toutes neuves aux bras, et un nez artificiel pour cacher le trou qu'il avait au milieu du visage.

— Écoute, Marius, je vais te demander un service. Tu es un chic type, et tu vas voir, c'est un peu bizarre. Mais Rose, elle a le cafard à cause de moi. Parce que je suis plus vraiment comme avant, tu sais ? Tiens, reprends du rosé, ça t'évitera de m'interrompre pour dire une connerie. Je disais, un service. Avec Rose, on s'est mis d'accord : on va divorcer. Avec moi, elle est prisonnière. Et il se trouve qu'un jour, elle m'a conté que si j'avais pas été là, ça aurait été toi. Alors je voudrais qu'après le divorce, tu l'épouses. Je préfère la savoir avec un copain qui prendra soin d'elle.

C'était bizarre en effet. Entre la joie d'épouser mon amour de toujours et le malheur d'un copain. Yann, c'est un chic type, je vous l'ai dit ? Parce qu'il a ajouté :

— On sait toi et moi que tu l'aimes, la Rose. T'as fait un pas en arrière pour mon bonheur. À mon tour.

Alors je l'ai épousée. Et elle m'a épousé, parce que faut pas croire que c'était à sens unique. En sortant de la mairie, elle me l'a dit comme ça :

— Dans mon cœur, tu étais le suivant. Et le seul autre.

C'était pas bien adroit, faut l'avouer, mais je l'ai embrassée quand même. On est rentrés chez nous, et on a gardé Yann à la maison même après qu'on a eu les enfants. Il est mort en 1935, parce que l'explosion avait bien entamé ses poumons.

On l'a enterré ensemble, dans le cimetière où on jouait à se cacher quand on était gosses.

Soldat Eustache Chapelle, 30 octobre 1919

Écoute, Marie, faut pas que tu pleures, les gosses doivent se rendormir.

C'est pas ma faute si je crie la nuit, d'accord ? Je sais que ça réveille le quartier, mais j'y peux rien. C'est comme ça. Je fais ce cauchemar, tout le temps. Tu sais lequel. Le Boche dans ma cagna. Il pense que je ne le vois pas approcher, alors il avance. Doucement. Tout doucement. Mais moi, je le vois. Je lui tourne le dos, la tête sur ma capote roulée, mais je le vois.

Attends, Marie, je t'explique. Arrête de pleurer !

C'est quand il lève le couteau que je crie. Parce que moi aussi j'ai mon poignard, et je… Marie, arrête de parler de ça. J'irai pas à l'hôpital. C'est pour les fous. Moi, c'est juste un cauchemar. Si tu avais vu tout ce que j'ai vu, tu en ferais aussi.

Marie, tu…

Marie, où est-ce que tu vas ? Marie, je te dis que les gosses veulent dormir ! Ne va pas les chercher ! Personne ne fait ses valises, personne ne part où que ce soit ! Marie ? Marie ? Pourquoi tu portes une blouse ?

Vous n'êtes pas Marie ! Qu'est-ce que vous foutez ? Lâchez cette putain de seringue ! Salope ! Détachez-moi ! Je vais vous crever, moi ! Détachez-moi de ce lit ! J'ai pas besoin d'être attaché ! Enflures !

Je suis pas fou, je fais juste des cauchemars !

Sergent Lucien Perrin, 11 novembre 1919

C'était comme dans un cauchemar.

Quand on veut courir mais que les jambes sont lourdes et qu'on avance à peine. Ou qu'on veut crier mais que tout ce qui sort, c'est un vague râle. C'était comme ça. Les gens me regardaient, les yeux ronds, et moi, la bouche grande ouverte, je ne faisais pas un son.

— Ben alors ? Tu nous racontes la guerre ?

Je ne pouvais pas. Tout le monde me demandait pourquoi je traînais avec les planqués pacifistes, et c'était justement parce qu'eux ne me demandaient rien ! Les autres, les patriotes en mal de héros ou les curieux qui voulaient une histoire un peu malsaine d'Allemand étripé au coin d'un mur, eux, je ne les supportais plus. Dès qu'ils s'approchaient, les mots se tarissaient. Mon cerveau se transformait en soupe. Il avait décidé que la guerre, c'était fini, et qu'on n'en parlerait pas.

Les gens pensaient bien faire. Ils voyaient ma cicatrice sur la joue, et ils me disaient :

— Ah ! C'est une balle qui vous a touché ? Où était-ce ?

Des fois, un poilu, qui ne manquait pas de remonter son pantalon pour m'exposer une cuisse toute couturée, me disait :

— Un coup de 77, à Fleury-devant-Douaumont ! Le miaule avait envoyé la bidoche voler, mais regarde-moi le beau boulot du santard ! Pantalon baissé, on dirait même pas que j'ai été blessé !

Dans ces cas-là, j'étais pris de nausées. J'avais l'impression de sentir les morts qui pourrissaient au soleil pendant qu'on mourait de soif dans nos trous. À se demander si on était les prochains ou non.

Tout le monde voulait mon histoire. Ils pensaient que ça me ferait plaisir. Mais laissez-moi tranquille, bon Dieu ! C'est fini ! Terminé ! Gardez vos médailles ornées de fusils et vos drapeaux brodés des champs de bataille qui dégueulent de cadavres ! Moi, je ne veux plus jamais en entendre parler !

Jamais !

Colonel Sylvain Amiot, 5 décembre 1919

Ma mère m'avait fait jurer sur la tombe de mon père de ne jamais m'engager dans l'armée.

Mené par un sentiment puéril de défiance envers elle et une vénération secrète pour ce père inconnu à qui je prêtais mille exploits, j'ai brisé ce pacte. Pendant près de dix ans, elle ne m'adressa plus la parole. Comme l'enfant que j'étais alors, je cherchai à l'amadouer avec des douceurs sous la forme de cartes postales. Je voyageais dans tout l'empire, et, dans chaque port, je cherchais la plus belle illustration à lui envoyer. Je n'avais pas de réponse, mais tout comme j'imaginais mon père glorieux sous les drapeaux sans jamais l'avoir vu, je m'imaginais ma mère lisant mes cartes, un sourire doux aux lèvres, et refusant d'y répondre par une obstination toute maternelle.

En 1914, on me rappela des colonies pour me jeter, avec mes hommes, dans le grand brasier qui ravageait l'Europe. Je pensais à mon père, mort en 1870 à Bazeilles comme simple soldat. Je pensais à lui, qu'un ordre avait jeté à la mort. Et moi, combien d'orphelins allais-je faire ? De chacune de mes décisions dépendaient la vie et la mort de milliers d'hommes.

Je voulus les mener. Le général me l'interdit :

— Que ce soit injuste ou pas, il nous faut des décennies pour former un colonel. Vous êtes moins remplaçable, si vous me passez l'expression.

Il y avait donc des remplaçables ? Des vies un peu moins importantes que d'autres ? Je comprenais la logique. Mais je ne l'acceptais pas facilement. Et j'entendais mes hommes, ceux que je voulais épargner, me qualifier de « planqué », parce que, pour les mêmes raisons, mes quartiers étaient plus solidement protégés que ceux de la troupe.

Je voulais être juste : on me demanda d'être dur. Je voulais être généreux : on me parla d'économies. Je voulais être humble. On me couvrit de médailles que je ne méritais pas.

Quand je rentrai dans mon village, les gens s'écartèrent comme si j'étais un dignitaire : le colonel ! Voilà le colonel !

Je n'avais plus revu ma mère depuis mon engagement. Sa maison était sale, croulante. La demeure d'une femme seule et obtuse qui refusait toute aide. C'était « la mère du colonel », désormais. Je compris mieux pourquoi quand, en entrant, j'aperçus sur la cheminée plusieurs décennies de cartes postales. Ainsi qu'au mur, une carte de France récupérée d'une salle de classe, marquée au crayon. Chaque endroit où j'étais passé, fût-ce une journée, le temps d'une lettre, était soigneusement entouré. Je compris qu'elle avait vécu dans mon souvenir. Nous nous enlaçâmes.

— Tu avais raison.

Nous avions parlé d'une même voix. Elle voyait que j'étais devenu un homme dont elle pouvait être fière. Moi, que j'avais abandonné une femme qui avait besoin de moi.

Nous sommes allés ensemble sur la tombe de mon père, là où tout avait commencé.

Je lus sous son nom : « 1850-1870 ».

J'étais devenu un homme plus vieux que mon géniteur. Sous l'herbe et l'humus, c'était un des jeunes garçons comme ceux que j'avais commandés qui reposait. Me gagna ce sentiment paternel qu'éprouve l'officier pour ses fougueux subalternes.

Oui, j'étais paternel avec mon propre père, parce que chacun de mes soldats avait été à la fois un peu mes fils et un peu mon père.

Soldat Isidore Delestrain, 24 décembre 1919

C'est le père qui m'a ouvert.

J'ai fait signe à Lucia. Au prix où je la payais à l'heure pour faire l'interprète, j'espérais qu'elle était douée. Moi, je me suis pas démonté.

— Bonsoir, m'sieur. Je sais que c'est Noël, et justement, c'est pour ça que je suis là.

Un soldat français qui tape à la porte d'une maison allemande pour le réveillon, ils ne devaient pas s'y attendre. Le pater me regardait comme si j'allais lui vendre un calendrier. Il n'avait pas l'air content. À l'intérieur, j'entendais de la marmaille.

— Voyez, j'ai trouvé votre adresse dans la poche de votre fils. Avec cette photo. C'est bien vous dessus, là ? On vous reconnaît. Et puis lui aussi.

Il a commencé à changer de couleur. Lucia, même si je parlais pas le boche, je comprenais qu'elle était pas à l'aise. Elle causait à toute vitesse. Le père m'a arraché la photo des mains et s'est mis à gueuler comme un putois. Toute sa famille s'est rameutée. J'avais envie de partir en courant, mais je m'étais promis d'aller jusqu'au bout.

— Je suis désolé de vous annoncer que votre fils, c'est moi qui l'ai tué. Sur la Marne. C'était lui ou moi. Pour tout vous dire, il m'a fichu les grelots, c'était un sacré gaillard. J'ai juste eu un peu plus de chance que lui. Et comme j'ai trouvé ça sur lui, je me suis promis de vous le rapporter. Alors puisque c'est Noël, voilà. Si vous voulez me frapper, vous pouvez, je comprendrais. Mais je venais vous demander pardon.

C'était le seul type que j'avais tué de la guerre. S'il y a un bon Dieu, quand je serai devant lui, au moins je pourrai lui dire : « J'ai demandé pardon à sa famille pour le Boche, et le jour de l'anniversaire du p'tit Jésus, alors si ça, c'est pas chrétien, va falloir m'éclairer. »

La mère s'est mise à chialer comme une vache. Les gamins aussi. Le père, lui, il avait une grosse tête ronde avec une mâchoire de boxeur. Il m'a attrapé les épaules et a grogné un truc que Lucia a traduit par :

— C'était la guerre. Au revoir, monsieur.

Je suis parti, j'ai payé, et elle m'a déclaré qu'elle trouvait ça drôlement courageux. Parce que, elle parlait bien : « C'est plus facile de tuer que de demander pardon pour avoir tué. » J'ai trouvé sa phrase tellement chouette que je lui ai proposé de la revoir. On s'est revus. Et revus encore.

Trois gosses, sept petits-enfants. Tous avec du sang franco-allemand.

Un jour, on parlera de tout ça et on dira : « Bah, c'étaient des erreurs d'un autre âge ! »

Sergent-major Gontran Diaz, bien après

Monter à Douaumont n'était plus de mon âge.

La voiture de mon fils roulait lentement au milieu des bois. Un silence religieux régnait dans l'habitacle, et mes petits-enfants, le visage collé au carreau, ne quittaient pas le sol des yeux. Cette terre lunaire, déformée par les obus, dont pas un centimètre n'était épargné. Sous l'herbe dormaient la bataille de Verdun, et tant d'amis encore.

J'étais venu ici un fusil sur l'épaule. J'y revenais la canne à la main. Aucun obus n'était parvenu à me briser le dos. Le temps, si. Et lentement, il avalait le champ de bataille, tout comme il m'avalerait un jour.

Mes petits-enfants ne quittèrent leur silence que pour réclamer un instant des histoires de guerre, d'autres, leur goûter. Dans leurs esprits innocents, les deux avaient pareille importance. Et j'y trouvais un certain réconfort, car ainsi en était-il des bambins qui n'avaient jamais connu que la paix. La guerre, ce n'était que des histoires de vieilles personnes, et le mémorial de Douaumont qui se dressait devant nous, massif, les intéressait parce qu'ils voulaient savoir si l'on pouvait voir les os. Leurs parents peinaient à les contenir dans leurs exclamations amusées et effarées à l'idée de voir des morts. Ils voulaient qu'ils prennent la visite au sérieux.

Ils auraient bien le temps de le faire ! Qu'ils vivent leur enfance. Comme tant d'autres ne l'avaient pu. Qu'ils profitent ! Qu'ils s'amusent ! Que nous ne soyons pas tombés pour rien. Certains de mes vieux compagnons de régiment n'auraient pas partagé cet avis, eux qui aimaient les cérémonies solennelles et les souvenirs glorieux. Je ne souhaitais, pour ma part, que laisser ma famille jouir des fruits qu'il avait été si difficile de cueillir.

J'entrai.

Le sol et les murs étaient froids, l'atmosphère, recueillie. Sur le cintre de la voûte, je reconnus les noms de camarades. Je ne fus pas triste, car cette évocation les faisait revivre en moi. Des jeunes gens me dévisageaient avant de tourner la tête à mon passage de peur d'être impolis. Oui, j'avais fait Verdun. J'étais le compagnon des pierres d'ici.

Ces souvenirs de rires et d'engueulades dans des boyaux, de blessés évacués sur les civières, de tension qui tord les tripes avant l'assaut me firent tourner la tête. À mon âge, les émotions frappent plus dur un esprit plus mou. Je m'excusai : dans ma caboche, trop d'amis se bousculaient. J'avais besoin d'être seul avec eux.

Je quittai l'ossuaire et m'attardai sur le cimetière qui s'étalait à ses pieds, forêt d'innombrables croix blanches sous lesquelles dormaient autant d'histoires.

Je vis alors un fantôme.

À l'autre bout de la nécropole, debout, se tenait le lieutenant Boniface.

Ce n'était plus le prêtre-soldat que j'avais connu. Mais un vieil homme à la chevelure d'un blanc éclatant qui, la pioche sur l'épaule, traversait une allée. Il ne portait pas de soutane, mais un pantalon couvert de poussière. Pas de capote d'officier, mais une chemise aux manches retroussées, barrée de traces brunes.

Sa démarche était plus lente, ses coups d'œil, moins alertes, mais c'était bien lui. Je traversai le cimetière pour aller parler au fantôme.

— Mon lieutenant, appelai-je doucement.

Boniface se tourna, et son visage confirma tout. Ses yeux s'étaient enfoncés dans leurs orbites, mais je n'y lisais plus ni la peur des premiers jours, ni la colère de Verdun. Et encore moins la fuite de l'alcoolique. C'étaient les yeux d'un homme en paix.

— Cela fait bien longtemps que plus personne ne m'a appelé ainsi, dit-il.

— Mon lieutenant, c'est moi, le sergent-major Diaz ! Vous souvenez-vous ? J'étais de votre corps franc, en 17. C'était la première fois que je participais à un coup de main…

— … et en sautant dans la tranchée, vous aviez atterri droit dans un boyau reconverti en feuillées. Vous en aviez jusqu'aux hanches.

Nous rîmes.

— Je vous pensais disparu, mon lieutenant. Personne ne savait ce que vous étiez devenu.

— C'était bien mon idée. Tenez, asseyons-nous, nous n'avons plus l'âge de courir les tranchées. En parlant d'être devenu, et vous, Diaz ?

Je lui racontai tout. Il s'alluma une pipe et, tout en regardant devant lui, m'écouta relater mon histoire. J'étais rentré en 18 après avoir inhalé du gaz. Je n'avais été pleinement rétabli que bien après l'armistice, on m'avait donc renvoyé dans mes foyers. J'avais ouvert un bar-tabac dans mon village. Et fini par épouser ma petite serveuse, qui m'avait donné trois beaux enfants. Ils avaient fait des études, et aujourd'hui, je peinais à comprendre en quoi leur travail consistait exactement. Quant à mes petits-enfants… je lui dis que deux d'entre eux étaient là. Et qu'ils pensaient plus à leur goûter qu'à nos morts, ce qui était une bonne chose à leur âge. Je lui racontai comment tous les jeudis soir, les anciens combattants de mon village se réunissaient dans mon humble établissement. Les mêmes souvenirs revenaient sans cesse, mais pas les copains. Eux, peu à peu, nous quittaient pour un monde meilleur. J'étais le dernier de la commune. Une relique d'une autre époque, un grand-père à qui on accrochait un drapeau devant le monument le 11 novembre pour le décorum. Et dont, déjà, on préparait le départ. C'était mon dernier voyage à Verdun. Je me l'étais dit plus d'une fois, plus jeune, lorsque chaque montée en ligne pouvait être la dernière. Mais cette fois-ci, l'âge réussirait ce que les Allemands n'avaient pas obtenu. Je venais faire mes adieux.

— Je suis d'autant plus content de vous retrouver, lieutenant. Et vous alors ? Que s'est-il passé ? Que faites-vous ici ?

Il me désigna la direction vers laquelle il regardait. Le village détruit de Fleury-devant-Douaumont.

— Te souviens-tu, Diaz, de ces blessés que nous avions laissés dans la cave d'une ferme le temps d'aller chercher du secours ?

— Oui, mon lieutenant.

— Quand nous sommes revenus, il n'y avait plus ni ferme ni cave. Ce que je fais ici ? Eh bien, je les cherche.

À son tour, il prit le temps de m'expliquer. Je restai longtemps à l'écouter, sans rien dire. Jusqu'à ce que le vent se lève et nous rappelle au temps qui passait. Il se redressa, sur le départ.

— Je ne vous dis pas au revoir, Diaz. Je vous dis à bientôt, de l'autre côté. Avec tous les autres.

— Oui, mon lieutenant.

Il descendit la pente herbeuse et disparut entre les arbres. C'est la dernière fois que je vis l'un de mes camarades. Je pleurai. La main de mon fils trouva mon épaule. Le temps avait passé, et il était venu me retrouver. Il s'inquiéta de me sentir sangloter.

— Papa ? Tu vas bien ?

J'eus un hoquet.

— Ce n'est rien : je viens juste de parler avec un fantôme.

François Boniface, toujours

Ma vie, puisque vient mon tour de m'exprimer, peut se résumer à une longue errance au milieu des fantômes.

Mon premier souvenir est l'enfer. Des langues incandescentes couraient le long des murs de ma chambre d'enfant. Une fumée opaque m'entourait et cherchait à entrer dans mes minuscules poumons. Je ne me souviens pas du pompier qui me sortit de là. Seulement de ces silhouettes de titans qui, penchées, m'annoncèrent que je ne pourrais pas revoir mes parents et mes sœurs. Mais qu'ils veilleraient toujours sur moi.

Ce furent mes premiers fantômes.

On m'envoya à l'orphelinat catholique. Pensant adoucir ma peine, les sœurs me qualifièrent de « miraculé ». Dieu avait rappelé ma famille, mais souhaitait que je vive encore. De leurs paroles douces et rassurantes pour l'enfant que j'étais émanait une confiance obsédante. Comment savaient-elles tout cela ? Comment pouvaient-elles en être certaines ?

En réponse, elles me firent présent d'une petite bible. Je ne l'ai jamais quittée.

Je l'ai lue et relue. Je me plongeais dans les Écritures, en quête de réponses. Je n'étais qu'un enfant qui cherchait à revoir sa famille. À retrouver son paradis perdu. Les sœurs confondirent mon obsession avec de la foi. Elles m'encouragèrent et m'orientèrent vers le séminaire. Tant et si bien que je finis par me convaincre moi-même qu'elles avaient raison. Ne citais-je pas des passages entiers de la Bible par cœur ? N'étais-je pas naturellement incliné à devenir prêtre ? Dieu, en me sauvant, ne m'avait-il pas confié à une œuvre catholique ?

Mon esprit se coula dans le seul moule qu'il connaissait.

Mon âme, elle, prisonnière des chaînes de mes propres mensonges, se débattait. Et lorsqu'elle tirait sur ses anneaux au point de secouer les murs de ma pensée, je devenais violent. Cette violence d'adolescent qui éclate parce que ses actes parlent plus que les mots qu'il ne trouve pas. Je fus plus d'une fois puni pour avoir corrigé trop sévèrement un compagnon de dortoir qui s'était moqué de moi. Les sœurs, elles-mêmes prisonnières d'un monde où toute question n'avait qu'une seule réponse, m'apprirent à prier lorsque montait en moi cette colère qui sentait les cendres et la braise.

J'entrai au séminaire et en sortis non pas en homme, mais en prêtre.

Je fus affecté à une petite paroisse de campagne. Où, malgré tous mes efforts et mes prières, je ne pouvais plus nier que derrière mon masque d'homme d'Église, fait de spiritualité et de courtoisie, une part de moi hurlait. Je supportais difficilement de voir le dimanche, à genoux et demandant pardon, mes paroissiens qui, la semaine, pratiquaient bon nombre des vices qu'ils juraient à Dieu de ne plus reproduire. Je haïssais les mariages, puisque j'avais reçu en confession les mariés qui, l'un comme l'autre, avaient avoué leurs tromperies. Je devais cependant célébrer, devant Dieu, leur hypocrite union. Étais-je au service d'un Seigneur d'apparence, qui aimait à se laisser abuser en sa demeure ?

Mes doutes quant à ma vocation et ma foi s'estompaient lorsque venait le temps de donner l'extrême-onction. Je ne me sentais vraiment utile qu'auprès des mourants. Je serrais leur main dans leurs derniers instants, j'effectuais les gestes, je prononçais les mots. Y croyais-je ? Je ne saurais le dire. Je ne faisais que réciter ce que j'avais toujours appris. Mais l'espace d'un instant, je pouvais sentir tout au fond de moi cette âme s'agiter. Communier avec l'autre. Ce malade allait avoir toutes les réponses aux questions que je me posais. Il allait rejoindre mes parents.

Quand la lumière s'éteignait dans ses yeux, il retrouvait mes fantômes.

La guerre éclata. Mon foyer, pour la seconde fois, était en flammes. Dans le train qui m'emmenait au dépôt, je pensais : « Est-ce pour cela que Dieu m'a sauvé ? Est-ce que je dois, à mon tour, sauver ces garçons au cœur d'un incendie ? » J'arrivai au front encore couvert du vernis de mes propres mensonges : je continuais à agir en prêtre. Et autour de moi, les hommes voulaient que j'en fusse un. Ils demandaient la confession, la prière, et tout ce que l'aumônier ne pouvait toujours fournir à temps. Je refusais la violence, et, sous les voûtes d'acier que tiraient les canons, je faisais des tranchées ma nouvelle chapelle.

J'y reproduisis les mêmes mensonges. Je donnais la messe à des hommes qui avaient tué, et leur promettais une miséricorde dont je ne savais rien d'autre que ce que j'en avais lu dans un seul et unique livre.

Le destin voulut que le 7 avril 1915, dans un trou de guetteur, je tue. Acculé dans ce renfoncement boueux, mon esprit plein de convictions et de beau latin avait laissé place à mon âme hurlante et bouillonnante, dont la prison de bienséance s'effritait sous la violence de la guerre. J'avais, le temps d'une parenthèse de hargne, échappé à mes oripeaux de prêtre. Ma liberté fut de courte durée, puisqu'on me coula de nouveau dans une vie qui n'était pas la mienne. Mes officiers décidèrent en effet de coller sur mes épaules les galons du caporal que je venais de voir mourir dans mes bras et dont j'avais serré la main jusqu'à l'ultime soupir.

Il s'appelait Daniel Aubry. Je connais son nom comme celui de chacun de mes fantômes.

J'avais, littéralement, été mis à la place d'un mort. Et puisque j'avais tué, puisqu'on avait fait de moi un soldat et un tueur, j'embrassai cette nouvelle fonction avec autant de ferveur que celle de prêtre. Je laissai ma foi s'éteindre pour mieux être gagné par la violence bien réelle de mon quotidien. J'étais, à nouveau, celui que les autres voulaient que je sois.

La gangue de civilisation qui enrobait mon être s'émiettait. Ma colère, celle de l'adolescent qui ne comprenait pas pourquoi il était en vie, se déchaînait. Je donnais la mort et, dans chaque vie qui s'éteignait, j'espérais entrevoir une réponse sur l'autre côté. À chaque Allemand tué, j'ajoutais un fantôme à mon sinistre cortège. Eux aussi, je me souviens de tous leurs noms. Ils s'appelaient Erik, Franz, Karl… j'ai recueilli, dans le creux de mon épaule, chacun de leurs derniers soupirs. Leurs derniers mots, leur dernière confession, leur ultime instant et tout ce qu'ils furent : j'en devins le gardien.

Je vis des choses qui achevèrent d'ébranler ma foi qui n'en finissait plus de mourir.

J'entendis, un jour, un cri terrible. Dans un vrombissement infernal, un avion allemand avait surgi au-dessus du champ de bataille. La carlingue était ravagée par les flammes, et le pilote hurlait. Ses mains sur le manche, il tentait de redresser la carcasse volante qui l'emmenait à une mort certaine. Il y avait dans ce cri toute la rage, la douleur, la peur, le désespoir qu'un cœur peut porter. Son appareil percuta le sol, et son cri disparut, remplacé par la déflagration de son engin transformé en brasier.

Quel dieu peut permettre à ses créations de hurler ainsi dans leurs derniers instants ? Où était le miracle biblique ? la main invisible qui l'aurait porté jusqu'aux rives du Jourdain ?

Un jour que j'étais à l'arrière, une femme mal avisée vint trouver ma triste personne. On lui avait rapporté que j'étais prêtre. Avec cette innocence caractéristique des civils qui ne passaient sur les arrières de nos lignes que par hasard, le temps d'un voyage, elle me demanda de lui parler de miracles. Comme ces Anglais qui racontaient avoir été assistés par des anges, ou ces Français qui juraient que la Vierge était descendue repousser l'ennemi. Avais-je été témoin de pareil phénomène divin ?

Je décidai de lui raconter.

C'était à la fin de l'année 1916. Une averse de balles avait dispersé les hommes de ma patrouille dans les pores béants du champ de bataille. Nous espérions que la nuit nous permettrait de regagner nos lignes, mais les Allemands avaient décidé que, puisque l'obscurité était notre alliée, ils lui feraient la guerre aussi. Ils levaient l'aube artificiellement à grand renfort de fusées éclairantes, et un projecteur lointain illuminait notre secteur. Dans l'entonnoir où j'étais, mon seul compagnon était taiseux. Dans la large flaque d'eau croupie au fond de mon cratère gisait un soldat français dont le visage dépassait à peine de la mare brune. Par habitude, ou parce qu'au fond de moi le prêtre existait encore, je tirai de ma besace cette minuscule bible que les sœurs m'avaient remise à l'orphelinat. J'en lus un passage quand le miracle arriva.

Les eaux de la mare s'agitèrent. Le mort, lentement, se redressait. De sa poitrine trouée d'une rafale de mitrailleuse s'écoulait un liquide noir qui se mêlait à l'eau nauséabonde. J'étais pétrifié. Le mort – car il l'était – s'assit. Et lorsqu'il fut bien droit, il s'arrêta. Venais-je de voir un miracle ? Cet homme à la blessure mortelle, resté des heures, des jours dans l'eau, avait-il été ramené parmi nous ? Je m'approchai, aussi prudent que fasciné. Et je décidai, comme un enfant qui se jette des défis, que si ce garçon avait bien survécu, j'accepterais ce miracle et je consacrerais ma vie à Dieu.

Mon soldat ne bougeait pas. J'entrepris, curieux, de le pousser du bout du canon de mon pistolet.

Il soupira.

Je me jetai en arrière, car de ma vie, je n'avais jamais rien senti d'aussi fétide, d'aussi abominable. Le « miracle », venait, si on me le permet, de me roter au visage un mélange de gaz de combat, de corps en décomposition, et d'autres choses que je ne veux pas évoquer.

Un médecin m'expliqua que les morts pouvaient ainsi se redresser dans de rares cas, lorsque leurs corps abandonnés voient leurs muscles durcir et se contracter.

Je n'avais pas eu mon miracle. Mais j'avais eu ma vision de cauchemar. C'est elle qui me fit découvrir l'alcool.

Celui qui tue les pensées et rend mauvais. Celui qui fait dormir sans rêves. Il était tout ce dont j'avais besoin : je m'en gavais. Ne sachant plus ni qui j'étais, ni pourquoi je n'avais de réponse à aucune de mes questions, je m'anesthésiais comme un mélancolique se perd dans le sommeil.

Mais si l'alcool tue les pensées, il ne peut rien contre les âmes. Ma colère croissait sans fin. Je haïssais le monde. Ceux restés à l'arrière, les officiers dont les ordres ne me plaisaient pas, les prisonniers qui ne parlaient pas assez vite. Je devins un monstre et un criminel. L'homme que j'étais avait entièrement disparu : ne restait que sa fureur.

Je terminai le conflit, exténué et perdu. J'étais le berger de tant de fantômes, mais je ne savais plus où aller. On m'offrit cet hébergement dans un couvent en Allemagne : je le pris. Comme j'aurais pris un lit dans une auberge si on m'avait dit de le faire.

Un soldat m'apportait les journaux de France. Un matin, je lus un article où il était question des champs de bataille après la guerre. Et de tous les soldats qui attendaient qu'on les y retrouve. Qu'on leur donne les derniers rites, et qu'on les enterre auprès de leur famille, dans leurs villages, ou auprès de leurs amis, au cimetière militaire.

Je compris alors tout.

La guerre avait été mon nouvel incendie. Tout ce que j'avais été jusqu'alors avait été détruit. De nouveau, on me confiait aux sœurs. De nouveau, on espérait faire de moi un prêtre.

Oui, je compris qu'on m'offrait une seconde chance.

Je ne voulais plus ni mariages ni confessions. Je ne voulais plus porter la robe, mais le pantalon. Je ne voulais plus saluer les morts en faisant tonner l'airain dans l'espoir qu'ils nous entendent, mais en salissant ma pelle. Je voulais aller les chercher, ces fantômes. Dieu n'avait pas rendu la vie à ce garçon criblé dans sa mare stagnante. Mais moi, je pouvais offrir à ces morts une place parmi les vivants. En leur rendant leur nom pour que leur souvenir puisse vivre. En les menant au caveau de leur famille ou dans les nécropoles auprès de leurs amis.

La guerre avait laissé des fantômes. Je serais leur berger. Sans dogme et sans livre.

Et puisque les morts n'avaient besoin ni d'un lieutenant, ni d'un prêtre, je décidai de ne plus être aucun des deux. Je fuis.

Je traversai la frontière, et comme un moine qui a entendu l'appel sait qu'il est temps de rentrer dans les ordres, je savais que ma place était, serait toujours, sur la ligne de front. Un dimanche matin, alors que le brouillard s'accrochait paresseusement au sol d'un ancien champ de bataille, j'entendis au loin un clocher. On appelait les fidèles à la messe.

Je n'étais plus de ce monde-là. J'étais de l'autre côté. J'abattis ma pelle et commençai l'œuvre qui m'occuperait jusqu'à ma dernière demeure.

Plus d'une fois, mon fer révéla sous la boue un obus, dormant et attendant de faire ce que des gouvernements disparus depuis longtemps attendaient de lui. Je neutralisais ces machines infernales et reprenais mon labeur.

Et je n'ai plus jamais douté de ma mission.

J'ai excavé des abris au fond desquels je trouvais des squelettes casqués et enlacés, enterrés vivants par le déchaînement d'une guerre dépassant l'entendement. Ils avaient attendu les secours jusqu'au bout, ensemble. Et j'étais enfin là pour les ramener chez eux.

J'ai serré des familles dans mes bras et j'ai pleuré avec elles en leur remettant le cercueil de ce père, ce grand-père disparu depuis si longtemps et qui était dans leurs cœurs un trou béant. Une question sans réponse, une énigme comme celle que je voulais résoudre enfant, lorsque je cherchais à savoir où étaient mes parents.

J'ai trouvé dans les poches de soldats allemands les souvenirs de ces vies qui s'étaient arrêtées, de ces histoires qu'ils ne pourraient jamais conter. Car même s'ils sont partis, leurs histoires, elles, demeurent.

Ils sont des centaines de milliers à dormir sous la ligne de front, fantômes invisibles et silencieux, à hanter ces abris et ces tranchées qui existent encore sous nos pieds.

L'homme que j'étais n'existe plus, car il n'a plus de raisons d'être ici-bas.

Quant à ces dormeurs, certains sont peut-être au ciel, mais ma seule certitude, c'est que nombre d'entre eux sont toujours là-bas, enterrés par les obus et les mines, à attendre que l'on vienne les chercher.

Ils ont encore tant à raconter.

Et aucun ne mérite l'oubli.

Un bref mot de l'auteur sur les sources

L'ensemble des personnages de ce récit est fictif.

Mais, afin de les rendre aussi vivants que possible, je me suis inspiré de parcours, de témoignages et d'événements bien réels.

Il me serait impossible de retranscrire ici une bibliographie exhaustive. Aussi, je souhaiterais simplement présenter au lecteur des sources aisément accessibles, qu'il pourra utiliser aux fins de ses recherches personnelles ou de sa curiosité.

En effet, une question m'est souvent posée : comment retracer le parcours d'un aïeul ayant vécu la Grande Guerre ?

- Le ministère des Armées a mis à la disposition du grand public le site Mémoire des hommes[1]. Le visiteur pourra y trouver les fiches individuelles de soldats et, mieux encore, les journaux de marche des unités, qui retracent jour après jour le parcours des régiments en guerre, avec une précision extraordinaire.

1. memoiredeshommes.sga.defense.gouv.fr.

- Il faut ajouter à cela l'excellent site Gallica[1] de la Bibliothèque nationale de France, qui permet de consulter livres, photographies, mais aussi journaux d'époque. On peut ainsi comparer, pour un même événement, comment celui-ci a été vécu par un régiment (*via* le journal de marche de l'unité), et comment la presse l'a retranscrit.
- Bien sûr, il ne faut pas oublier les documents présents dans les archives publiques (civiles et militaires), mais également familiales, qui révèlent souvent des parcours édifiants. Sans mentionner les archives qui n'attendent que d'être découvertes !
- Enfin, je liste ici quelques ouvrages qui, je crois, éclaireront le lecteur sur nombre d'aspects de la Grande Guerre vécus à hauteur d'homme.

BARBUSSE Henri, *Le Feu*, Flammarion, 1916.

CARTON DE WIART Adrian, *Happy Odyssey : The Memoirs of Lieutenant-General Sir Adrian Carton de Wiart* [1950], Pen & Sword Military, 2007.

COMPAGNON Antoine (dir.), *La Grande Guerre des écrivains. D'Apollinaire à Zweig*, Gallimard, 2014.

DORGELÈS Roland, *Les Croix de Bois*, Albin Michel, 1919.

GENEVOIX Maurice, *Ceux de 14*, G. Durassié & Cie, 1949.

GIONO Jean, *Le Grand Troupeau,* Gallimard, 1931.

GOYA Michel, *Les Vainqueurs. Comment la France a gagné la Grande Guerre*, Tallandier, 2018.

GUÉNO Jean-Pierre, *Paroles de poilus. Lettres de la Grande Guerre*, Tallandier, 1998.

JÜNGER Ernst, *Orages d'acier* [1920], Payot, 1930.

1. gallica.bnf.fr.

LINTIER Paul, *Avec une batterie de 75*, L'Oiseau de Minerve, 1998 ; t.1 : *Ma pièce. Souvenirs d'un canonnier, 1914*, Plon-Nourrit et Cie, 1916 ; t. 2 : *Le Tube 1233. Souvenirs d'un chef de pièce (1915-1916)*, Plon-Nourrit et Cie, 1917.

MARCH William, *Compagnie K* [1933], Gallmeister, 2013.

MIQUEL Pierre, *Mourir à Verdun*, Tallandier, 1995.

REMARQUE Erich Maria, *À l'Ouest, rien de nouveau*, Stock, 1929.

RICHARDS Frank, *Old Soldiers Never Die* [1933], Parthian Books, 2016.

Remerciements

Je tiens à remercier Fatia Guelmane et Thierry Billard, sans qui ce livre n'aurait jamais été possible, et dont les relectures patientes ont permis d'en faire l'ouvrage que vous venez de lire.

Ce livre est avant tout dédié à celles et ceux qui ont connu la Grande Guerre.

Pour ne jamais oublier.

Table des matières

1915

1916

1918

1919

Imprimé en France par CPI
en septembre 2023

Composition et mise en pages
Nord Compo à Villeneuve-d'Ascq

#lisez! engagé
www.lisez.com
Pour plus d'information :
Imprimé sur du papier issu de forêts gérées durablement.

N° d'édition : 66103/01 – N° d'impression : 175818